长篇散文

我的村庄

我探寻和解读的是一个村庄的生命密码。在这个故事中，父亲成了主角。父爱是力量的源泉，是一分动人心怀的亲情。这分亲情之所以伟大，因为它建构了中华民族祖先崇拜的基石，勾连着一个民族的信仰。

重建属于我们的精神家园，是我写这本书最大的挑战！

敦煌文艺出版社

图书在版编目（CIP）数据

我的村庄 / 北辰著.-- 兰州：敦煌文艺出版社，2010.10（2025. 1 重印）
ISBN 978-7-5468-0132-2

Ⅰ.①我… Ⅱ. ①北… Ⅲ.①散文 –作品集 –中国 –当代 Ⅳ.① I 267

中国版本图书馆CIP 数据核字（2010）第 197293 号

我的村庄
北 辰 著

责任编辑：余 琰
封面设计：石 璞

敦煌文艺出版社出版、发行
地址：(730030)兰州市城关区曹家巷 1 号
邮箱：dunhuangwenyi1958@126.com
0931-2131373（编辑部） 0931-2131387（发行部）

三河市嵩川印刷有限公司
开本 720 毫米 × 1020 毫米 1/16 印张 15.25 插页 2 字数 230 千
2010 年 11 月第 1 版 2025 年 1 月第 4 次印刷
ISBN 978-7-5468-0132-2
定价：58.00 元

目 录

引　言

一棵参天大树，经历上百年甚至几百年的风刀霜剑，具有很强的抗击打能力，即便挖出根须砍斫那么几枝，也不妨事，它依然根深叶茂、翠绿如盖。那种丰沛、持久的生命力让人信心倍增，产生一种无穷的力量。

如今，在我的家乡，要找一棵上百年的古树无异于痴人说梦，除非有人在一棵幼树旁须臾不离地守候上一百年，否则长不了碗口粗，就会被人拿了斧子砍去盖了房子、猪圈什么的。

或者穿越时光隧道，回到几百年前，我的村庄一定会有不止一棵、几十棵的参天大树吧？一棵棵参天大树错落有致地伫立在一座座高高低低的山岗或高坡上，临风飒然，形同拱手揖让的高人雅士，高瞻远瞩，静静地等候着倦鸟知还的游子哩。

这几年回家少了，理由可以罗列一大堆，但也有不得不回的情结：父亲不在了，母亲大人健在；那一群群铺天盖地唧唧喳喳的麻雀不见了，那可是童年生活中少有的美好记忆……有一点是我此时此刻醒悟过来和想明白的：没有一棵参天大树的村庄是有缺憾的，它直接影响着我对家乡的一分情思，一分爱恋。

人之少时，生命蓬勃，就像一棵树，遇水生根，挟风而长，即便无风无雨，靠自身细胞的裂变也会进入下一个生命季节的轮回，总以为有大量的时间和无穷的精力可供大把挥霍。

从步入社会的那一刻起，情况就起了变化，方方面面都要求人必须树立一个目标，人只好衔命而进，再美的风景也无心流连，纵然娘老子死了也会在转眼间破涕为笑。在追赶目标的过程中，不得不忽略目标之外的一切东西，包括大自然和人自身在内，难怪普列什文这么说：

“人,其实就是在自然界生命停止生长的那里才开始的:这时开始了精神上的成长。”

普列什文说出了事物的一面,但我说的是事物的另一面:

人,其实就是在忽略不计自然万物的时候,才开始了精神上的萎缩。

自然万物不会因为人的忽略不计而停止生长,只是人执迷于自己的人生目标不加理会罢了。孰不知人生的目标可望而不可即,漫漫征程永无止境,精神的成长也不是一朝一夕所能完成的,所谓生命不息、奋斗不止吧。

明白了这一道理,脚步就会放缓,猎奇好斗之心渐渐泯灭,世事归于平淡,一切都见怪不怪了。当虚无的人生感慨在心头泛起时,人从何处来?又向何处去?这一带有根本性的命题就会时时拷问人的灵魂。

作为平凡人,我没有能力像哲学家那样穷天极地去弄清事实真相。仔细想想,这又是一个不是问题的问题。每个人寻根问祖的自觉意识和行为早已给出了答案:

人从哪里来,应回哪里去。

……想到这里,我更加深切地感受到人的起源和归宿,与一棵参天大树有着这样那样千丝万缕的联系。并坚信:

一个没有参天大树的村庄就像一棵无根的浮萍。

说不准在什么时候它就在你的眼前消失,消失得无影无踪。

即便没有如此可怕,也会留下很大的缺憾。

长期以来,这分缺憾带给心灵一丝盘踞不去的隐痛,甚至是一分莫名的恐惧,常常使人暗生凄凉之情愫。

山 道

一

记得七八年前，也就是父亲刚刚去世的第四个年头吧，丧父之痛已经淡然。和往常一样，每次回家，由于坐火车再转乘班车的缘故，总是在太阳西斜时分，我从家乡的一个小镇弃车步行十五华里的山路，走上大约两个小时才能回到家中。

这个镇子名叫大石，坐落在两山之间的一马平川之上。

每逢三、六、九的日子，居住在南北两山以及方圆几十里内的庄户人就会一大早来这里赶集，下午三点多陆续返回。

从县城方向开过来的班车晃晃悠悠停到这里的时候，一般到下午六点多了，集镇上一片狼藉，偶尔会看见街道上零零星星的几个人打点货物急匆匆往家赶的身影。

每次下车我都会快步穿过空旷的街道，来到这个镇子的西头。

那儿有一道深沟，从沟的这头上到沟的那一头，起码得用十几分钟的时间。有时会在这里碰巧遇见赶集回家的老乡，站在沟的这头喊一声，对方在沟的那一头挥手等着，结伴同行，说说笑笑，可以忘却走路的疲劳，两个小时的山路不知不觉在谈笑风生间轻松愉快地过去。

以前，这条沟里有条小河，在涓涓的溪流中，搁着几块大青石。我的脑子里会冒出这样的念头：这里到处是黄土，要找几块压酸菜缸的小石头也很困难，这个镇子取名大石头是不是跟这几块石头有关？

夏秋之际山洪泛滥，涨起来的河流时常把石头淹没，人只好脱掉鞋袜踩水而过。这在当时似乎是一件很费劲的事。因为下一场暴雨，沟里的河水好长一段时间就会浑浊不堪,过河时得把裤脚绾到膝盖以上,脚腿沾满了绛红色的泥水,在河边找一块长着冰草的地蹭蹭,折腾半天也弄不干净。有时候不得不一手提溜着鞋袜走路,等晾干了再穿上。

庄户人自然都习惯了,但对我来说,一手提溜着鞋袜走路是一件很不雅的事,尽管那时候我还很小,也就十五六岁的样子。

上学的时候,因为年龄小,也因为没时间,我一般是不赶集的。初中毕业辍学后就有事没事爱赶集。

和父亲赶集时,当然是父亲背我过河,但我尽量躲避和父亲一块赶集。

父亲赶集时常常动静很大,既要把家里的粮食肩挑驴驮到镇子上卖掉,再买些化肥、种子之类的大宗货物肩挑驴驮到家里来。我哩,在来去的路上,主要任务是牵着驴缰绳走在前面,以防不听话的驴,低头啃路边的野草或钻到路两旁的地里糟蹋人家的庄稼。有时也帮父亲挑担子换换气,也就是父亲卷着抽一根旱烟的工夫。

两个人因为负重一路无语。这种沉闷的感觉,赶上炎阳当头的时候,让人觉得自己跟一头驴没有什么区别,岂不叫人懊恼和沮丧。因此,我赶集时喜欢一个人独来独往。

——当然,这里面有我难以告人的一份私心和秘密。

二

我的老家名叫大坪村,是人烟相对稠密的一个村落,有一百多户人家,上千口子人,都是张姓后裔。两户外姓人,一户姓苏,一户姓汪,是外姓入赘,也有一半的张姓血统。

多少年,同姓不通婚。从十二三岁情窦初开之际,眼看一个个如花似玉的同姓姐妹一路哭泣随了外姓,我都要失魂落魄好几天。

虽说哭嫁的习俗自古流传,我相信她们流的眼泪有一半是真实的,父母包办,前途未卜,她们能不伤心难过吗?我的伤心难过中有着对她们无法割舍的一分深情,我也相信她们的眼泪中至少有一滴是为我而流的。从小到大,虽说不上朝夕耳鬓厮磨,但田间地头熟悉了她们俏丽而柔韧的身影,街头巷尾见惯了她们回眸一笑的桃花般的面庞。出了嫁的姑娘泼出去的水，从此难得一见，我心里的那份失落就别提了。

在村上，听说谁家的姑娘要出嫁，在“日出而作，日落而息”的农村就是一大新闻事件，大人小孩跑去挤在新娘家的门口或新娘经过的村道旁看男方派来的迎亲队伍，并对女方陪嫁的彩礼和新娘走出娘家门的表现和打扮评头论足。我哩，从不去凑这份热闹，一方面错失了近距离了解出嫁习俗的生动场景，一方面以至于我的父母后来在托媒给我说亲时，将我的这种所谓“不近女色”的表现当作一个好男孩的品质逢人夸耀。

他们哪里知道此时的我正一个人悄悄地躲在家乡寂静的山岗上，任浩大的天风抹去我眼角无声的清泪，就像吹落草尖上的一滴露珠一样。

往事不堪回首，这些伤心事留待以后再说吧。

三

在我们村，汪姓人家有一个姑娘名叫汪桂花，正值豆蔻年华，在我的老家大坪村算得上数一数二的漂亮姑娘，有一对拧成麻花状的黑油油的粗辫子在肩头甩来荡去，很是招人怜爱。

从小就听大人说，异姓之间是可以通婚的，就格外留意她的行踪并私下多了一分对别的女子所没有的想念。

汪桂花常常和她要好的姐妹们一起赶集。

到了逢集的日子，家家户户房顶上早炊的青烟飘散不久，院门前的家道上就响起了比我们村子更远的邻村人赶集的杂沓的脚步声。

这时我会不急不慌地收拾好自己的行装，也就是在绿色的军用挎包中胡乱塞一点路上吃的干粮，一般都是玉米面的饼子，如果有一小块麦面的烙饼那就是很奢侈的了。反正我这一辈子最无所谓的就是吃，半路上肚子饿得咕咕响的时候能充饥就可以了。再向父亲讨上几毛钱，找些赶集的理由，胡乱到镇子上买些油盐酱醋之类的日用品交差了事。

等到村上赶集的人走得差不多了，最重要的是我估摸着汪桂花动身了，在母亲的催促声中才慢慢腾腾地动身，然后脚步轻快地出村上路。

我从来不会跟同村的男孩搭伙结伴，也许是为了显示自己的与众不同吧。

初中毕业也就十五六吧，不知为什么我就留起了长发。我没有生在这个时代的小青年那样幸运，有自己心仪的偶像做模仿秀，留长发纯属个人爱好。我的头比较大，别人戴57号或58号的帽子在头上晃着，我戴最大的60号蓝卡呢帽就像戴了紧箍咒。因为头大，父亲老说我是大总爷，很可能父亲在旧社会见过的最有钱有势的人，比如甲长、总爷之流都是脑满肠肥的大头的缘故吧。不去学校念书了，我就索性不戴帽子，留起了长发，搞了个中分式。

"文革"期间，从我记事的时候起，我们家的墙上贴满了毛泽东不同历史时期的挂像。其中，我最喜欢的就是贴在我家堂屋正中毛泽东手拿油纸伞，在阴云密布的天地间神情凝重大步走向安源煤矿发动工人闹革命的那张画像，那时候的毛泽东就是中分发式。别不相信，我从小就是一个不安分的人。

话说回来，作为家中的长子，我并没有在各方面做出表率，对家庭有所作为，却在吃穿、求学等方面，享受了来自家庭其他成员的关爱和偏心。姐姐和妹妹日积月累做草编赚来的钱除了贴补家用，自己舍不得花费，每年都会给我做一套深色的冬装和"的确凉"的夏装，在同龄人穿补丁衣服的年月，我穿的衣服很少打补丁。每当别人侧目而视时，内心沾沾自喜，自我感觉良好，一直以为是自己长相穿戴十分帅气的缘故。

直到有一天媒人给我说亲，我的父母满怀希望等来了女方家的一句话，说我是"好吃懒做的长毛二流子"，我才知道人们侧目而视的用意。父母傻了眼，尤其是父亲，多次声色俱厉地要求我剪掉头发，差一点闹到对我拳脚相向的地步。说媒娶亲本来是父母的意愿，这样的结局正中我的下怀。父亲从小没打过我，我倒要看看他打我的样子，面对我的固执和为所欲为，父母也无可奈何。

现在回想起来，在人生的每一个关节点上，只要我的执拗劲一上来，父母总是束手无策。念书念到初中，不知是从老师的嘴中还是在什么地方，了解到沈从文、荒芜这样的大作家都是从社会的底层摸爬滚打走上文学之路后，我就一门心思、不知悔改地放弃求学之正途，从此不再学那些自己不感兴趣的东西，辍学在家立志要成为一名作家，干自己想干的事，怎么干却不去多想。

别人都抱怨父母对我过于迁就，将一棵读书的好苗子毁了，父母也只有长吁短叹、摇头苦笑的份了。

四

我的村庄坐落在东西走向的大山南面向阳的山腰部位。耕地全是山地，从东至西分布在村庄的山脚和山顶，这是当年如火如荼的农业学大寨馈赠后人的一笔遗产——将祖祖辈辈的山坡地推成了一块块平坦丰产的梯田。

从东北方向出村就到了陈家窑，这里的庄稼因为背风向阳而长势良好。

翻过一道山梁就到了一个叫作关人湾的地方，祖辈的人就一直这么叫着，一代代传下来，谁也不知道这个名称怎么写，是什么意思。

关人湾是一个非常开阔的湾，与相隔一个山梁的陈家窑不同，这里常年天风浩荡、山风呼呼。地埂上的草顺风贴着地面，人们平常注意不到它们直立生长的样子，也不知道它们在呜呜的风声喘息的间隙是怎么长高的。它们被一年四季刮个不停的尖利的风撕扯着，只剩下了根根筋骨和丝丝脉络，血肉几乎被剔除干净了，变成了一种连驴也不爱吃的野草。这样倒好，它们乐得自在逍遥。别的地方肥美的水草也许会鄙视它们哩，但它们受到了有经验的老农们的欢迎，他们都喜欢用关人湾的草搓绳子，搓的绳子捆绑东西十分结实耐用。

生活在大城市的人喜欢说一句"老驴也爱啃嫩草"的话，初次耳闻深感纳闷和惊讶，不明白这句反映农民生活常识的话，农民很少说，反倒成了城里人津津乐道的口头禅。我想这句话，很可能从我们这儿流传出去后，通过城市人的添嬉加色就变了味。不但十分形象地显示了城市人诡异的生活方式，说明城市人真的比我的农民兄弟们更懂得生活，在改变生活的本来面目上，他们自有秘而不宣的一套绝招。

当我迈着轻快的步履来到关人湾的时候，太阳从东边天际的一片红霞之中露出了它的笑脸，在跟一群又一群赶集的老老少少擦肩而过时，我相信我的心中激荡起的快乐歌声，就像嫩嫩的霞光盘旋在清澈的大气中。此时此刻，我想，这个世界上再也没有比家乡清晨的空气更美好的东西了，这种经过大自然勾兑的空气，是细细的密密的润润的凉凉的爽爽的清清的醇醇的，甚至还能嗅出一种甜蜜的味道，难怪仙人都喜欢饮风啜露哩！

在兰州，我认识的一位红颜喜欢爬山，但她只能到皋兰山上去稍稍感受一下比城里清凉许多的山风，如果和我家乡的清风比，那简直是浑水一泓，是不能叫清风的，但去了比不去强，聊胜于无嘛，我鼓励她长此以往，说不定哪天会变成一个仙人，最不济也会飘飘欲仙。

如果哪个红颜不怕吃苦、喜欢穿运动鞋，最好是脚蹬布鞋，我会领她走走我家乡的山道弯弯，四野的绿油油的小麦绿浪滚滚，如果正赶上麦子抽穗扬花的季节，满山的田埂上，山路旁，荒野中，各种颜色的不知名的小花开了，她就会知道什么是惠风和畅清风拂面，什么样叫花开芬芳沁人心脾！

如果她们愿意躬下娇贵的身躯，就会有更加惊喜地发现，在那一片片一朵朵像小孩寸头一般的草棵间，一个个或者一群群硬壳的黑亮亮的可爱的麦麦牛儿（这是一种麦收季节随处可见的小爬虫，不知它的学名叫什么，它自己也不知道，人们亲切地呼它为麦麦牛儿）快速地穿行。你们知道吗，这些麦麦牛儿可是母鸡的美餐。早在我四五岁蹒跚学步东颠西跑的时候，就在村道上拿个玻璃瓶捉这种虫儿喂鸡哩。或许这种虫儿是没有污染的高蛋白绿色食品，我们那儿的炒鸡蛋有一种浓烈出奇的香味，离开家乡后就再也没有这种口福了。

不过，我还有一点小小的请求，进了村子，当我的侄子侄女们围观你们的时候，你们不要惊奇，不要害怕，那些调皮捣蛋的孩子不会对你们动手动脚，你们一定要以全部的爱心呵护他们幼小的心灵，向他们绽开你们最美丽迷人的笑容，轻声细语地说出最文明动听的话语。你们知道，我小时候就是因为一个邻村的小伙领来了（有人说是拐来的）一位北京来的漂亮姑娘，从此展开了对外部世界所有美好的憧憬和遐想的……

——不过，现在，我的这些侄子侄女们见的城里人多了，早已见怪不怪了……我们暂且不去管他们了。

五

……走在赶集的路上，草丛中的各种小飞虫常常会一脚惊起。一只又一只蚂蚱跳上我的脚背，倏忽又一跃而起，“吱——”地一声支开它美丽的翅膀，露出翅膀下面华美的裙摆，它们个个姿态优美，划出一道道短促而带有弧度的斜线飞向四面八方。

走着走着，常常会忘了脚下，一脚踩在路旁深深浅浅的草丛中，一团团晶莹的露珠，经过一个夜晚的深沉等候之后，就会迫不及待奋不顾身地纷纷亲吻我的裤腿，湿透我的鞋面，这种有点过分的亲密举动惹得我的确有些懊恼，我的脸上却洋溢着无法抑制的喜悦，就像清晨的太阳一样放射出十分滋润而又饱满的光泽，那是一种昂扬的青春的神采哦。

此时此刻，我一般不会低头在意这些露珠们满怀浓烈而热诚的爱意，在瞬间不计后果的轰然消失，以及那一份幻化无形的伤痛。

后来，是的，在汪桂花跟人私奔后，我经常会不知不觉地来到关人湾，呆呆地坐在高高的山冈上迎迓日出。那些不胜娇柔的密集的盈盈欲坠的露珠，一颗颗晶莹剔透地站在草尖上，就像跳水运动员一样，忽悠忽悠地闪几下，扑簌簌地滑落的瞬间，玻璃球一样放射出太阳五彩的光芒，继而扑入大地的怀抱。

这时山风吹落挂在我眼角的几滴清泪，我想，露珠和泪珠的样子看上去区别不大，为什么露珠们是幸福的，她们无忧无虑，而我的眼泪为什么含着盐分，有那么一点浑浊，滑入嘴角流进心里还有那么一点苦涩哩？

……胡思乱想中，我会抄起手边的柳条，向草丛中一顿狂扫，而我听见的却是她们调皮的嬉笑的声音呀，这些讨厌的露珠儿，无奈的我只好四仰八叉地躺在青草披靡的山冈上，看云定云飞，或沉沉地睡去……

过了关人湾，就来到了这条东西走向的山梁的长长的鼻端，鼻翼右侧的半山腰是丁家窑村，这一带就叫丁家窑梁上。顺着高高的山梁一直往下走、往下走，走到沟底就到了大石头(大石镇)了。

当我走在鼻梁上的时候，有五六个花枝招展的姑娘青丝飘扬，头顶的花手绢在路旁的麦浪间时隐时现，风儿卷着姑娘们的笑声传入我耳中。

她们显然已经听见了我紧张得有些幅度不一轻重有别的脚步声。汪桂花肯定在其中，不然她们交头接耳地说什么哩？原来散开的人群聚拢到一起去了，好像有个姑娘还怪叫了一声，走着走着，一条道让出来了。我的心跳明显加速，胸腔里像击鼓似的，我只能梗着脖颈往前走了。快要走到她们身旁的时候加快了步伐，尽管像逃离一般一闪而过，但我保证，我看见两朵红霞飞上了她的脸颊，而且用眼角的余光分明捕捉到了，汪桂花用手去掐身边女孩的耳朵，那条粗大的发辫从前胸向后甩去打得腰身一闪，如泉水般流出几分别样的韵致。

我走出了十几米，头都不敢回，她们在我的身后又闹开了。就这样，来回走三十里的山路，就是为了见她一面。

——少年的纯情多像一缕带着哨子的山风，清爽、嘹亮而又茫然。

——在年轻的时候，人总要情不自禁地给自己折腾一点事儿，供年老时回味。

那时，汪桂花家跟我不是一个生产队，平时往来、见面很少，不像本队的农户之间经常要协作，东家串西家是经常的事。在看电影的一些公共场合，即便汪桂花近在眼前，人多眼杂也羞于启齿表达自己那点不知名状的爱意。少男少女之间常常暗生情愫，懵懂一团，更不要说对双方的婚姻大事做出明确的计划和安排了。相互爱慕的结果反而使双方变得生分起来，柴米油盐的事不想说，感情的事又不善于表达，也不知说什么。以至于后来才发生了让那个有妇之夫乘虚而入的事——一个成人的经验会使一个少女懵懂的心一下子明亮起来，人生有了方向，情感找到归宿，当然还有陷入困惑中的肉体难以抗拒的诱惑等等，都是导致汪桂花跟一个比她大二十多岁的男人私奔的原因吧！

——这一切是一个心智远未成熟的少年难以承担和完成的。

汪桂华和她的伙伴们远远地落在了后面，再往下走，不知不觉来到了这架大山的鼻端。

六

从我们村到大石镇的路到这儿就算走了过半。——一个打尖歇息的地方。

去赶集的路全是下坡，从这儿绕两个之字形的盘山道下到山腰，经付家堡、郑家川再钻沟过河就到大石啦。回返的时候，全是慢上坡，加上负重，走起路来一步一捯，很费劲地走到这儿，就算松了一口气。人们在这儿歇歇脚，抽根烟，吃些干粮喝点水。

这里还是一个三岔路口，一条道从南侧转过山腰不远就是丁家窑。最鲜明的标志就是在三岔路口前的崖边悬空的地方长着一棵歪脖子榆树。

记得这棵榆树从我小时候跟着父亲赶集就长在这里，树干也只有碗口粗，枝叶也不旺盛，在这里歇息时，跟着大人赶集的小孩子就会攀上它的枝丫，折两串榆钱吃。你折我折的结果就是靠近道旁的一边是光秃的，只有向外生长的部分在风中摇摆着，远远地看，多像一个人举起的手臂在向你说再见或者打招呼，说："喂——我在这儿啦！"

我把这棵歪脖子榆树和父亲常常混淆在一起。

二十一岁离开家乡之后，每次回家探望父母或帮父母夏收，父亲都会在这里等候我。夏天太阳西斜，天色尚早，阳光会将父亲的身影照得很亮。冬天，下午六点多的时候，我急急忙忙地绕过付家堡下面的一个叫红山头的地方，夜色苍茫中，远远地就会看见一团色调浓重的树影，虽然看不见我的父亲，但我知道父亲就在树的身旁，父亲也一定看见了我单薄的身影。在我走出付家堡的村口准备爬山时父亲就会接上我，将携带的衣服或帽子披戴在我的身上，一路山风呼啸，冷风割面，但我的心是温暖而踏实的。

当我写下上述文字时，距离我的父亲去世十一个年头了，每每想起父亲，我都情难自禁，都会在一幕幕往事的回忆中流下对父亲刻骨铭心的思念的泪水。我知道，这泪水还会一直流下去，一直流到我和父亲在另一个世界相见，到那时我也许会对父亲说："大大(在我们那儿就是这样称呼父亲的，这个称呼多好呀，父爱比天大比地大)你终于让我不流泪了。"

家乡有一句俗语：老子不死，儿子不大。这不是说父亲健在，儿子心中有了依靠就永远长不大，不是的，我从十几岁出门，就走上了独立自主的人生道路。然而在我人生三十而立的第二年，父亲终止他生命的时候，我才把父亲完完全全地装到了心里，我才真正长大了，我才全盘地接受了父亲所能赐予我的所有东西和所有遗产。

我的下一篇，或者是下下一篇，我将要写《你可以不爱我，但不能不爱我的父亲》。你们会看到在人生之路的起端乃至终端，父亲赐予的和我所接受的东西对我的事业和情感将产生什么样的影响。

有一句民谣："你是我的哥哥你招一招手，你不是我的哥哥你走你的路。"情人怎么会叫哥哥哩，妹妹怎么是情人哩，这不是很奇怪吗？

我的人生经验让我理解了长期流传在民间的这首歌谣的本意。第一个唱这首歌谣的人心里怎么想的我无从得知，我说的只是我的人生经验和我的理解：爱人就是情人和妹妹的融合，只有像兄妹一样风雨同舟，才能共同承担父辈给予我们的一切苦难和爱，也只有在一种同样无私的自然的赐予和接受中，才能去传递和完成生命的延续，这是我们必须要做的，也只能这样去做。

我深深地感觉到，当生命的孤舟航行在人生无所依归的茫茫大海之上时，矫正我们航向的不是理想，因为理想在远方正冷眼相看；不是社会的什么道德标准，虽然我们和社会之间有着各种各样必然的联系，但我们和社会之间没有必然的爱；也不是朋友的一句忠言和劝告，因为朋友的真诚和友谊如果不能与我们内心的体验相结合，它就是无力而苍白的。

——矫正我们航向的是父辈的爱，它是航标，更是放在舵盘之上把握我们航向的一双有力的大手。我们只能以心中的这种爱与各种社会责任及义务达成某种默契和共识。我们正在做的和准备去做的，是父辈支持我们去做的；我们不能做和不愿意去做的，也一定是父辈反对我们去做的。

有时侯，面对父辈强加给我们的东西，即便一时难以接受，我们也无法计较，在勇于担当的同时，只能用爱的力量调整它和改变它，这也是父辈乐于和希望看到的，也一定能得到他们的理解和支持。

七

那一次，当我和父亲牵着驴、驮着东西去赶集时，就在临近大石镇的那条沟底，看见汪桂花一人站在小河边，这一发现让我深感意外。

我猜呀，她一个人没有结伴同行想必有急事到集镇上去办吧？她站在沟边看着翻滚的河水一筹莫展，明亮的眼神从我脸上一掠而过，我当然明白她的意思。

这时父亲已经脱下鞋子，我将驴往河中赶，临过河时对父亲说："你先走，我到街上找你。"父亲看了我一眼，没吱声。

父亲踩水过河后，将驴拴在沟那边的一棵小树上，又返回来，来到河这边背汪桂花过河，汪桂花摇头说："不麻烦大爸了，你们走吧，我再等等。"

父亲是老人，她不好意思让父亲背是对的，父亲也没说什么，就要过来背我。这时我已满脸的不高兴，几乎压着嗓子对父亲吼道："我要等人！"父亲嘴中嘟囔了一句"等什么人呢"，一边用手来牵我，我像触电似地狠狠地甩掉父亲伸过来的手,满脸诧异的父亲看了我一眼,看了汪桂花一眼,对我又不便发作,一句话也没说就转身走了。等父亲牵着驴走得看不见了,一大群人说笑着来到了河边。我的心凉透了,因为人群中就有和汪桂花一个生产队的年轻人。他们吵吵闹闹地过了河,一个名叫铁蛋的小伙开着汪桂花的玩笑将她背过了河。

汪桂花走了,她回头看了我一眼,马上消失在人群中。

当然,这本是个不值一提的小插曲,我却对父亲生了大气。

在街上六神无主地胡乱转悠了半天,也没有去找父亲。逛到很晚的时候一个人像丢了魂似的回了家,我不知道父亲一个人挑着担子是怎样将驴赶回家的。

自从那一天之后,父母就到处托人给我张罗媳妇,我明确地向父母表明态度:不要媳妇。父母却不依不饶,一副说不成誓不罢休的劲头。说了好几个都没成,我也就懒得理他们。

有一次我偶尔听母亲说起汪桂花,当我追问时,母亲说:“你就死了这条心,你大(大)托人问了,人家不嫁本村,要嫁外地哩。”我说:“他们家不会嫌我是长头发二流子吧?”母亲顺口说:“谁知道,你赶快去把头发理掉,不要长得跟刺蓬子一样,说不定有姑娘愿意跟你哩。”

我没有听母亲的,想着找机会见了汪桂花问清楚。我想,汪桂花不可能不愿意,不论在本村还是外村看电影,在黑咕隆咚的放映场上,就在那些长着狗鼻子闻香而动的小伙子挤在人群中不怀好意地起哄时,我都想方设法站在她的身边,用单薄的身子保护她,她不会不知道。但我始终没有机会见到她,也就无从得知她的心思。

有好长一段时间,她从看电影的人堆里露水般地蒸发了;临近春节的时候,她出人意料地站在了村中的戏台上,唱起秦腔来了。

她唱得并不好听,嗓音尖细,有些跑调,表演却十分投入认真。在见不上她的这段日子里,才知道她跟村中的某某学戏。

此人比她的父亲还要年长几岁,因为头秃长年戴着一顶绿军帽,我当时寻思,他晚上睡觉一定会摘下帽子吧?和老婆发生口角时,也一定会被老婆扯下帽子将那秃头当作皮球抽打吧?我在听说汪桂花和秃子私奔后心里就是这么想的。

事情会出现这样的变故,实在叫人心堵,愤恨难平。我长得即便算不上仪表堂堂,但毕竟是风华正茂的年龄吧?凭什么一个年老的秃子就能拐走了我朝思暮想的初恋情人？

不管怎样，秃子唱须生方圆几十里无人可比，嗓音嘶哑，现在想来，就像书法写到尽兴之时不经意间留下的丝丝拉拉的飞白，颇具一番沧桑意味。他唱得最拿手的一折戏是《韩琦杀庙》，唱到韩琦为残杀秦香莲难以决断的剧烈心理冲突时，他的头、手、身颤动如筛糠，更让人叫绝的是他能将嘴上挂的胡须直直地吹起两绺。扮演秦香莲的自然是他的女弟子汪桂花。

喜欢看戏的人看了他的戏无不如醉如痴，也难怪汪桂花跟他学戏而动情，乃至于心甘情愿地跟他私奔。

农村的文化生活比较贫乏，没有什么事比艺术更能牵动和满足年轻人的情思和对美好生活的幻想。我相信汪桂花私奔的主要原因是上了喜欢艺术的当。人生的路最怕回头看，汪桂花喜欢艺术的代价是将自己的爱情交付出去。反之，假如我能跟汪桂花终成眷属，交付出去的是不是自己的整个人生哩？若是，现在的我或许正手拿镢头身背粪筐手牵儿孙怡然自得地走在村道上也未可知哩。

有一天，他俩在村里同时消失，汪桂花的父母撕破脸面找上门去，对秃子七老八十的父母大打出手，说秃子拐走了自己的女儿，要索赔一千元。

村上流言飞语就多了，说他和她在某某家的麦垛后幽会，金黄色的麦草被踏倒一大片。有人甚至亲眼看见，在汪桂花家的驴圈里他俩干那丑事，说得有鼻子有眼。

八

我的初恋就这样结束了，有很长一段时间我是不爱说话的。

又过了一年，我接到通知参加了甘谷县文学创作骨干会议。从那时起，在农村“最底层的生活”中，我开始学着写诗，对她私奔的事渐渐淡忘了，那一颗青春狂躁的心也随之慢慢平静下来。

秋末冬初的一天，我骑着自行车从县城往家赶，到大石镇时天色向晚。

走到郑家庄至付家堡的路上，月悬中天，月光照得四野一片银白。路上、村中阒无人声，鸡犬也都入眠，白杨树叶子“刷啦啦”的响声一阵一阵传来。我写了一首诗——《月光河》。

当时读了一些前苏联的文学作品，在诗中我将白杨树写成白桦树，我还想到了雪山上圣洁的雪莲，想起了养育我的父母的艰辛和付出，一颗十八岁的心从没有如此地安静过。

我以这首诗结束了我的少年时代，但这条家乡通往外界的弯弯山道上的人生旅程还远未结束。

激情过后，一切复归平静。

如今，班车开辟了新的线路，直接通到了我的家乡。这条路已不再是我们村通向外界的唯一通道了。它曾经承载过多少人发财致富的笑声，离家出走的哭泣声，打架斗殴的叫骂声，婚丧嫁娶的唢呐声，如今也都渐渐地沉寂下去了，沉寂为一个村庄的生命密码。这个无比丰富的生命密码中记录了一个乡村少年的迷茫、不安和向往美好事物的所有青春记忆，也记录了我和父亲共同走过的脚印。

正如那棵三岔路口的歪脖子树不可能死而复生一样，记忆可以复苏，但不可以重现；人生可以把握现在，但不可以从头再来。也正如史铁生所说"设若智慧和悟性可以引领我们去找到救赎之路，难道所有的人都能够获得这样的智慧和悟性吗？"

与其说是丑陋丰富了生活，毋宁说是美好引领着人生。

谁知道呢，不同的人有不同的人生。

我的人生是在这里起步的。

月 光 河

当白昼逝去
当又一个黑夜来临
滚烫而疲惫的心
跳进了静静流淌的月光河
长出嫩黄嫩黄的鳍翅
成为可爱的小金鱼了

白桦树宽宽的叶

随夜风悄然散逝
一条条印满银铃般笑语的小道
柔软而优美地萦回而入
含苞的梦境
那脉脉荡漾的甜甜的气息
从四面八方
拥在周围耳语
人间的情感
应该是冰凉凉的

当黑夜凝结成一颗颗星星
纷纷升天而去
当另一半世界辉煌来临
让我们游出月光河
让我们用不再滚烫的心吻成
一朵雪莲

留在岸边

花儿

一

甘肃康乐县的六月六莲花山“花儿”会名闻遐迩。1992 年农历六月初六的前一天，我受甘肃一家新闻媒体的委派，来康乐联系安排记者先生们的食宿、游玩等相关事宜。

当时我还是一个无业游民，经朋友介绍到这家新闻单位做推销员，推销一些善于钻营的厂家生产的什么植物增产剂、生长素之类的肥料，比如“麦宝”之类的东西。他们抓住农民兄弟急于致富的心理，借助于媒体夸大其辞的能耐，将这些伪劣产品的功效说得神乎其神。没过多久，觉悟了的农民兄弟就不买账了。

为了混一碗饭吃，我能做什么呢？别人啃过的骨头丢给我，哪能留下一丁点肉让我啃。当时商定没有工资，只从销售利润中拿百分之几的提成。可想而知，我没有拿到一分钱的提成，百分之几也就成了一张空头支票，我只能从单位领取的出差费中克扣几个零花钱艰难度日。

我想挣一笔钱，去干自己想干的事的梦想又一次破灭。

我成天晃着没事干，领导就派给我一份去莲花山打前站的差事。

二

那时，我已到兰州五个年头啦，日月沧桑早已把我打磨成一个标准而又潦倒的男子汉。想想我二十一岁离开家乡，到了这个年代常常还食不果腹，所幸光屁股的孩子风也不沾，无病无灾，饥一顿饱一顿也都无所谓。你们知道，在 QQ 空间填写个人资料时有一栏"你最喜欢的快餐食品是什么?"我一笔带过:口袋食品。我的口袋食品就是几把大豆。走着吃着,可以当一天的口粮。

翻看当年的留影,神情忧郁,倒像一个游吟诗人。俄国大诗人叶赛宁或许就这模样吧?人家贵族身份,生前享誉世界,死后千古留名,自然无法相比。——初到兰州,一天到晚骑着一辆破三轮车走街串巷,心中贮藏的原本不多的诗情画意,也随之在一日三餐的奔波劳顿中消磨殆尽了。

一个乡村身份胡子拉碴的外来户能做什么哩,别人又会让你做什么哩。当然,别人不会干涉你去写诗,想写什么就写什么;我也不是不会写诗,而是压根儿就没有写诗的那份心情。当时弟弟在兰州跟着我瞎混,他少不更事,担不压肩,在我的宿舍闲着无聊时在一张破纸片上胡乱写了几首诗,难以置信是他写的,其中有一句,印象非常深刻:

挑一肩月华
去访菊的影子

简洁典雅,形象生动,古意盎然,风华绝代。单看这两句诗,不差于类似余光中诗词风格的任何一个现代诗人的诗,难道不能称之为千古名句么?我弟弟并没有认为自己就是诗人,写完就完了,置之九霄云外。我偶尔提起,他有点迷瞪又有点狡黠地反问:"是我写的吗?"

康乐莲花山之行,也许是我在并不遥远的地方回望故乡、寄托故园之思最好的方式吧?真诗在民间,在没有诗的日子里,所幸有了这一次充满诗意的旅行,不但慰藉了我孤苦的羁旅生活,它还像一道美丽的彩虹,维系了我和土地、我和故乡久违了的那份曾经亲密无间的情愫。

三

我记得清清楚楚,那一天是公历的六月一日,我一个人坐着公共汽车朝康乐进发,在道路两边的一团一团浓绿的山色中穿行,心情出奇的好,心里暗暗地吹起了快乐的口哨。

出了康乐县城向西,风光骤变,记得拐上一段砂石路后,田园气息渐浓,山野风光渐深,一片云遮过来,洒下一片雨,爬过一段坡路,阳光朗照如玉;再爬一段坡路，又一片云遮过来，又洒下一片雨，阳光新鲜如玉。山不显，藏在如茵的草儿后面，但藏不住浓郁的绿意从山坡从田野的顶端从大树的树梢缓缓流下，相拥重叠如旋涡状的便是村庄，而随坡就势坐落在绿树沃野中的村庄又被金黄的菜花、紫红的胡麻花、粉白的洋芋花和正在灌浆的青青的小麦簇拥着。水不露，渐渐之声盈耳，用不着你去寻觅她的芳踪，她便在你的眼前时不时的一闪，翡翠样如凝脂的水与抱成一团的青石耳鬓厮磨，雪花样喷洒的浪，是那绵绵的情话，是年轻的心底爆发出的不可遏止的笑。

此情此景，恍如回归故里，一切是那样的熟悉而新鲜。村道上打架打得很凶的两只公鸡，好像是老家邻居二爷家的，为争夺对一只母鸡的支配权斗得不可开交，除非你拿个棍子上去劝架，否则不是你死我活，就是两败俱伤。当然，你还要学会保护自己，若劝解不公，说不定其中的哪一只冷不丁扑上来啄你一口。那只母鸡在一边只顾低头觅食，偶尔置身事外地看一眼，有点坐山观虎斗的意思——这就是我的乡亲常说的一句的口头禅“人畜生一理”吧。

一条小狗从一家院落的墙角串出来，迎头狂吠几声，准确地说是打了几声招呼就跑开了，它或许是老家二叔家的那只哈巴狗，一眼就认出了我，有一点他乡遇故知的意思嘞。

时近中午到了莲花山，联系好食宿以及游玩路线的相关情况后，我在莲花山下的招待所登记了一间房子。绕着山脚转了一圈，熟悉了一下环境，想着要陪同记者先生们登临莲花山，担心第二次的重复登临会削弱第一次所获得的那种强烈的新鲜感，就放弃了独自爬山的念头。

我有一个发现，也称得上是经验，你想对某件事某个人保持强烈而深刻的印象，也许只能满足于心有灵犀的一次顾盼，或者永葆形而上的精神交流，以免亲密无间产生人们常说的那种审美疲劳。不信，你看看古今中外，那些千古流传的情诗或涉及两性情感的好诗，都是诗人写给或题赠给情人的，对自己朝夕相处的爱人反倒没有感觉，一辈子不会写几句好诗，即便有，那一定是热恋期间留下的旧作。

可惜我不是诗人，写不出好诗就索性不写。这次还算不虚此行，过后写了一篇散文叫《莲花带雨浓》发表了，所以我这个缺乏时间观念的人牢牢地记住了那一天，好像这一天要发生什么大事似的。

有什么办法呢,这就是平凡人的平凡生活,大事没有,小事难忘啊!

四

当夜幕一点点在莲花山上升起,最后将莲花山完全淹没的时候,我独自一人回到宾馆。在我的住房隔壁有人进进出出,十分热闹,我好奇地凑过去,见到了兰州市群艺馆的杨玉兰女士,她说受中国首届丝绸之路节组委会的委托,同几名"花儿"专家到莲花山来挑选"花儿"歌手。几名专家中,就有兰州大学研究"花儿"的柯扬教授。

有几个"花儿"歌手已经唱过了,最后出场的是一个女"花儿"歌手,大概四十多岁,如果没猜错的话,她今年应该五十多岁了,但也说不定,农村人不像城里人,看着老,却很年轻;城里人,看着年轻,实际已经很老了。她多唱了几首,觉得曲调旋律有点耳熟。

对于"花儿",我还是第一次这么近距离地欣赏,觉得父亲唱的山歌旋律跟"花儿"颇有许多相似之处,即便同一首歌,不同的歌手自有不同的演唱风格,相比而言,父亲的山歌更具有动人心怀的沧桑韵味。

柯扬教授与这位"花儿"歌手相熟,在跟她攀谈的过程中,她时不时地唱一两首"花儿"。一边说笑着,一边唱着……此时此刻,在夜的深处和大山的深处,万籁俱寂,"花儿"的声音无比清亮。俗话说,天下哪有不散的宴席。几个"花儿"歌手要走了,临别之际,这位"花儿"歌手对柯扬教授及其同行人员说:"你们明天要走了,我再唱最后一首'花儿'送给你们吧。"

她清了清嗓子,或许是在编唱词也可能是酝酿情绪,过了一会儿她唱了。那声音,怎么说呢,旋律就像鸟儿飞翔的轨迹,自由,舒展;音质呢,就像泉水一样,清亮婉转得没有一点杂质。她唱着,眼中汪着眼泪,眼看要掉下来的时候,声音戛然而止,在一句"没唱好"的自谦中似潮水一般退了回去。

大家显然被感动了,纷纷起身鼓掌。柯扬教授握住她的手:"唱得好,是你编的吗?"

这位歌手说:"是呀。见到你们就像见了亲人一样,走得也太急了。"

专家中有人问:"唱的什么内容呀?"我也听得似懂非懂。这时,柯扬教授对大

家说:“这首花儿我也是第一次听,给你们翻译一下。”柯扬教授说一句,用征询的眼光看一看歌手,歌手点头称许。唱词如下:

园子角的红根棠,
叶叶括过根留下;
有心留你留不下,
请把你的魂留下。

“红根棠是什么?”柯扬教授问,“是不是甜菜根?”

“是的。”歌手点头。

甜菜,我们老家多得是,是一种块茎植物。叶子阔大,人一般不吃,主要用于喂猪和做酸菜。小的时候粮食不够吃,大人就把甜菜叶霜冻风干,留在冬天度饥荒,蒸炒后韧性而有嚼头,略带一丝甜味,是下饭吃的好菜。甜菜的根茎是加工红糖的原料,既能生吃,也可以熟吃,最好的也是最省的吃法就是把甜菜根切成丝,晒干,磨成粉掺入炒面,吃起来分外香甜。

后来,因为工作关系和柯扬教授一起开会,问起当年那个唱“花儿”的女子,柯扬教授说,她叫汪莲莲,现在是国家级非物质文化遗产保护项目“花儿”的传承人。那一夜,在“花儿”袅袅萦绕的余音中恬然入睡,或许是在睡梦中吧,我在想,下次回家一定要问问父亲,他早年是不是来过这里,他漫的山歌是不是学了流传在这里的“花儿”?

第二天,早上起来精神格外清爽,偕同记者先生们一起开始爬山。

五

早早起来,循着冶木河的笑声进入莲花山自然保护区,二十多里的羊肠小道如一根长长的青藤从莲花山上甩下来,与车路蛇似的绞在一起,时而分开时而交叉。只见四方游人三三两两联袂而行,走一走,歇一歇,揩一把汗,便有人亮开歌喉唱一曲“莲花调”,急急如山涧之水跌宕几下,清清爽爽,收尾一个很优美的舒展,便潜没无声。这些男男女女唱的什么哩?

男:

莲花山的头一台,

你像牡丹才开开，
我像蜜蜂采花来。

女：
莲花山的头一台，
你像松柏当路栽，
我像露水潮着来。

男：
唱个山歌尕妹听，
看妹知情不知情；
点灯还要双灯草，
唱歌还要妹接音。

女：
斧头要剁白杨呢，
妹想与哥开唱呢，
唱不过了原谅呢。

男：
绣花要用丝线呢，
唱个花儿情愿呢，
妹要拿个主见呢。

女：
高高山上下黑霜，
有是有非妹承当；
打了官司告了状，
绝不叫哥受难怅。

……

阳光在密密匝匝的树丛上跳跃，嘤嘤鸟语在馥郁的香气中跳跃，清风将一道麦浪徐徐推过山梁。穿过一个村庄，篱笆围墙，柴门虚掩，从一堵墙后闪出一女童，五六岁样，奶声奶气唱“花儿”，有板有眼，引得观光客注目，啧啧称奇。

过了一道弯又一道弯，弯来弯去，眼前陡然一亮，那叫云霄、琼霄、碧霄的三仙姑好像正玩在兴头上，没提防人们会寻到这偏僻幽静的地方来，窥破了她们隐藏的秘密，自知回去逃不过王母娘娘的惩罚，索性化云为石，结庐莲花大殿于唐坊滩。

乘兴拾级而上，沿途观古树、抚怪石，听右侧山坡上传来的高一声低一声的鸟鸣，将沟底一阵阵冒出的冷香吸入肺腑，不知不觉过四道天门。抬头仰看，莲花主峰如一只巨掌翘起五指，壁立千仞，直插云表。巉岩上的游人身子腾空，似要被呼呼的山风卷了去。

我的头顶悬着一老翁，裤脚半绾，裸露的小腿上全是藤条样暴突的筋脉。见我魂不守舍的样子，嘱我弓身，手要抓牢铁链，脚要一步一步踩实，不要朝下看，并笑笑说，从前山上修庙，没有石磴、铁链，扛一根椽棱也上去呢。

绕莲花山峰数过来，在第九个名曰“九顶”的尖峰逗留片刻，攒足了劲，硬着头皮穿夹人峡，便到了与天相接的莲花山巅玉皇阁，极目驰骋，天高地阔，浩浩渺渺，四野葱绿的麦浪汹涌澎湃，冶木河和洮河像莲花仙女腰间飘逸的彩带，又像两根长长的筋脉，给这巨大的荷叶似的山岭注入了无限的生机，颤颤悠悠，绿烟氤氲，这荷叶又好似莲花仙女低眉信手精心刺绣而成，情贯针尖如蚕吐丝，不断地绣下去，这绿便随着你的目光游移，由浓及淡，由淡及无，无到天边，一眨眼还是绿……啊！鲜明而丰富的绿覆盖四野，好像没有边界似的。

经这硕大无比似乎永不枯败的荷叶一衬托，玉皇阁活生生如莲蕊，那周匝耸立的尖峰酷似莲瓣。俯视鬼斧神工的绝壁间点点而飞、盘桓不去的野鸦，近观这犬牙交错的石块的罅隙中长出的毛茸茸的苔藓和楚楚可怜的细草嫩花，一种化冷峻为柔美的力量，使你相信每一块突兀的石头都是莲花山强有力的手臂，是它们坚韧而无畏地挽住了大地所有的不舍和深情。

……悄悄地，一朵出岫的云从你身后依偎过来，用它温润而长长的舌尖冷不丁舔湿你光滑的面颊，不由你愕然欣然飘飘然，纵然莲花山再险十分再高十分又如何呢?!

自从高天厚土中有了这高矣、壮矣、极矣的仙山，歌声便从“杭育——杭育——”的声音中萌芽,在疏星残月的漫长的夜晚中蔓延。有客自远方来,隔着山隔着沟听不见,只好用歌声问候;说不出也无法说的心事只能跑到山里去,唱给崇山峻岭听,唱给蓝天白云听。何况这山里有那么多的草和花由人随意取譬,传情达意哩……唱喜,唱怨,唱乐,唱柴米油盐的艰辛,也唱婚丧嫁娶的喜忧;唱出了急迫的对于新生活的渴望和岁月蹉跎的无奈,唱出了高山流水的韵律;唱得莲花山花事不断,唱得六月六冠盖如云……

六

在莲花山,我真切地感受到了“花儿”的魅力,也深深地懂得了一方水土养一方人的道理。一个地区具有代表性的非物质文化遗产,也就是这一地区风土人情的集中凝聚和体现。

20 世纪 30 年代,著名新闻记者范长江在他的《中国的西北角》一书中,首次记述了从兰州前往内蒙的见闻,其中说到了筏子客在桨声搏击浪涛之际,引吭高歌的“花儿”有响遏行云之妙,内容为“阿哥的肉呀,阿哥来时你没有,手里提的肥羊肉。”这半首“花儿”在当时的报纸上登出来后引起了轰动。

抗战期间,素有西部歌王之称的王洛宾来兰州宣传抗日,在黄河边偶尔听见了筏子客即兴演唱的“花儿”:

千万年的黄河水不干,
万万年不塌的青天。
口里的山歌辈辈传,
白鹁鸽扑棱棱下到了岸边。

据说,王洛宾完全被这“劳人思妇冲口而出,殆天籁也”的民歌所折服。从此,他把自己的心灵放逐在人类文化的旷原上尽情地游弋,亲身感受天地之间往往被人们忽略但无法被时光淹没的最美好的东西,并一如既往地走下去,再也没有回头。

几乎是同一时期,当时在《甘肃民国日报》任职的兰州榆中人张亚雄,耗时几年，历尽千辛万苦搜集的《花儿集》在重庆出版，奠定了他研究整理“花儿”第一人的地位。近两年，在榆中县多年从事民间文化工作的丁述学先生的陪同下，我曾两次来到张亚雄的家乡榆中县马衔山的腹部一带采风。有一次，我们在一处视野广阔的山沟旁，和当地几位老人说起了“花儿”，说到了曾在这里生活、工作过的名闻四海的张亚雄，谈到了由他整理出版的历史上第一本《花儿集》。说到高兴处，几位老人即兴演唱了几首“花儿”。

在我们的身旁，流水淙淙，对面的斜坡草甸上绿树成荫，眼前是一望无际的农田，身后是重峦叠嶂，自然生态环境十分优美。遥想过去，再听听“花儿”率真自然的山野气息和夺人心魄的独特韵味，怎能不让人心旌摇荡，对这片养育了“花儿”的奇山异水由衷赞叹呢！

——我为自己有幸成为一名民间文化工作者感到无比的幸福。

七

从莲花山主峰下来，再回首，找不见路的影子，便不明白自己是怎么走下来的，游人像山挤出的一滴滴水珠盈盈欲坠，欲坠未坠，沿着岩壁的边缘滑下去，滑下去，最后舍命一跳，跳入树丛间忽隐忽现……“花儿”也像鸟儿飞出，像一线阳光穿云，高亢，明亮，洒脱，贴着树梢，沿着峡谷，荡漾而去……

就在我忽东忽西绕来绕去捕捉“花儿”的倩影时，莲花山漫山遍野挂起雨帘，那苍松翠柏就像躲在雨帘后的莲花仙女裸体而浴，似乎在唱：“园子角的红根棠，叶叶括过根留下，有心留你留不下，请把你的魂留下。”

草滋润了山，山滋润了天，天上一朵云，地上一条河。

——莲花山，我留下我的魂，陪你说话。

迷 梦

一

春夏秋冬并不关照地球上的每一个角落,它有属于自己的序列转换和言说方式。四季分明的城市不是没有,在高楼林立的阴影间,轻易看不见罢了;也不是所有的农村都是春夏秋冬的家园。

北方的农村,一切袒裎而分明。

春,生乎?夏,盈乎?秋,止乎?冬,灭乎?

果真如是乎?然也,也不尽然。

春也不仅仅是生。一把种子撒到地里,有几颗活了,又有多少颗腐烂成肥料?一亩地撒八斤麦种,一斤麦种上万粒,全成活岂不长成了不结穗的头发?有些东西死了,死不足悲,就是为了让不死的东西好好地活着,活得欣喜。

夏也不仅仅是盈。不是说月有阴晴圆缺、人有旦夕祸福吗?一株小麦从生长到成熟,吸收了太多的日月精华,从一粒变成了几十粒,麦穗因不堪重负而变得垂头丧气。在生长的过程中,没有一株小麦在阳光和清风中不放声歌唱的,也没有一个人死到临头是不悲伤的。

秋也不仅仅是止。当收获的脚步像水一样在大地上流走时,卸掉了一切重负的天地一时间变得那样清爽洁净。如果有人弃我而去,那正是我弃她而去之时。一切在瞬间的湮灭和解脱中获得新生。正如有人说的那样:是不是真情来临,都有另类的注释?

冬也不仅仅是灭。深秋初冬之际,天地之间依然弥漫着的芳香,是秸秆、藤蔓和枯叶的抒情诗。犁开坚硬的土地——这些因生长而精疲力竭的土地——需要新鲜的空气和暖暖的阳光。期待是一种煎熬,但更是一种能量的聚集,虽然漫长,并不虚无。

不要说花儿都畏惧严寒,只有冰雪的节操才能奏响梅花的琴弦;不要说人老万事皆休,法国作家梭罗早就说过"枯树是爱火的"。

不要沉醉于春天的芬芳,是死亡的果敢催生了夏的激情;不要在万木萧瑟的秋天里长吁短叹,是冬天倾其所有孕育了春天的胚胎。

春即是生,生中有死;

夏即是盈,盈中有亏;

秋即是止,止中有息;

冬即是灭,灭中有藏。

记得老子的一句话:反者道之动。

季节的美丽,掩盖了此消彼长的争斗和轮转。一个迅速繁衍的细胞同时也在迅速地走向死亡,它的繁衍和死亡几乎是在同一个起点和轨道上运行的。

不要相信眼睛和耳朵,因为事实通过密谋正在悄悄地发生变化。

一只天鹅正在穿越黄昏的土地,天空因此而黯然失色。

诗人海子告诉我们——

其实只有美丽吹动的风才知道

她已受伤。她仍在飞行。

二

我的村庄凡而不凡的人生故事尘封已久,该到说出它真相的时候了。

汪桂花的私奔就像一颗小石子,意外地投在了一潭波澜不惊死水般的涝坝中,仅仅溅起了一点不大不小的浪花,又迅速复归平静。

一样的日出日落,我尽管十二分的不情愿,也只能扛着锄头或拿着镰刀跟在父亲的屁股后面春种秋收。

有言在先,打小我就不是一个听话的孩子。明知道谁也不能逃脱环境的制约,我却从没想着要过循规蹈矩的日子。这也难怪,没有人甘愿束手待毙,总是想方设法挣脱绳索的捆绑。

父亲的悲剧也许在于他并不完全明白春即是生、生中有死的道理。

有钱难买早知道，许多事情只有在回头看时才会明白，所以，人生要学会及时回头，看一看，想一想，也许会少走许多弯路哩。

在弟弟降生之前，我作为延续家庭香火的唯一男丁，在家人和大多数村民吃糠咽菜的日子里，我吃了比兄弟姐妹更多的白面大饼和香甜的玉米面瘪瘪，享足了父母在当时所能给予的最大恩宠。虽然上房揭瓦爬树摘果时肚子饿得咕咕叫，但我感觉自己就是撑起天地的一根柱子，有着使不完的无穷力气。

我们村的大山上有两处分别叫野人湾和堡子梁的地方，属于空荡无人的荒山野郊。大白天行走到这里，心里瘆得慌，总觉得哪棵树的背后或哪个山洞里会冲出一只猛兽，如果恰巧碰上一只传说中吃人的老虎，会不会对我虎视眈眈哩！

其实，这一带的大山里，听老人说过去有狼出没，如今难得一见了。小时候给牲口拔草，就在野人湾隐隐约约地见过一只野狐子，学名叫狐狸。从小到大，我对自己无法捉摸的异类有一种难以克服的恐惧感。当时的我既不敢向前迈一步，但也不肯轻易示弱，这条狐狸就像人一样，隔着一条沟和我对视了半天，转身漫不经心地远去了。狐狸常常在半夜时分潜入我们家的鸡棚偷鸡，在睡梦中会传来鸡发出的嘎嘎的惨叫声，早上起来留下一地鸡毛，气得父亲吹胡子瞪眼，发誓逮住野狐子活剥了皮。

父亲没有抓住野狐子，费了九牛二虎之力抓住了一只野猫。这只野猫在不到一个月的时间，神出鬼没偷吃了我们家三只立马要下蛋的鸡仔，害得一家全年的油盐酱醋没了指望。正应了那句老话：多行不义必自毙。就在这只贪婪的野猫抓走我们家的最后一只鸡仔，躲到别人家的炕席背后幸灾乐祸地偷偷享用时，被邻居家的一名小伙伴发现，喊着父亲抓了个现行。气急败坏的父亲铁青着脸，将狐狸的账算在野猫的头上，一不做二不休将它五花大绑在我们家一棵碗口粗的榆树上活剥了皮。姐姐和妹妹被吓跑了，七八岁的我做了父亲勇敢的监刑官。

仇人相见分外眼红。我也认出了这只野猫，它觊觎我们家的鸡仔很久了，在我拿着烧火的木棍满院子追打它的时候，它认为我少小可欺，竟敢蹲在我们家的墙头翘着尾巴、居高临下地蔑视我哩！

父亲去世后，我唯一担心的就是这只野猫不散的阴魂会找父亲的麻烦。但父亲早有所料，在它临咽气时割掉了它的舌头，以防它到了阴间继续妖言惑众。

我不虐猫，但也不喜欢猫，不仅仅是小时候的这点过节，我反感它有一个十足的理由——明明是只猫，却把自己伪装成老虎的样子。

三

小时候，我没有见过老虎。见过的老虎也只是贴在堂屋墙上的年画。老虎作为百兽之王，最早是从父亲那儿听来的。

我的父亲母亲在我的印象中特别爱做梦。

每天清晨，当我蜷伏在被窝中，眼屎糊住双眼、睡得迷迷瞪瞪的时候，父亲在炕头边架起火盆喝茶，母亲坐在一边掐草辫，他们经常交流的话题就是说梦。父亲说自己梦见了一只金额斑斓老虎，母亲经常描述的梦境是割鲜嫩的韭菜或挑了两桶清泉水。这些梦境被父母描述得非常动听，吸引得我赖在床上不想起来。父亲说梦见老虎，子孙后代中必定会有将才出现；若梦见龙那就不得了，皇帝的妈临产前梦中一定会出现蛟龙伏案或蛟龙绕柱的征兆。

有一次，父亲说梦见一个小孩坐在弯弯的月亮上在天空中游弋哩，老两口也弄不清这是一个什么样的梦，觉得无比吉祥。

记忆中父亲的目光拂过我的脸颊——就像月亮边的一缕清风。

父亲还常常把自己的梦有意无意地跟我的出生联系起来。那是不久以前的一个清晨，东方露出一线鱼肚白，年轻的父亲已经出门，手握镰刀、肩扛扁担哼着歌儿走向田野的时候，奶奶沙哑的声音唤回了他，告诉他自己有儿子了。

以后每当有人问起我的生辰，父亲总会骄傲地说："日出卯时。"在父亲的世界观中，日出卯时，天地初醒，霞光万道，大吉大利。大自然的礼赞使为人父母对子女的希望变得坚定起来。在我离开母腹之际半睁半闭的眼睑中，夜色正在消褪，一抹温暖的霞光适时地点亮了我的生命。

一句话，我的出生与天地自然血脉相通。

我在父亲挂在嘴边的言谈中，越发觉得自己是一个非凡之人。

梦境对于别人是虚假的，对于我却是真实的。我常常把梦境中的事物在现实中演绎。在梦境中骑在老虎背上，把老虎驯服得像一匹任人驱驰的骏马。面对一面墙，一棵大树，我会在意念中想象自己是多么地神武不凡，展开双掌推倒这面墙或击断这棵树。我还跟同村的小伙伴在一丈多高的悬崖上一跃而下比胆量，挑力气最大的同龄人比试摔跤。即便被别人摔倒在灰堆上，也轻易不会善罢甘休或低头认输。

——我强大，是因为梦与我同在，老虎与我同在，我和大地一同生长。

我的父亲年轻的时候是一个货郎，挑着针头线脑远走他乡，走遍了大西北的村村寨寨，虽算不上见多识广，但也称得上是饱经世事。

在大雪封山的冬夜，父亲喜欢给我讲故事，讲一些奇奇怪怪的故事，尤其是鬼故事。他神秘地眨巴着眼，一边笑着，一边讲得有鼻子有眼。父亲有极强的讲述能力，把别人的故事绘声绘色说得跟自己亲身经历的一般，使我常常把父亲道听途说的故事信以为真。

那时跑买卖的人手里都有一条扁担，既可以挑货物走夜路，又可以护身以防不测。记得当时政治运动比较频繁，但凡做买卖的生意人在运动中挨批时被呼为投机倒把分子，一旦被人举报，就会当作坏分子抓起来。我亲眼看见父亲被村干部抓住后，将反捆的双手一直拉在脖子根挨批斗的情形，父亲的腰弯成一个大虾米，头几乎要贴到鞋尖上了。

父亲一走就是十天半月，估摸父亲快要回家的日子，母亲就彻夜不眠，坐在窗口借着月色纳鞋垫或做针线活，嘴里哼着秧歌曲之类的。父亲白天不敢进家门，总是裹着一身浓重的夜色偷偷地溜回家，走院门怕被左邻右舍听见，只好像小偷一般翻墙而入，天不亮翻墙离家。第二天自家的橱柜中多了一堆发霉的馒头锅盔，我就知道父亲来过了。

父亲说，走在野人湾或堡子梁上的时候，转过一个湾，再转过一个湾，走着走着不由人毛发倒竖，心里再慌也不能大意，一旦听见响声，不能迟疑，要立即把手中的扁担挺过头顶，这时响声由远而近，越来越大，那声音就像鸽子"哗啦哗啦"扇动翅膀的声音。父亲觉得还不够吓人，说什么野人湾的鬼没有眼睛，专取项上人头，它掠过人身时，就会把扁担顶端误当成人头，"咔嚓"一声撞过来，扁担应声而断。吓得我把头缩在被窝里，满脖子湿漉漉的，紧张而又兴奋地闷着声喊："那是鸽子。"

父亲说："鸽子是鸡雾眼（盲眼），晚上不会飞的。"

我又喊："那是风，是风声。"

父亲说:“没有风,月亮明晃晃的。”

晚上憋了一泡尿,吓得我不敢起夜,睁开眼看见门缝里有一道亮光射进来,闭上眼也是一样,一团一团奇形怪状的鬼影在眼前晃动,尿憋不住就常常尿床,我又怕父亲发现责备,睡在尿中不敢挪窝,就用自己的体温将羊毛毡烘干。为此母亲没少埋怨父亲,“给孩子没讲头就算了,胡编啥哩?”父亲担心把我吓出什么毛病,又给我解释说鬼并不可怕,只需把两只手的中指和大拇指掐在一起,鬼就不能附体害人。

后来到五里外的镇子上去念书,早晚走夜路,我就照着父亲说的去办,也就不怎么害怕了。

后来的一次经历,彻底根除了这一恐怖心理。

四

父亲在我的背上留下了一道血痕,唯一的一次,父亲向我下了狠手。

人都说我是一个学习的料,是一棵好苗子。家徒四壁,没有什么值得炫耀的,几张参加全县作文竞赛挣得的奖状,被父亲挂在家里最显眼的地方。过路的陌生人进门讨一口水喝,看了奖状都会摇头,对父亲说一句这孩子可惜了。亲朋、乡党就不用说了,直截了当地说父亲没把儿子管教好。父亲的脸上白一块红一块地,常常无言以对。我的任性击碎了父亲的梦——一个关于“老虎”的梦。

有一段时间,父亲沉默不语,眼神散漫无光,长久地呆呆地盯着一个地方不转眼,像丢掉了魂似的。

我回到了家,做了一个农民,却不把劳动放在心上。我从不厌恶劳动,作为农民的儿子,我是热爱劳动的,只是深恐经年累月、不用大脑的苦力会使一个人变成白痴,这是我不能忍受的。

从内心来讲,尽管十分排斥和抗拒这种简单的重复劳动,但白天还是闲不住的。我喜欢在晚上看书,当时家里用柴油灯照明,烟大,早上起来两个鼻孔变成了烟囱。一两毛钱打一斤柴油可以用一个月,我晚上看书,一斤柴油就用不了多长时间。有时候不小心灯光漏出了门缝,照亮了堂屋,常常会被睡了一觉的父母察觉,父亲气得长吁短叹,母亲哩,就用哀求的声音喊我的名字,我只好悻悻地熄了灯或用书遮住灯光继续看。

点灯熬油不算什么,父亲压根儿就不相信还能自学成才,像这样的亘古未闻之事要变成现实，在他有限的认识中无异于痴人说梦。学堂是正经念书的地方,不念书就不念了吧,活人的路子多得很,待在家里了,就收心安心务农。难以理解的父亲,不解加上怨气,人也就变得唠叨起来。踏着月光出门、顶着毒日进门的父亲流着一身臭汗,看我无精打采、懒散倦怠的样子,气就不打一处来,把肩头的犁耙、手中的农具胡乱撇在院子里,惊得鸡飞狗叫,捎带着从牙缝里挤出两句骂我的句:“我一时死不了,我看着你成功,哪一天你成功,哪一天你拉下的屎我吃了。”

让父亲吃屎的事岂能如愿,我的心掉到了深渊,不禁心灰意冷起来。有几次我流着泪,默默地把自己为数不多的几本书和写的东西装到背篓里,学黛玉葬花的样子,下决心背到野外挖个坑埋掉,或一把火烧掉算了。

姐姐知道书是我的命根子。

我的每一本书都用牛皮纸包着皮,工工整整地写上书名,像给孩子取名一样。

俄罗斯作家洛扎诺夫说过:“书不能‘外借’。书一经‘外借’,便堕落为‘荡妇’。书一经‘外借’,便丧失了自己的精神,自己的质朴,自己的纯洁。”

我没有这样的体验,但我的书也是不外借的,一旦流经他人之手,就会像思念失散的孩子一般,惶惶不可终日。

姐姐平常对父亲是不敢顶嘴的,这一次不知从哪儿来的勇气,一边哭着夺下我手中的背篓,将书一本一本取出来,一边骂父亲:

“你是死不了,看书又不是偷鸡摸狗的丑事,他喜欢看,就让他看,给你丢人现眼了吗?有什么不好,天又没塌下来,把你的什么事耽误了,做牛做马你冲着我好了!”

姐姐大哭,我陪着姐姐流泪,父亲便一声不吭。

父亲给姐姐取名为喜合,生了我;给妹妹取名为喜转,生了弟弟。人们羡慕父母会生儿育女,指望两男两女托福满门哩,但姐姐妹妹没进过学堂,两个儿子念书又半途而废。父亲在村上也算见过世面的,是个要强的人,尤其是我——作为长子和父亲心中的掌门人,反而和父亲的愿望背道而驰,既不上学又不劳动,成了和父亲对着干的克星,父亲心里的凄楚不是姐弟二人能知晓的。

五

到了秋天，麦子收上场后，只有大秋作物自作多情地迎风摇摆，东一块西一坡地散布在山塬梁峁之上，成为空旷的田野中最美的风景。

一场秋雨之后，板结十分厉害的麦茬地翻耕时掀起的土疙瘩，大得像牛头，硬得像石块。母亲和姐姐要去忙别的农活，临走劝我随父亲去砸土疙瘩，我去了。十多斤重的榔子是树根子做的，很结实，一块土疙瘩，手起榔落，砸碎起码得三四下，不大一会儿，震得两手的虎口部位生疼生疼。

我们家平常风风火火的驴此刻挣得像老牛一样摇摇晃晃，满沟子的汗小溪似的顺腿往下流，绳子扯得断裂似的"吧—吧—"作响。即便这样，父亲还是不依不饶手起鞭落，打得驴屁滚尿流。

看着一地的土疙瘩，我的心茫然得像戈壁滩，手臂跟机器人一样僵硬，机械地动作着。

……我想起了夏收的时候，面对一望无际的麦田，一镰刀一镰刀挥汗如雨收割麦子的情景，这种丝毫没有变化的枯燥乏味的重复性劳作，使人变得跟牲口没有两样。那时，刘恒或许还没有想到要写《狗日的粮食》吧，但我在心里早已骂开了：

狗日的粮食！

狗日的麦子！

狗日的土疙瘩！！

思想一走神，手中的榔子不知不觉停下了。父亲赶着驴从我后边走过去时，我看见一道鞭影闪过毛驴惊恐的水汪汪的大眼睛，惊得毛驴向前一跃。抡圆了劲凌空劈下的一鞭子，贯注了父亲长期以来的怨气，它没有打到驴身上，而是重重地抽在了我的背上。一种火辣辣的感觉从背上传递开来，就像闪电划过我的脑际，我当时并没有感觉到有多疼痛，反而有点解脱的快意。

我想到了那只贪婪的可怜的野猫，不知它当时是否预知自己难逃一死的劫数？如果知道了，而且有了决心赴死的准备，即便被活剥了皮，也是不疼的。我听见父亲吼了一声：

"你早点儿去死吧。"

在西晒的秋阳下，不知是汗水还是泪水流进了我的眼睛，酸涩的感觉刺得睁不开眼，手中的枹子跌落在地，我用沾着土的袖子揉擦眼睛，深一脚浅一脚地回了家，用凉水把脸洗干净了，忍着疼脱掉了和皮肉粘连在一起的衬衣，换了一件干净的衣服走出了家门。

六

我想活人难，死总是很容易的事吧。

窑沟小队当兵复员的张宝儿躲在自家的一块麦地里用自制的土枪把自己崩了；下庄太爷家的姑娘放羊时不慎失足掉到了一个叫鸦嘴的深沟中，啃了一嘴泥巴死了。我死了，姐姐第一个会哭，母亲会不会一夜之间白了头，不吃不喝变成一个傻老太太？弟弟妹妹不懂事，也许会跟着大人哭吧。父亲哩，也许最难受，但我一点不怪父亲，父亲毫不掩饰自己的爱和恨，是没有错的，老子打儿子再正常不过了。

我用姐姐掐草辫换来的钱寄出去的几篇小诗，三个月采用稿件的期限过去很久了，我却没有接到任何通知。我在乎的是自己来到这个世界已经十五六个年头了，一件有意义的事情也没有做，就这样死去吗？

我不想和他们一样死得不明不白。出了村子，像丢了魂似的漫无目的地走在山道上，一时为不知如何去死惆怅满怀。

我来到了野人湾——那个父亲讲过鬼故事的地方。

晚风汹涌而起，夕阳贴着西山的脊背就像一个溺水之人挣扎着不想沉下去。那份告别大地之时所具有的依恋之情以及这份依恋之情所营造的盛大而无限的眷恋、温情和没有丝毫私欲的祝福，虽说当时的我还不能完全领会，但已经在我的心头泛起和弥漫开来。虽然我的追求还不能完全被父亲和我的亲人理解，但此时的我一点也不记恨他们。

人生自古伤别离。别离之所以感人，不是别离的不舍和伤感气氛，而是别离在瞬间爆发出的人性的温情和无私。

有一种别离是不需要理解的，那就是对于理想和信仰的追求，它不需要表现给任何人看，它自身的温暖和壮美足以温暖殉道者的一颗心。

——就像落日余晖一样，也许这份情感只会更动人地浮现在临死者的脸上吧。

黑夜像潮水一般很快从远山漫卷了过来。

美国著名诗人史蒂文森的几句诗,描述我当时的心情恰如其分。

当歌声结束,我们
回城,那些萤灯,那些
停泊的渔舟的灯火,面对
空中跌落的夜色,竟然
把握了夜,分配了夜？竟然
摆出火树银花,安排
加深,甚至迷醉了夜?

天地人间的谢幕如此壮美,想到在我告别人世之后,这样的情景还将一次次上演,我体会到了一种凄美的迷醉。

明天,明天,太阳将会升起,新的一天又将开始。

我来到了野人湾山梁背阴处,这里有一大堆无人经管和照料的坟茔,坟茔高高的土丘上长着尺把长的冰草和野蒿。躺在坟茔之间,把自己脑子中所能想到的最可怕的形象搜出来,上演一遍,想想再可怕的野鬼也不过青面獠牙罢了,我倒是想在临死之前证实一下,看看父亲说的野人湾的野鬼是用何等手段来取项上人头的,想到这里,心里反倒一片坦然。

山风刮得更猛了,隐约听见母亲和姐姐呼唤着我的名字,侧耳谛听又听不见了。在晚霞最后的一丝余光中,我看见一大群野鸡"扑棱棱"贴着山梁飞了过来,落在了我脚下的地埂边。我动了心思,野鸡和家鸡一样,到了晚上两眼一抹黑,什么也看不见,干脆抓它几只算了。等到父母来这里收尸时,我要让他们知道,他们的儿子临死之前还在想着抓了几只野鸡给他们改善生活哩!

如何抓?我想了个办法,将裤子脱掉,用坟头上的冰草搓成绳子,扎住裤脚,两个裤腿装四五只野鸡是没有问题的。

天完全黑了下来,为了不惊动它们,我脱掉鞋,到地埂边去摸野鸡,足有半个时辰,听见这儿那儿传来"扑簌簌"蠕动的声音,在地里摸了几个来回却了无踪影。折腾了半天,不但野鸡没抓住一只,脚后跟扎进去了一根尖刺,不得不沮丧地放弃了。

回到坟地中，左摸右摸找不见鞋子，远处山影幢幢，掠过坟头的山风发出“呼—呼—”的怪叫声，难道野鬼真的出现了，还是它们在兴风作怪？我至今想不明白，自己清清楚楚放在一座高高的坟堆上的鞋子怎么会跑到坟堆的边缘去了，憋了一肚子的寻死之气泄了，头皮发麻，心里悚然，手忙脚乱地穿上裤子，为了不让鬼看出我惊恐的样子，我故作镇静放缓脚步地往家赶。

路上，猫头鹰在野外的地头树梢上高一声低一声地鸣叫着。我们那儿的人把这种鸟叫作夜鸽子，是一种只在夜晚才出现的不吉祥的邪恶之鸟，逢人都会遭到驱赶。

“咕咕喵——咕咕喵——我把你带上跑。”

民间传说中，据说这种鸟会把寻死之人的灵魂引导到地狱中去。

七

此后很长时间，父亲和我之间相安无事。

有一次，我叫上同村的一个小伙伴潜入村上的一家果园偷苹果。先躲在守园人的房子里，不急不慌地吃果子，等吃得倒牙再也吃不下去了，就消消停停摘苹果，我在野人湾抓野鸡的办法在这里派上了用场，等装满两裤腿苹果，正要大摇大摆地走出果园时，被不远处正在自家地头忙碌的果园看护人发现了。

果园看护人一边发疯一般卷着一股烟尘追过来，一边大声喊叫村民来围堵我们。

果园下面是一块宽阔的玉米地，我们从一丈多高的悬崖上慌不择路地跳了下去。在惯性的冲力下，扎住两裤脚的冰草绳子崩裂开来，苹果滚了一地，我们顾不及捡拾，拼了命仓皇而逃。

村民很快围住了这块足有十几亩大小的玉米地，有几个村民在玉米地里来回穿梭搜寻我们。好在当年风调雨顺，阔大的玉米叶遮天蔽日，为了分散注意力，我俩分头躲在玉米根部深陷下去的空隙中，再用杂草遮住身体，总算躲过一劫。奇怪的是一个村民从我眼前一米开外走过，居然没有发现我，是他有意要放过我哩，还是我口念“阿弥陀佛”，神灵使用了障眼法，就不得而知了。

茂密的玉米林就像一杆杆守护我们的红缨枪，无私地给了我们一份安全。

此后不论走到哪里，每每见到生机盎然的玉米地，都会带给我一种深沉无比的亲切感和踏实感。

八

我原本想，父亲有父亲的生活，我有我的活法。

命中注定，我要和父亲在相克相生中了结所有的事情。没想到我惹的事让父亲又一次背上了黑锅，被大队召集群众批斗了一次。我的小伙伴回家后挨了家人的一顿狠揍，回家后母亲抹泪埋怨了我半天，父亲一脸苍白，出乎意料地保持沉默。

我终于明白，我这一辈子跟父亲是分不开的，正如俗话所说，打断骨头连着筋，他的血液流进了我的血脉，他所有的一切都要或迟或早地溶解到我的血液中去。

就连我的病痛也是父亲所赐，在漫长的岁月中，它将成为我和父亲之间传递信息的一种弥撒圣礼仪式。

这只是一个插曲，我没有就此沉沦。

病 魅

一

在青春的活泼流畅中我茁壮成长，是青春给了我叛逆的资本和力量。

谁能相信，疾病喂养了我的青春，健全了我的免疫系统，以至于让我没有沉沦下去。

说出这样的话，连我自己都感到吃惊和不解。

与青春的热情和力量不同，疾病，成了我生命基因中最顽强也最具有创造力的活性因子。

是疾病，塑造了我的个性和想象力。

也是疾病，使我拥有了博弈人生的秘密武器。

我是一个农民的儿子，不同的是我有一个别人所没有的父亲。

我生在1966年社会生活和物质生活双重苦难的襁褓中，据母亲说，在我还是两三岁的时候，一个小小的感冒，没能及时诊治，由百日咳演变为慢性支气管哮喘，父亲为此心怀愧疚。

一般人认为这是人生的不幸，当我成为一名父亲，认真地回顾、咀嚼、反思四十年的人生经历之后，我要以一个父亲的名义郑重地告诉长眠在九泉之下的父亲，我说过"春即是死"的话，我要说的是——

疾病不仅是自然的奥秘，更是生命的奥秘。

疾病与生俱来，潜伏在生命中，注视着生命的动向，它从来不声张自身存在的意义。

疾病是生命的不速之客，人不能提前预知疾病，它的存在，成为一个人感知生命质量的指标和参数。

如果疾病是生命的不幸,那只能说是人的不幸。

难道不是疾病赋予了生命自愈的能力?展示了生命健康的美丽?

在死的绚烂中,难道不是疾病的燃烧成就了生命的价值?

二

出于本能的人性之爱,我理解父母希望子女健康幸福的一颗拳拳之心。

记得十二岁以前,我经常气息奄奄地趴在父亲宽大而厚实的背上四处求医问药,就像一只蚂蚁爬在一片宽阔的树叶上。

蚂蚁在树叶上转着圈,树叶就成了它怎么也绕不出去的世界。

人都说我早熟,父亲的脊背使我知道男人本应该是一座山。

奔走在乡间村寨的山路上,我常常耷拉着脑袋从半睁半闭的眼睑中越过父亲的肩头上望过去——

在草坡上,和我一般大小的孩子伫立在风中,东奔西跑地放牧着一群不听话的羊群;

有时在弯弯的山路上会碰到一对小兄弟或小姐妹梗着脖子摇摇晃晃地抬着水桶,桶里的水溢出来,"滴答滴答"洒了一路;

在路旁的山野坡地中,也经常会看见三三两两的小伙伴挎着篮子或背着背篓吃力地捡菜、拔草……

当父亲背着我走过他们身边的时候,在他们痴呆、木讷而又闪动着羡慕的目光中,我的心就像一片幸福的落叶,悠然而轻灵地飘来荡去。

有时我会在父亲的背上甜甜地睡去,但有一次我差点耷拉着脑袋在父亲的背上沉沉地死去了。

三

仲夏之际,中午十二时至下午二时的烈日往往能量最大,在熊熊燃烧的光焰的炙烤下,万物雌伏,大地屏息,凝滞的空气就像一锅糨糊,在时不时迸裂的气泡中冲出一丝丝刺鼻的糊味。

这段时间,庄稼人就会早早地收工,吃罢午饭在家休息。

赶上好年景,一晌的烈日就会把麦子催熟或烤得爆裂,麦子饱满的颗粒就会自动跳出麦壳,纷纷跑到麦地上乘凉哩。如果风云突变,遇上一场雷雨冰雹,一年的辛苦就会在瞬间付诸东流。

有一句谚语:六月忙,刚过门的媳妇请下床。形容夏收形同虎口夺食,是不能有片刻的迟缓和耽搁的。

当时,父亲作为村上抓典型的投机倒把的坏分子,被剥夺了参与集体劳动的权利,被生产队安排到每家每户掏屎尿,兼做生产队苜蓿地的看管员。

父亲在 20 世纪 60 年代初期啃树皮的年月因偷吃豌豆之类的生粮落下胃病,加上每天和臭气熏天的屎尿打交道,胃病时不时地发作,为此父亲低声下气地央求队干部给他调换个工种, 队干部说:“能让你挑屎尿就不错了。想干不干随你,不干就没有工分。”没有工分,一家人只能喝西北风,无奈的父亲只好忍气吞声长年累月挑屎尿。

大热的天,父亲嗅着家家户户的臭气,肠胃不由一阵阵作呕,胃病发作时却又常常感到胃寒,就把母亲特制的护兜拴在腰上。

那一年,我也就五六岁大吧,经常有人偷割队上的苜蓿,父亲忙不过来,就把我寄放在苜蓿地边的土房子里站岗放哨哩。

那个土房子位于一块高地上,闷热无比,时近中午,我眼巴巴地盼着父亲来接我,便跑到外面透气玩耍,一股从地埂边刮过来的小旋风把我卷在里面,热汗涔涔的我一下子伤风感冒,立马感到呼吸困难,等父亲赶来时,我喘成一团缩在墙角,只剩下半口气了。

我在父亲的背上捡回来一条命。

事后母亲说,我当时气绝足有半小时,年轻的父亲背着我一口气跑到村上的赤脚医生那儿,幸亏抢救及时,打了一针就缓过来了。

遭此一劫,父亲再也不敢麻痹大意。当时家境一贫如洗,父亲常常借钱累债,背着我四处投医问药,打听、搜集了许多民间偏方尝试着给我治病,为此,我还吃过猪苦胆哩,坚持没多久,因为太难吃就放弃了。

有一种偏方是我的最爱,就是把杏核去壳的杏仁,用开水煮熟,再用周岁左右吃奶孩子的尿水浸泡七天,清水洗净后用温火焙干炒熟,一次吃七粒,常年不断。医书上说,杏仁,性温、味辛、苦甘,主治外感咳嗽、气喘、喉痹等症,用幼儿之尿浸泡杏仁,或许有解毒之功效吧。

加工好的杏仁被母亲盛在一个瓷盆子里,放在橱柜中,供我一人享用。按照医嘱,一次吃七粒,一日三次,定量吃二十一粒杏仁。我并不把大夫的话当回事,进门吃七粒,出门吃七粒,一天进进出出吃的杏仁很可能要翻上几番,我觉得好吃,常常忍不住拿它充饥哩。

乡间杏树多,父母便发动兄弟姊妹到处向人索要杏核,把丢在路上或别人家杏树下的杏核捡回来。

我哩,最怕的就是感冒,一旦感冒,气管炎就复发,特别是秋冬之际,复发后一时难以治愈,一边吃药一边喘气,一直要延续到第二年春暖花开的时候,随着季节的转暖才会不知不觉地好起来。

在没有感冒的时候,我和健康的孩子没有什么两样。气管炎把我变成了一只病猫,气管炎好了我又成了一只顽皮的猴子,经常趁人不注意,藏在别人家枝叶纷披的杏树上偷摘杏子。一旦被主人察觉,嘴倒是很甜,喊一声"大爷(大爸),我摘几颗杏子治病哩"。大爷、大爸们虽然一脸不悦之色,但一般是不会追究的。

上小学的时候,每逢农忙时节,学校每周的劳动课就是帮生产队拔豆子,这样的集体劳动我一般是不参加的,即便参加,我也是跟在同学们的屁股后面捡拾漏掉的豆子,或者把他们的豆捆子收拢在一起,一些女同学动作缓慢,远远地掉在男同学的后边,我看着于心不忍,像做贼似的上去帮两把,不料惹来男同学的嘲笑。

病情严重的时候,就连学校搞卫生扫地这样简单轻便的活计,我都因为气喘干不了,几乎成了废人。

一年吃了多少杏仁记不清了,记得母亲常常用积攒起来的杏核外壳烧炕哩。多少年过去了,我家遗留下来的木棒子上布满了一个个砸杏核的小坑坑,见证了我吃杏仁的历史。

我常常想,杏仁肯定有好多人体需要的营养元素。不然,为什么我不发病不气喘的时候,感觉自己的肌肉就像杏核一样坚硬有力哩!

到了十二岁上初中的时候,原本孱弱的身体在疾病长期的锤炼中变得日益强壮起来,不再是一棵弱不禁风的小草了。

为了奖励不肯轻易就范的生命力，疾病在我左臂上留下了一块铜钱般大小的勋章，那是经常打针坏死的一块肌肉，形似木棒子上砸杏核留下的小坑；更像一棵小树在生长过程中留下的一个疤痕，成为生命历程中的一个显著标志。父亲说，小时候打针把我打急了，出手抽了打针的大夫一耳光。

遇上春霜秋冻、雨雪交加的日子，即便浑身被雨水淋透，感冒不再轻易复发。父母暗地里常常替我捏着一把汗，但他们总算可以舒一口气了。

四

礼拜天或节假日在家休息，父母从不把我当劳力使唤。劳动就要出汗，风一吹最容易旧病复发，父母唯恐把我挣出什么毛病来。在田间地头劳动的时候，我就一边玩耍，一边不失时机地掌握了许多劳动的技巧和植物的秘密。

植物一般都是无性繁殖。一颗洋芋，用刀能剜出五六颗籽种，土豆出苗后，不论从哪一个角度看过去，都是一条直线。当然，我会从一棵葱茏的洋芋苗出发，从一行行土豆苗的网状格局中，分辨出“之字形”“菱形”“三角形”等等各种几何图案，有时会在恍惚间看见一队“人字形”的大雁，从一大片土豆的森林中飞腾起来。

我还从父亲娴熟而优美的的动作中，掌握了很多耕作要领，比如锄土豆，也就是给土豆上肥培土，前面一锄土，紧接着左面一锄土、右面一锄土，幸福的土豆苗就稳稳地扎根在喧腾而肥沃的土堆中。

割麦子也是一样，左手张开五指抓住麦稍，一镰刀一大把，连着三镰刀揽在怀里，就是一捆麦子。不会割的人，一镰刀一小把，割五六把也凑不够一捆，麦子横七竖八乱糟糟的，速度自然也就慢了。有时候，我的心劲一上来，敢跟父亲比赛着割麦哩。

麦子是个爱扎堆的植物，镰刀“刷刷”地响着，麦穗也就“呵呵”地笑着，像兄弟似的，一捆一捆抱成团，结实而有分量。

麦子是随风授粉的，麦子扬花的时候，惠风和畅，青青的麦穗上挂着嫩黄的花粉，就像姑娘娇羞的面庞。在风的追逐、爱抚下，顽皮而多情的麦子“哗哗”的如水一般地漫过去，翻卷起一道道柔美的爱的波浪。

快到麦子成熟的时候，在静静的午后，在麦田里，如果你的耳朵足够灵敏，就会听见麦穗“窸窸窣窣”拔节灌浆的声音，再凝神谛听，好似一群女孩子们藏在麦地中“叽叽咕咕——咕咕叽叽——”地交头接耳，你甚至会分辨出她们窃窃私语的具体内容哩。

麦子一般种在山脚下；土豆和糜谷，自然种在半山腰；胡麻哩，有一句土话：高高的山上种胡麻，胡麻里面藏娃娃——预示着这是多好的年景呀！

如果小麦是一群嬉笑而顽皮的少年，土豆就是怀孕的少妇，金黄的油菜花就像刚刚过门的新嫁娘，满怀着对新生活的渴望和憧憬之情；那开着蓝色小花的胡麻如同少女，“最是那一低头的温柔，恰似不胜凉风的娇羞”；那沉甸甸的谷穗，如同人生的老年，沉默寡言而富有智慧，在他们的心灵深处，埋藏着一个山村厚重的历史，在秋阳的余晖中，无声地诉说着多少动人的人生故事和寓言传说；那大片的红高粱和金黄的玉米——这些高干繁茂的植物森林，无疑是山村的青年和中年人的混合编队，并肩构筑起一个山村的绿色长城，他们或英姿飒爽，或老成持重，作为这片大地的忠诚卫士，守护着大地的安全，也守护着一个山村丰盈的希望之梦……

没有忘记在村上的果园偷摘苹果的时候，高高的玉米曾经庇护过我，救过我的命，那一次，在玉米地里如果把我抓个现场说不定会当场打死哩。

父亲过后语重心长地给我说：

“作为投机倒把分子的兔崽子，你跟别人家的孩子不一样，以后要洗手，不要再去偷人了。”

今天，当我再一次缅怀、歌颂这些高大的高粱玉米，绝不是出于一己之私的言不由衷的美誉和吹捧。不是的，一个没有玉米和高粱的山村就会失去屏障，是裸露的，贫瘠的，干涸的，是寒碜而荒凉的。

玉米是粮食中的王子，是最纯正最缺少污染的绿色食品。

在大地的歌声和诗卷中，它们是民歌中的“花儿”，属于天籁之声和大地牧歌的交响；是诗歌中的《楚辞》，以自己的独树一帜，标示出原野和大山亘古如一的博大和伟岸；它们也是隐藏在大山深处的高人雅士，以目送归鸿、手挽白云的情怀，撩拨着游子的故园之思。

感谢疾病让我和劳动始终保持了一种距离，一种不疏不近、若即若离的情人关系。情人是一种什么关系哩，它会给你带来迷醉的快乐，一种悠扬的幸福，它也许不像夫妻感情那么厚实，但有一种心心相印的深沉；它永远成为你心底的一种召唤。

离开家乡二十多年，才明白了这样一个道理：距离产生美感，转身始知情深。

——是这样的，一定是这样的。

五

在父母吃饭小憩的时候，我喜欢在西家的洋芋地或东家的油菜地东转转西瞧瞧，有时候会主动地帮父母干些地里的农活。

当我不想干而父亲强迫我干的时候，我会找各种理由，比如我会说家里的猪饿得“吱吱”叫哩，我要给猪铲些草哩，或者家里的鸡棚忘了关之类的话，然后借故离开。或者假装咳嗽一声，父母立马会受惊似的看我一眼，母亲问我是不是感冒了，说不指望我干活，叫我待一会儿回家看书去。

我哩，一般情况下倒是不愿意离开的。在劳动的间隙，父母要休息一会儿，我头枕麦捆，手里抓一只蚂蚱什么的，一边欣赏着它绿色的外套下华丽的裙裾，一边伸长耳朵偷听父亲说话，喜欢听他和母亲说道说道家长里短、鸡毛蒜皮的琐碎事，喜欢听父亲“嘿嘿”地笑着对别人品头论足，喜欢听父亲讲一些神神叨叨的寓言故事，更喜欢听父亲漫山歌，也就是“花儿”。

从康乐莲花山回来后，有一次回老家探望父母，专门向父亲证实了这些“花儿”就是父亲在洮岷一带做小本生意时学来的，到了我们这儿不叫漫“花儿”，变成了漫山歌，村上会漫山歌的人不多，我认为没有人比父亲的花儿漫得更好听的了。

漫山歌一般在火红的六月。

大山深处的七沟八坡都是割麦的人，他们淹没在起起伏伏的金黄色的麦浪中，头戴着草帽，像蚕一样蠕动着，一点一点蚕食着硕大无比的桑叶似的麦田。

人们割麦的速度赶不上日影挪动的速度，庄户人是多么的着急呀。

临近中午的时候，日头收起了自己的脚，端端地悬在人们的头顶，人们长时间蜷曲在地里已经精疲力竭了，再被毒日一晒，几乎昏昏欲睡得要入眠了。

这样的时候，我就会煽动父亲，叫他漫山歌。

我后来在一个专题片中看到，云贵之地庄户人在水田插秧、累得腰酸背痛的时候，就会迎风而立，“哟哟”地叫两声，这有什么意思呀。

父亲也是一个喜欢表现的人，漫个山歌解心焦，他立马起身，把手上的泥土一拍，清一清嗓子就漫开了：

哎哟哟，上去(者)高山望平川，

平川上有一朵牡丹……

我只听懂两句，后面的两句就听不清了，什么牡丹虽好，摘不到手里是枉然。仅这几句，大有摄魂夺魄之功效，沉闷窒息的空气中好像突然从天边吹来一阵清风，父亲的歌声在山谷里打着旋儿，如同一只轻盈的燕子，掠过麦田，贴着山梁，随心所欲地忽高忽低地自由自在地翱翔着。

当此时，我的农民兄弟正挑着一担麦子，举步维艰地行进在崎岖陡峭的山道上，两腿颤颤，喘着粗气，汗流浃背，脖颈上的血管暴得像蚯蚓一样，脚重得灌了铅似的，正处在是进是退不知所措的节骨眼上，父亲一声高亢明亮的“花儿”，让他们的脚底生发出一种前所未有的力量，乘着这股力一鼓作气升到山顶，他们怎能不从心底里感谢我的父亲哩。

脚步杂沓的山路上尘土飞扬，来来往往的牲口支棱着大耳朵，为父亲悠扬的山歌吸引了似的，蹄底生风，跑得好像比先前欢快多了。

人们刚才愁苦的脸上也漾出难得的笑意，他们叫着父亲的绰号，说，你听，这不是谁谁谁在漫山歌吗？——是呀，是呀，除了他，还有谁呀。

是的，是父亲在漫山歌。

父亲将麦子从地里挑上打麦场后，在返回的山路上，就会把扁担抗在肩上，或者翻转双手将扁担夹在两个肘弯之间，一边大步撩天地走着，一边就漫开了山歌……

哎哟哟，你像一朵白牡丹，

我瞭着不得到跟前，

心像鹁鸽翅膀扇，

扇得天连地动弹。

哎哟哟……

哎哟哟，你像园里嫩白菜，
指头一弹水出来，
走路好像风摆柳，
坐下好像一朵花。
哎哟哟……

哎哟哟，要唱三九二十七，
你我好比一窝鸡，
土里刨来土里吃，
风里雨里在一起。
哎哟哟……

哎哟哟，把你好比祝英台，
把我好比梁山伯，
活着和你离不开，
死了装上一副材，
变成蝴蝶一路飞。
哎哟哟……

……

六

又有一次。

那是我初中辍学不久，不知什么原因，记得自己的气管“呼哧呼哧”地有些不舒服，尽管也是夏收之际，我并没有跟随父亲去劳动，而是拿着一本书游荡到村庄外的一处野草闲花随风披靡的山冈上，痴痴地遥望蓝天白云出神哩。

父亲有点嘶哑却又不乏激昂的歌声从半山腰顺风传来，不知从哪里出现的一只老鹰在我的视野中腾空而起。

伴随着父亲的歌声,老鹰的翅膀斜斜地铺展开来,划破湛蓝无垠的天空,一圈又一圈地盘旋着,我似乎可以清楚地看见它顾盼侦察的眼神和锐利无比的隼喙。

我不由想,它是在寻觅猎物哩,还是在寻找惊扰它的人?

我触景生情写下了这么几句白话诗:

天空中盘旋的老鹰,
翅膀裹挟着风声,
草窠中躲藏的兔子,
睁开了它惊恐的眼睛;
酒一样馥郁的野花,
向四方脉脉传递芬芳,
一只蜜蜂轻盈的身影,
飞越陡峭的山冈。

那时候,我的手头有一本王力编著的《诗词格律》,我也不求甚解地看了几首古诗,后来在我随意查阅《新华字典》时发现了一个字"翥",就将前面写的那首白话小诗改成一句古诗,至今自鸣得意哩——

鹰翥蓝天觅兔踪,
蜂来冈上探花红。

古诗我是很少写的,初中二年级的时候,语文教员带我们到一个叫西川坝的地方去野游,那是农业学大寨时兴修的水利工程。

当时临近傍晚时分,清风徐徐,吹起的水波像鱼鳞一般闪闪烁烁,燕子嬉戏着忽上忽下,倏忽一个优美的转身贴着水面一掠而过,或者在空中斜斜地展开翅膀几秒钟纹丝不动……

我在笔记本上写了一首诗,其中有两句:"坝水金鳞开,微风燕子斜。"后来,带我们去野游的语文老师拿走了我的笔记本,看后很惊讶,问我是不是读过"细雨鱼儿出,微风燕子斜",我摇摇头,这样一句几近白描式的刻画有什么好奇怪的。

当时的语文课本中没有几首古诗,自然无从得知。

老师用狐疑的眼神看了我一眼,再没吭气。

初中辍学后,在农村待了四五年,四五年间,我走遍了家乡的每一寸土地,每一处山冈,那些弯弯曲曲的羊肠小道上,留下了一个少年满怀心事的脚印。

如果时光倒流,我宁愿做一只在驴背上飞舞的蚊蝇,也不愿做踩在驴蹄子下的一只蚂蚁;我宁愿做一只在山间自由奔跑的兔子,也不愿做一匹绑在车辕之间的骏马。

如果麦子注定要成为大地最动人的微笑,为何要惧怕镰刀的寒冷哩;既然山冈能够相会在飞翔中,那何必要雄鹰的翅膀哩。

如果这个世界让我选择爱一个人,这个人就是我的父亲。

——不管他现在身处天堂还是地狱。

七

关于自己的学生生涯,很简单,我挖空心思地去想,可记可写的事几乎没有。

小学期间,课本是高年级学生替我们抄写的,只记住了一句话:"打狼要用棒,打虎要用枪。"只记住了一件事,我那时候喜欢戴个帽子,黑咕隆咚的教室的玻璃窗像镜子一样明亮,下课路过的时候,喜欢在窗户前照照自己的影子,把帽子戴端正一些,被校长发现后,当着学生的面骂我:"幸亏你是个男的,要是个女的,早就跟着人去了。"这在当时的农村是一句很恶毒的话,跟骂"作风不正、偷人嫁汉的骚货"没有什么区别。

初中的时候,数理化的书我是不看的,语文也是自己随便翻翻。

闲来无事,就把自己的少年心事糊涂乱写在一个笔记本上,被那个带我们到西川坝野游的语文老师发现要走后,再也没有返还。

也只有一件事让我至今痛彻心肺。

有一次我旷课去玩,路过一个女同学家进去讨了一杯水喝,不知被哪个多嘴的同学反映给这位语文老师,这位语文老师竟然在课堂上当着学生的面扒下我的裤子,把我压在板凳上,用长条木板在我光溜溜的腚上狠抽。

农村的孩子几乎是不穿内裤的。

在班上几十双怪异的目光中,我不知道,有没有哪位女同学含泪低下她深感耻辱的头颅!

八

我此生没有老师，我就是我的老师。

我憎恨自以为是的人，因为我就是自以为是的人。

我答应的，我一定要做到；我承诺的，就一定要兑现。

你或许不知道，那是我没有答应你什么，但总有人会明白的。

我从不祈求被世界理解，因为我从来就不为世界而活着。

我的爱人在哪里，我自己去寻找。

我的事业在哪里，我自己去打拼。

死后魂归何处，管你什么事。

我是天才我有病……

十七八岁的时候，一颗少年的心被家乡的六月点燃。写了一首诗，至今未曾公开发表，借机录在这里，以兹纪念：

六　月

这是六月
天空中回响着行进的脚步声震破耳膜
青青的麦子经过抽穗、灌浆成了大地最动人的微笑
青青的太阳从赤道熟落在北回归线，火红火红
青青的蛋壳孵化出露珠般的声音
生命妙不可言
青青而独立的白杨耸立云霄
像一支京州大狼毫
潇洒自如地运动着
整个天空就飘满浓浓的墨香啦
透明而高雅的大理石
睁开了湖泊似的

能穿透云雾的大眼睛
千年,万年
云注定要流浪
人活着注定要生离死别
去吧,去吧
我们要相信
坚定地相信这轰轰烈烈的六月
决不会遗弃每一棵
富有活力的
小草

父 亲

一

一粒种子撞开了一扇门，一扇拥抱春天的门；另一粒种子跌落到了尘埃中，随风飘散于无形。幸与不幸，都是一种归宿，也都是自己的选择。

不要拿偶然眼红别人的幸运，也不要拿单纯为自己的盲目开脱。

凤凰涅槃是一种朝向更高境界的飞升，当人人惊呼燃烧的绚烂和神奇时，谁会直面燃烧背后炼狱般的煎熬？

我的青春我做主，神的故乡神做主，这是毋庸置疑的。但是，“神的故乡鹰在言语”（海子），这是神和鹰的双重迷失。

面对谎言编织的冠冕，神可以做到不屑一顾；当有人喊出“上帝死了！”神也可以保持沉默，但最让他难以忍受的莫过于信仰者的淡漠和遗忘。

如果信仰是标签，小鸡都可以进入神的故乡，但在进入之前，首先要掌握和学会神的思想。

人最大的痛苦，欺骗得了别人，但欺骗不了自己。

人最大的无知，不是欺骗别人，而是自我欺骗。

灵魂走在各自的路上。救赎之门安在？

答案却要我们每个人去寻找。

二

扁担是父亲的心爱之物。

一个农民可以穷苦一生,但不能没有一件称心如意的物件。

劳动也是有档次的,不一定就是苦力和臭汗的叹息,有时候也是优美而动人的诗篇。

我们家有不同形态和不同用途的担子,是的,大都是柳木做的。柳木喜水,长在水边,在坚硬与刚直之中含有几丝流水的韧性和柔情。尖担两头包着铁皮,夏收挑麦的;水担两头装有挂钩;还有粪担专用来干粗活的;还有短一点的担子,是我们姊妹几个劳动时备用的家什。

父亲的扁担光滑锃亮,因年久日深,泛着枣红色的光泽。

父亲对它的珍爱程度不亚于英雄之于宝剑,作家之于受益终身的一本好书,姑娘之于寄托她一生幸福的新嫁衣。

至今我都没有搞明白,父亲的这条扁担是什么材质的,它有枣木般的坚硬,但没有枣木的冥玩不敏;它温润得似柳木,却没有柳木的松脆;它似松木那么刚直,但它又是那么的韧性十足。

这条扁担父亲轻易不用,偶尔用它也是在集镇上挑些籽种、化肥,或置办年货之类。在父亲的嘴中,我零零星星地知道,它是父亲年轻时走江湖的良伴。父亲用它到口外贩卖过母亲做的草帽,用它收购过景泰一带的皮货,也用它采办过岷县大山里的药材。是的,父亲做货郎时曾无数次用它翻山越岭,日行三千,暮色之中走村过店还用它打狗护身,也常常抱着它投宿在人家的柴垛旁。

父亲的同代人说起父亲就像说戏一样。等我懂得解读他的时候,大幕已经合拢,父亲精彩的人生变成了我的遐想。

父亲在我的印象中从未服过老。打小走南闯北,十岁时单身吆个毛驴去几十里外的地方贩卖锨把扫帚,往返仅一天的工夫。走夜路过乱坟冈奶声奶气吼个曲儿,吓得孤魂野鬼都不敢妄动。一条五尺扁担,从那时开始,压在他窄窄的肩头,就再也没有分开过。

其实,在我很小的时候,就领略过父亲挑担的风采。

我们村距离县城七十多里,父亲当天负重往返要赶一百多里路。有一次,父亲领着我,挑了四个猪仔去县城,主要目的是给我看病,其次在县城将猪仔卖个好价钱。

那一晚我和父亲半夜动身,月光很亮,父亲挑着担走得慢,我跟着父亲上山下山,倒没觉得累。天亮了,我即便小跑也跟不上父亲的脚步,父亲腾出了一个筐子让我坐在里面,另一头装着猪仔。抬肩,起步,一百多斤的担子在父亲的肩头就忽悠起来。前面的担头略高一些,父亲用一只手压住担头,另一只胳膊就在腰间前后甩起来,两边的担头压下去是一步,翘起来又是一步,在扁担“咯吱——咯吱——”的响声中,斜在肩头的扁担就像大雁的翅膀忽悠起来,一闪一闪,腰腿协调,胳膊配合,人使劲,担带人,父亲一口气不歇地小跑几里路,尤其是下坡、过平川,脚底生风,连马也撵不上他。

看着父亲用搭在担头的毛巾不断地擦汗,我嚷着要自己走,我记得父亲说了这样一句话:

“骑马的腰疼坐轿的困,挑担的越挑越有劲。”

这句话,深深地铭刻在我幼小的心灵中,深深地。“富贵于我如浮云”是高调的说法,但我记住了父亲低调实用的说法,为此受益终身。

有一次,我自作主张,把扁担借与他人。父亲说:“诧(生)马不骑,诧(生)镜不戴。”扁担是父亲的通灵之物,只有放在父亲肩上,才能人担合一,心心相印。它好比一块试金石,一试,就试出了对方是个逞一时之快的莽汉,使用蛮力挑得过重,导致扁担出现了一道裂缝。

父亲自然心疼,特意找铁匠用铁皮和铆钉将裂缝处加以固定。对于受损的心爱之物,父亲从此倍加珍惜。

成人后,我也用父亲的扁担挑过东西,总也挑不出父亲脚底生风的那种感觉,那种韵味。我才知道,这是父亲几十年苦乐人生的沉淀,岂是朝夕奏效之事!

1998年,居留兰州十年,我依然是一个打工仔。父亲好像知道自己不久于人世,在人生的最后时刻送我一程,一定是这样的。他最后一次用这条扁担把我遗留在老家的书挑到了兰州,从火车站挑到了我的寄身之处。

在火车上,父亲的肠胃阵阵绞痛,到医院检查的结果:胃癌后期。

父亲从此一病不起。

父亲用这条扁担,毫不松懈、风风火火地走过了春夏,走过了几十年人生岁月的凄风苦雨。后来回家,每每望着父亲始终忙碌着的佝偻着的身影,我就禁不住联想到一头劳苦一生的老牛,假如有一天訇然倒地,不事桑田,那情景一定是很凄惨的。

——这一天终于到来了。

如果老年是坐享其成的话,父亲是没有老年的。

父亲用他辛劳而苦难的一生,留给我的不仅仅是永远的伤痛。

还有,永远的怀念。

三

父亲不怕住院,是怕花钱,但有些事没有商量余地。

我办妥了入院手续,领父亲到一间三人病房。父亲用手试了试厚厚的柔软的弹簧床,当他平躺上去的瞬间,我看见父亲的嘴角忍不住升起一丝孩子般天真的笑意。

父亲睡了一辈子硬梆梆的土炕,能睡上如此软和舒适的弹簧床,在他还是生平第一次。

这是父亲第一次也是最后一次住进医院。

人生如果是一种历险,苦难就难以幸免;人生的目的如果是为了幸福地活着,生存的意义就是为了规避和征服苦难。苦难是如此地实在, 实在得不容置疑,无法超越。

父亲作为平凡人,甚至他所经历的坎坷和苦难都是如此卑微,但卑微绝不等于卑贱,卑微是因为他没有值得炫耀的那种幸福,所以他的苦难不管多么巨大不足以为外人道也。

乐观的天性使父亲作为平凡人的苦难有了特殊的定义。

父亲这一代人,有了病就只能等死,能到县医院看看就不错了。

当时,我每月只有四五百元的工资吧,父亲心里并不知道自己得了什么病,以为自己生了个能干而孝顺的儿子。

父亲是否想到,这个能干而孝顺的儿子,只有在他病入膏肓的时候,才想到把他送到医院享两天清福。

——父亲自然是不想住进医院的,但他也并不认为住进医院就是受罪。

四

癌症晚期，手术是不能做了，大夫采用了中西医疗法。

中西医疗法也不能挽救父亲的生命，一个月后，只好把父亲送回了老家。仅仅一个月的时间，父亲的骨关节开始松弛，手握不住锨把。疾病瓦解了父亲的劳动力。

父亲苦笑着摇头，怎么也不信。

父亲对劳动的尝试，以失败而告终，他多活几年的愿望破灭了，父亲只能无奈地向命运低头。

听说酸奶可以防癌，再说也有营养吧；听说灵芝胶囊可以治癌，又是科学院的创造发明，起码没有副作用吧。在为父亲治病的日子里，我每隔十天半月，买些酸奶和500元一盒的灵芝胶囊回老家一次。

期待中的奇迹并没有出现。

这些防癌治癌的说道都是骗人的鬼话。

有人把可能的事当作奇迹来鼓吹，忽悠更多的人把不可能的事当作奇迹来对待。

奇迹就是鬼话，爱使人丧失理智。

为了父亲，也为了爱，我宁愿相信鬼话，爱也不需要理智。

——我认了。骗子毕竟以他的无情和谎言编织的虚幻曾一度激活了爱的幻想。

父亲的饭量日益减少，吃上一小碗就疼，就吐。

每当我回家探病的时候，父亲心情格外地好，一顿能吃一小碗，也不疼了，也不吐了，这很正常，父亲却觉得很奇怪，好几次说：

“我娃是我的福星。”

从父亲的话中流露出一种难以割舍的依恋。

我想起了一首诗，不知是谁写的：

过去，我能做的却只是在田里
随着他宽大的影子行进
但现在，却是爹在我的后面趺跤

跟着我,硬是不肯离开

五

有一次回家,与母亲和姐姐商议父亲后事,说到做老衣(殓衣),决定由姐姐和妹妹承担制作。为了让父亲安心,这是不能回避的。

老衣做好后,姐姐不忍心拿出来,怕父亲伤心。

我说,出院后把病情告诉了父亲,这个思想准备父亲应该有吧。

父亲拖着病体下炕试穿衣服,黑色的瓜皮帽、对襟上衣外加黑色套裙,一袭黑,还有蓝色的衬衣衬裤,父亲反倒没有丝毫的悲伤,笑着说:

“这是清朝的打扮。”紧接着父亲做了一个满族人行拜见礼的动作,单膝跪地,嘴里喊了一声:“喳!”母亲和姐姐的笑是那么的无奈和心酸。

父亲脱下殓衣,无可奈何而又自嘲地说:

“好端端的人就要死了,明明亮亮的世界看不见了。”

我和父亲都是中等身材,个头相当,父亲不让家人做新衣服,说我褪下来的衣服够他穿了,穿不完,也穿不烂的。

一套行头也只是一套面具,不会改变灵魂的妍媸和旅程,也改变不了。

父亲以他特有的达观证明了这一点。

六

见到父亲流泪的样子,平生只有一次。

初二的时候我离家出走。起因是向同学借了几元钱,徒步赶到县城买了几本书。打算同学索债时就找另一个同学借,再要再借,就这样周而复始下去。没想到班上大都是和我一样的穷学生,预先设想的借钱链条在第一个债主那儿就断了。

当时厌学也不想念了,正好一走了之。去哪儿哩?东边是古长安,杜甫写过“三月三日天气新,长安水边多丽人”。在当时的认识和印象中,只有西安是最吸引人的地方。

我到县城扒了一辆煤车,一路风驰电掣,停在宝鸡不走了,又扒了装钢管的一辆货车,及至被一场细雨淋醒时,这辆货车驶进了大山深处的一个灯光昏暗的鸡毛小站。我贴着钢管的半个身子从头到脚麻木了，觉得自己要死了，嘴里嘟嘟囔囔地叫着："大大，大大……"一时的惊恐和慌乱吓得我哭起来。

过了一阵，知觉恢复，我跳下车，一问前方不远是成都。

我又扒了个反方向的货车重回宝鸡。

我不知道多长时间没有吃东西了，肚子饿得咕咕叫。我来到了车站旁的一个家属区。我想讨吃不比问路，总得称呼人家什么吧？称呼什么哩，俗话说，五里不同风，十里不同俗。我们老家把跟父亲同辈的人不管大小是不称呼叔叔的，叫大爸，弟兄多的就挨个叫二爸、三爸；把跟母亲同辈、年龄相当的女人叫阿爷（把姨叫成爷是方言的误读吧），多难听呀；叫大哥大姐吧，好像没有高抬人家，不够礼貌和尊敬；叫同志吧，场合不对。

在窄窄的小巷中，一扇又一扇门开了关了，一个又一个人出来进去，多少次话到嘴边又咽了回去。好长时间过去了，我一无所获回到了车站。

后来想想，没讨上饭，表面上看好像是称呼上难以措辞，实际上还是潜意识作怪，总觉得讨饭不是一件光彩的事。

面对一个陌生的世界，我拒绝放弃自己可怜的自尊。

记得自己三四天没有吃什么东西，实在饿得受不了，嘴对着水龙头一阵猛灌。

我想家了，就扒车返回。差一点沦为饿殍，又一次死里逃生。

可以想见自己回家时的模样，也许只有两只眼睛是明亮的吧，浑身煤灰，一个十足的煤黑子。

见到父亲，为了求得他的谅解，也是为了证明自己毫发无损，我笑了笑，父亲看了我的模样，一定又可气又可笑，我分明看见他的眼角含着一丝巨大的惊喜，嘴唇却抽搐着哆嗦着，泪花从眼圈里打着转，掉了下来。

父亲的表现让我哽咽出声，哭出了第一次离家的辛酸和委屈。

在村上的历次运动中，挨批斗成了父亲的家常便饭，但我从未见过父亲掉一滴泪，被人捆绑打斗得全身白汗、黑汗恣肆横流，也从没见他低头求饶过。

母亲说，父亲在我离家的日子没睡过安稳觉，天一亮就徒劳地四处奔走，求神问卦。

父亲的一滴泪滋润了我一生，仅有的一滴也是为我而流的。

七

父亲是我所见过的骨头最硬的人。

距离上次相见也就十天工夫，父亲瘦成了一把骨头。当我裹着一团夜色和寒气回到家里，死神早已等候在父亲的身边。

我坐在炕头上，生命的最后时刻来到了，悲伤没有了丝毫的意义。是的，我只有一个念头，我要看看死神是怎样带走父亲的。在父亲的眼中，喜怒哀乐荡然无存；在父亲的头脑中，也许只有一个念头，让这一切尽快地结束吧。

死神也想快快地结束，他需要更多的扈从以证明自己足够强大。一声声凄惨的哀号声，是宣告死神降临的盛大礼乐，只有在这样的氛围中，死神才能收复一个人的灵魂。

关于父亲，死神打错了如意算盘。

我们姊妹四人守候在父亲的前后左右，和父亲一样，我们也遇到了人生最大的考验。我已过了而立之年，弟妹都已成家，父亲没有什么可担心的，父亲的坦然让我们没有了丝毫的恐惧。我们姊妹一起共同厮守父亲生命的方式，也只是为了让父亲走得安心，走得从容；也只是为了让父亲在临终告别时看到我们兄妹的手牵得很紧。那一天，我们不约而同从不同的方向赶到父亲身边。父亲看了我一眼，一眼就足够了，也只是证明我在他的身边。三十多年间，我和父亲以各自的存在证明了对方的存在——是的，无私的爱——只要一息尚存，这是任何力量撼动不了的。

每个人都不想去死，既然死是不可避免的，就给父辈一个去死的理由吧；每个人都想活着，要活就得好好地活着，就给自己一个活着的理由吧。

死是有仪式的，那是生命与生命的接力和无声对话。如果死得不明不白，活得不清不楚，那存在还有什么意义?!

是的，父亲瘦骨嶙峋得无以复加了，我摸了一把父亲的身子，肚皮贴到了后背，半年多的苦熬使父亲的肚子里一无所有了，但父亲每隔几分钟还要呕吐一次，好像要把所有的附着之物清除得干干净净，才能给灵魂的飞腾留下更大的空间似的，这所有的东西中包括五脏六腑，这样折腾了好几次，父亲如释重负。躺了没几分钟，呼吸又急促起来。

一大口气呼出来了，父亲就要费尽气力吸一小口气，父亲的力气已经被疼痛消解于无形，我们不得不把父亲慢慢地扶起来，等这一小口气换过来了，我们再慢慢地放平父亲的身子。父亲为了让我们知道这样做的原因，说他的脚疼，又过了一会儿，说他的头疼，不一会儿，又说眼睛疼，甚至牙齿……癌症不就是这样吗，随着癌细胞的扩散，人体所有的脏器逐一损坏、功能丧失之后，才能气绝身亡彻底了结吗？

在所有的人体疾病中，唯独癌症以它毫不留情、彻底干净摧残生命的方式，为灵魂的涅槃扫除一切障碍。

我仿佛看见父亲的胸部燃起的一朵火苗，已迅速地在全身燃烧起来。美国作家纳塔莉·安吉尔对大自然深入考察后，在她的《野兽之美》中这样写道："一个临死的细胞看上去却又太令人着迷了；它是一场森林大火，一切都弥漫在眩目的大难中，无可理喻，不容分析，哪还分得清单独的一棵树在哪里飘出火焰呢。"但是，这种描述的主观色彩强烈得有些离谱。灵魂的飞升，对于渴望解脱的心灵也许是很迷人的，对于死神或许是很惊恐的，但是，对于一个还在呼吸的生命来说，癌细胞对有机体的吞噬就是痛苦的膨胀、炸开、爆裂，在清醒的状态下，是对一个人意志力的极限考验。

我对父亲说："你就喊一声吧！"

我好像听见死神说着同样的话："你就喊一声吧！"

奇怪的是，父亲自始至终眉头都没有皱一下，肌肉松弛，面部没有任何表情。我们不得不把父亲一次又一次地抬起来，有两次，当我们把父亲的身子慢慢地抬起来时，父亲对我说："把我丢开，就好了。"

父亲既然不疼，为什么要这样说哩；父亲既然没有力量呻吟、喊叫，为什么还能如此清晰地表达自己的意见哩。

父亲没有呻吟，更没有哀号。

在弥留之际，父亲几乎没有任何声息，仅仅轻描淡写地说了一个"疼"字，也只是为了表达不得已被扶起来的原因，另一句话就是这句："把我丢开，就好了。"也只是为了让我们早一点解脱和免除折磨。

——我是这样理解的，也一定是这样的。

——不能，父亲，我们怎能把你丢开！

我的心在泣血，再大的磨难，再大的苦痛，就让我们一起承担吧。我紧紧地攥着父亲的手，哪怕多挽留一秒钟，也是不能把你丢下的。

这样做，不是自私，是不愿放弃，也是不能放弃的。

一切都结束了，任何事都有结束的时候。

这一次，父亲再也没有起来，当他最后一次慢慢地躺下去的时候，呼吸十分舒缓，从鼻子中长长的呼出一口气，这口气就像一股清风吹过，再无一点声息。

父亲就这样不动声色地睡着了，脸上安详得像山坳里悠然升起的一朵白云那么轻飘；没有电闪雷鸣、风雨交加的癫狂和凄苦，却有雨过天晴、风和日丽的那份清新和怡然的沉醉。

没有经历过生命大苦痛的人，是很难体会到这一点的。

八

父亲的死，让我明白，人可以卑贱地活着，但不能丧失尊严地死去。

人生最大的考验就是战胜死神。极限运动之所以迷人，就是那分挑战、征服死神的勇气和智慧。在不可战胜的生命尊严面前，人或许才能为自己赢得一颗自由的灵魂吧。

没有父亲过不去的坎，在另外一个世界，父亲也是自由的。

在父亲离去的日子里，我才慢慢地开始重新认识父亲和理解自己的人生。

父亲抗击疾病的生命意志，使我想起了沧桑、刚性、挺直的古柏。

古柏是灵魂之树，是用来仰视的，而不是用来攀爬的。

——只有父亲，让我觉得如此亲切！

跫 音

一

一个人时常掉泪可不是一件好事。

一个懒于行动的人，喜欢在别人的故事中流泪……

眼泪不是怯懦的象征，但经常流泪的人在现实生活中往往一筹莫展。

一个亏欠别人的人内心常常不安，但一定会吝啬自己的眼泪；

一个亏欠父母的人，受到来自无法测度的亲情的拷问，会流下悔恨的泪。

一滴眼泪无法感动邪恶之人；邪恶之人的眼泪会使上帝动容。

不是所有的感情都能催化眼泪，但凡排他的感情是没有眼泪的，如愤怒、冷漠；只有无我的感情才能牵动人心，流出的眼泪也有各自不同的味道，忧伤的，深情的，悲痛的，苦涩的，辛酸的……

久别重逢的泪是幸福的，那是长期守望和期待的结果。

苦尽甘来的泪是喜悦的，那是长期艰辛和付出的回报。

所有的眼泪弥漫出一种感伤而苦涩的气味。

如果感情可以伪装，眼泪也是虚伪的。

有这样一位母亲，养了两个不争气的儿子，有出息的一个姑娘最终也出嫁了。这位母亲每次见了姑娘、姑爷就哭鼻子抹泪，骂他们一年见不上几回，说养了姑娘等于白养，话说回来，她还有一个可以诉苦的姑娘，还没有彻底绝望，谁能说她流的不是欣慰的泪？

一个失去倾诉对象的人，跟一个被人遗弃的人没什么两样。

眼泪，说到底是真情的流露，也是心灵的甘霖。

我们一直在用眼泪洗刷自己，洁净自己。

既然眼泪源于爱，就不如把泪还给爱，让爱行动起来。

二

所谓老年的定义，就是休息。在农村，衡量一个人是不是进入老年，跟年龄关系不大，只有等他完全丧失了劳动力，就等于步入了老年，就可以休息了。一个农民什么时候才算丧失了劳动力，那只有等到他们身染沉疴、卧病在床的时候了。此时的他们病体支离，命悬一线，朝不保夕，晚年安在？

在农村的田间地头，经常会看见一个又一个本应安享晚年的羸弱衰朽的身躯驼背弯腰，忙碌耕作着，旷野的风毫不留情地吹迷了他们的双眼，也吹凉了他们寂寞的晚景……

人生七十古来稀。是谁剥夺了他们作为一个人安享晚年的权利？

是土地吗？土地有沉默的权利。

三

20世纪80年代，我们时代的精神不是守着土地，而是千千万万的人摆脱土地的束缚，向城市、向大海、向天空寻找更广阔的生路。甚至对土地的捍卫，也只有走上这条广阔的生路才能得到。

这是一场不可阻挡的时代洪流，在这场洪流席卷而过之后，我们看到了什么？

——一个个乡村久远的传说故事，被本不该属于这些老年人的沉重的苦力所奴役和掠夺而深埋地下，湮灭无闻。

——一条条乡村丰盈的袅袅炊烟，也因为失去了往日的喧闹变得寂寥而散淡，往日醉人的五谷芬芳一扫而光。

——一声声乡村欢快而无邪的童声，也因为父母长期在外打工，缺少应有的关爱和庇护变得苍白、孤独而乖张。

……

理当成为村庄的希望和支柱的青壮年哩，一部分拖家带口成了城市的边缘人，一部分归去来兮成了土地的流浪汉，他们就像一群候鸟，来了去了，他们也劳动，也春种秋收，然而对于养育他们的乡村，他们却成了一群潦潦草草、用心不专的过客。

——最可怕的是他们失去了往昔对土地的依恋和尊重。

是的，他们不再是地道的农民，他们失去的是有关一个乡村的传统和思想。作为寄居在城市的边缘人，他们并没有完全熟稔、适应并融入一个城市的精神文明；作为土地的流浪汉，他们身上的质朴、厚道、善良受到了前所未有的污染和退化，成为一个乡村永远的痛。

田园荒芜胡不归？

——那是多少代农民播种梦想的立身之本！

四

我就是他们当中的一员，和他们一样，是率先走出家门、背井离乡的一批人。当年，我把老婆、孩子撇给父亲，只身一人来到了城市。为了我，父亲不得不牺牲了他的晚年，和母亲一起挑起了原本六口之家共同承担的担子。

那时，姐姐早已出嫁，没过两年，妹妹也嫁出去了，有了各自的家庭。弟弟哩，也不是一块学习的料，或许是受我的影响吧，成了土地的流浪汉；我哩，成了城市的边缘人，骑着一辆破三轮车穿行在城市的高楼大厦之间，给父亲不但寄不了几个钱贴补家用，自己还经常处于饥肠辘辘之中；父母哩，以老迈之躯早出晚归，侍弄家里的十几亩地，播种、送粪、薅草、杀虫、收割、打碾、翻耕、打柴……

在陡峭的弯弯曲曲的山路上，父亲有时候挑着担，有时候扛着车，有时候牵着驴，就这样忙碌着，不分春夏秋冬。

庄稼人的活，一年四季是干不完的。

小麦、糜谷成熟的季节，就会有成群的鸟从村庄的大树上飞向周边的庄稼地里觅食。人们经常说麻雀虽小，五脏俱全，这个小家伙异常机灵，偷吃粮食时悄无声息地潜伏在麦地里或糜谷地里，人走近一掠而起，从地的这头飞向另一头，和人周旋。在麦地里竖几个破衣烂衫的稻草人，没过多久也就无济于事。仅仅为了驱赶麻雀，就会害得父亲声嘶力竭疲于奔命。

十几块地里的农活，这边干着，那边的活就等着，父母的辛劳可想而知。

在我的想象中，父亲就像稻草人，面对干不完的农活，有时也会长吁短叹，力不从心吧。

父亲去世后的第一年，回老家夏收，一望无际的麦地里只有我和头发花白的母亲，还有年幼的小外甥。为了减轻母亲的辛劳我拼命割麦，转眼工夫累得人腰酸腿疼，龇牙咧嘴，我的怪样把一旁要闹的外甥惹笑了，我也情不自禁地笑了，笑到后来，笑就变成了无声的饮泣，我背过身去，泪如泉涌。

父亲若在，我会休息一会儿，有说有笑，或许父亲会漫支山歌给我听哩。

我不在家的日子里，当父母淹没在庄稼地里的时候，父亲同样希望我能出现在他的身边帮他一把吧，就是不干活，陪他说说话，他心里也会舒畅些吧。

父亲在世时，是一分踏实和温暖；父亲不在了，是一分揪心的疼痛和思念。

——我从未感到父亲离我远去。

五

从我离家到父亲去世的整整十年中，父亲从未主动叫我帮家里干农活，没有的，其实我就是一个打工仔，妻儿和父母生活在一起，凡事皆须父母操心。父亲一声令下，我没有丝毫不回家的道理。

父亲不但没有这样做，反而常常牵挂我的生活，关心我的身体，经常写信嘱我小心感冒，气管不好，烟要少抽。有老乡来兰州，父亲就会给我捎些东西，更多的时候亲自送来。

我一个人什么都好办，当然不想让父亲再操心，但父亲总会说，土地的背子厚着哩，自家地里种的，有了吃的就有了烧的，养猪喂鸡什么都不缺，不像我什么都要花钱，花钱也买不了多少东西。

有一次，那是我刚来兰州不久吧，记得是深秋季节，老家没有电话，父亲事先没给我打招呼，拿着一封盖着邮戳的信封，凭他多年行走江湖的经验来兰州找我。

还是那条扁担，父亲用它挑着自产的土豆、面粉、清油，天不亮出门，走山路，赶火车，用了一天的时间赶到兰州。

华灯初上，城市的街道十分空旷。急匆匆的行人闪烁在五光十色的光焰背后，哪有耐心听一个乡下老头问路,他们用手胡乱一指,把父亲指到了省文联。

父亲是不会迷路的,他一定是从火车站,穿过天水路,再经盘旋路西拐到省文联的。门房说市文联在马家坡,父亲也一定向西来到了东方红广场——兰州最敞亮的城市客厅——实在走不动了,就躺倒在马路牙子上休息片刻。

此时,在位于五泉山的一间破旧平房里,我正蜷缩在一张单人钢丝床上酣睡,一点也不知道父亲正徒步横穿兰州市城区找我哩。

多少年之后,每当夜深人静,在我的脑海中,这样的一副情景历历在目,耳畔就会响起父亲孤独而坚定的脚步声,这声音会越来越响,好像过不了多久父亲就会来到我的面前似的。

——是的,只有父亲"訇——訇——"有力的脚步声在偌大的城市上空回荡,盖过了所有的喧嚣声和嘈杂声。

夜凉如水。父亲不时躲闪着从身边疾驰而过的大车小车。

走在平直的柏油路上,父亲挑着担,一路走来一定很费劲吧,好像人的腿短了半截似的往后坠,哪有乡间土路有弹性,把人往前催哩。

父亲走一会儿,吃力了就坐下歇一会儿,起来又走。穿过庆阳路、南关什字、双城门、西关,就到了解放门。

这里有一座依山而建的爬坡楼,当时的兰州市文联就在那儿租了几间房子办公,这一带取了一个民间色彩很浓的名字——伏龙坪——传说中仙人舞袖的风水宝地。

几年之后,兰州市文联从这儿搬出去,我招兵买马,办了一份报纸,前后坚持不到两月自行瓦解。

父亲赶到这儿的时候,时过午夜,大门紧锁,门卫早已进入了梦乡。父亲坐在门口,拿出一沓裁成条的破报纸卷上烟叶抽,几个小时的等待,父亲的心思化作青烟,烟把子丢了一地。

天亮了,兰州市文联没有我这样一个人,折腾了半天,父亲才明白,只有文联下属的一个临时机构——代销文联系统各路通俗文学期刊的皮包公司——才会容留一个临时工,父亲马不停蹄地又赶到了五泉山。

父亲每次都是来去匆匆。有时候我用电炉子煮些面条,有时候为了赶火车空着肚子走了。

为了一家几口人的生计，父亲默默地守望在土地上，深耕细作。

我家门前有条官路，经常会有穿戴时尚新潮的年轻人走过，父亲会主动地搭话，问客从何处来，从兰州来，他会高兴地说我的儿子也在兰州，邀请人家到家里歇歇脚，喝些水。

我是一个打工仔，父亲却为我骄傲。

父亲也知道，城市和乡村是大不一样的。

这是一个制造各种证件的地方，证件就是身份的象征，否则，他就不会在我年轻力壮的时候，依然操心我的生活。

是的，那些证件的持有者十分清楚自己标签化的身份，到什么场合说什么话，不同的身份规定了不同的言说方式，证件所规定的权利、义务就是一个个持有者的权利和义务。

我的证件就是一个身份证。这个身份证也只有在住店或证明自己不是一个小偷的时候才有用。

钱能通神，不管在哪儿，钱可以大行其道。一个城市庞大的社会关系网络中，地位和金钱高高在上，它们结为亲密伙伴，将一个城市装饰得富丽堂皇。

我发现，文人相轻这一陋习自古有之，迄今尤甚。曾几何时，有钱的文化人和商人结成了同盟，常常会傲视潦倒的文化人。虽然，孔老夫子早就说过："士志于道，而耻恶衣恶食者，未足与议也。"但我也只有退缩到自己的生活环境中，才能使自己的心稍微舒展一下。

来到兰州最大的好处，就是近水楼台先得月，我的名字开始出现在报刊上。尽管不显眼，父亲知道后，每次来兰州总带一两张报纸或一两本期刊回去，但他并不向人炫耀，每当有人问起我的情况，父亲总是说："我的娃在兰州要饭哩。"

在关于梦想的追求上，父亲和我最终殊途同归。

我以我的执着和追梦的方式，赢得了父亲最大的谅解和默默的支持。

父亲，在我离开你的十年间，我知道只要你手中的线稍稍地牵动一下，我这只风筝就会在责任和良心的驱使下回到你的身边。今天，我也就不会在这里写下纪念你的文字了。知子莫如父，反过来说也一样，如果儿子延续的不是你的梦，跟你的期望背道而驰，儿子这只风筝也是飞不远的。

你只能以一个父亲博大的心胸，心甘情愿地也是最大限度地忍耐、牺牲、包容和理解。

作为父亲的最大限度，就是没有限度。

我深深地知道，父亲的缄默，就是大地的缄默。

六

因为你，父亲，此生我已无法改变自己的乡村身份，也不想改变。

我的苦恼源于穷困，但最大的苦恼是不能与智慧同行，美好的东西总是显得那么遥远。

你知道吗，在城市聚集着一大批自以为是的人，这是城市的特性决定的。谁也无须知道谁是谁的谁，当下吆五喝六，转眼形同路人，许多人自我感觉膨胀，卖弄几句大话无人追究，他们善于把简单的东西搞得支离破碎，把芝麻说成西瓜，以显示自己多么的博学多才、能言善辩。

城市文明作为整合和吸纳人类文明的一个有机体，她的脐带连接着大自然，也连接着无数乡村。许多人在城市待久了，不知不觉割断了自身与乡村、自身与自然的脐带，自以为是地成为城市文明的代言人。

在他们的眼中，楼是高的，车是跑的，一条小溪潺潺地流着。他们不懂得青海湖是荒凉的高原擎起的一只酒杯；不知晓一条小河澎湃着一腔的情和义，一路清凉流进了爱人的心窝；也就不能指望他们像诗人那样：

在黑夜里为火写诗，
在草原上为羊写诗，
在北风中为南风写诗，
在思念中为你写诗。

他们哪里知道正是乡村和大自然成就了一个城市文明的知识谱系。

这样的一帮蠢人散布在城市的任何一个角落，在马路上，在灯红酒绿的娱乐场所，在乌烟瘴气的会议室里，在鲜花簇拥的学术报告会上，你闭上眼睛也会看到，捂上耳朵也会听到，让你防不胜防，无处逃遁。

伯夷，目不视恶色，耳不听恶声，最后只好躲到远离尘嚣的大山里隐居起来。

我没有这样做，但也没有目迷五色，也正是因为你，父亲，你的贫穷使我无法奢侈,你的艰辛使我耻于安逸,你的属望是我前行的方向。

我的冠冕是野花和荆棘编织的,这是我的不幸之幸。

七

铁铲是铁的,是为了铲除杂草吗?

那铁簸箕哩,是专门用来对付那些自我感觉良好就可以欺负人的人吗?父亲,我虽没有告诉你,你知道了,也一定会赞同我的看法,尤其是我采取的行动。

我从乡村来,从服饰上或许一眼就能看出来,以貌取人本来就浅薄得令人厌恶,如果以此来明火执仗欺负人岂不该死。

我有一位穿着笔挺的同事,天天把我当驴使。我蹬着三轮车送货时,他就坐在车上东张西望看街景,有时嘴里竟悠然地吹起口哨,我想起了家乡忍辱负重的驴,驴拉车庄户人还在后面帮着推一把哩,他倒好,上坡的时候照坐不误,这倒也罢了——我有的是力气。

有一次到单位的一家店面搞卫生,他在旁边指挥着,我一身尘土、汗流浃背地干完活,去问他还要干什么,你听他说什么:

"你驴日的,欠揍了是不是?"

憋了一肚子的窝囊气正好被这个自以为是、不知好歹的蠢货点燃了。我一声不吭地拿起墙旮旯的一只铁簸箕,走过去,朝着他的脖颈砍下去,他翻倒再爬起来的时候,话都说不清楚了。

"我心匪鉴,不可以茹。"——我的心不是一面镜子,不能把美丑都包容,善则从之,恶则拒之。面对这样一个不可理喻的家伙,难道不能还之以颜色吗?这才是让他清醒和吸取教训的最好办法。

我当时把铺盖卷都打好了,想一想,自己没有错,走回头路不是你我所希望和愿意看到的结局,我留下了。

八

你或许一无所有,但你有父爱的无私;也正是你的无私,让我永远立于不败之地。

十年中,你是知道的,我做过推销员。

在20世纪90年代,我在单位支取了500元的差旅费,用将近半个月的时间走遍了江苏、湖南、湖北等地,一摞煎饼是我一路的口粮。为了省钱,我晚上赶路,白天办事,没有住过一次旅店。我出色地完成了任务,回来向老板上交了没有用的137元钱,我以我的节俭赢得了老板的赏识。

我做过通讯员。这当然是好听的说法,其实就是个勤杂工,干些清洗厕所、分发报纸、烧烧开水之类的杂事,但我正是在这里,在一间堆满杂物只有几平米大的传达室里,埋头写下了我对一个城市文化最初的看法。

我做一顿饭可以吃一天,却从未觉得有多苦呀,"谁谓荼苦,其甘如荠。"是的,比起你六七岁被奶奶送给邻村的地主老财家当长工,我的生活就幸福多了,我以我的勤勉、吃苦赢得了善良人的尊重。

我也当过冒牌的老板,因为我就是我的老板,但我趁此机会走遍了甘肃的大部分地方,走了走你当年走过的路。

我发现,这么多年,不论我做什么,我都以我的方式追寻着你的足迹。

为了向世人证明我的才干,谋求更大的发展,在我二十六七岁的时候,我创办过一份报纸。就是这份报纸,让我生平第一次体验到了一个人到了穷途末路时风声鹤唳的不堪情味。几千元的借款,对我来说不啻于一笔巨额债务。

为了寻求合作伙伴,谋求报纸出路,我早出晚归,踏地踢天,走遍了兰州市的大街小巷,惶惶不可终日。当最后一丝希望被我认为的所有救世主浇灭后,我不得不黯然收拾残局,我想到了你,也只能想到你。我回了一趟老家,把你和母亲平时省吃俭用的积蓄洗劫一空,拿走了家里仅有的2000元,记得你只说了一句话:

"以后的路还长着哩!"

在你去世不久,我回家探视母亲,母亲对我说,在你一息尚存还能说话的时候,你笑着对母亲安排后事,说这次生病把我娃的钱花完了,说我很困难,在城市生活不比农村,走一步路也要花钱,能逃过这一劫更好,过不去的话,叫母亲把家里准备修房子的木料卖掉,凑些钱给我。

在母亲断断续续的哭诉中,父亲的临终牵挂让我肝肠寸断,即便世界末日到了,父子之爱也是阻拦毁灭和所有灾难的最后一道屏障。

十年中,我每次回家都会牵着儿子的手,径直走到堂屋,和你围坐在炕头的火盆旁,一边陪你喝茶,一边闲聊家常,我会说说自己工作上的事,你也会说说家乡发生的一些变化,还有我所熟悉的和不熟悉的一些人和事,说说兄弟姊妹的现状和遭遇的一些难心事。

母亲是知道我的这一习惯的。在你去世后的第一年,要烧七七纸,也就是每隔七天要烧一次,七七四十九天。

一进家门我就不由自主地像以往一样走到堂屋,平常烟熏火燎的堂屋一下子冷清了许多,我都会不由自主地掉下泪来,转一圈心里空空地走出来。

母亲哭诉的时候,不说自己的愁肠,却替我难过,会哭着说:

“我的娃回来没人陪着说话了!”

从你 1998 年去世,又一个十年过去了,我也从而立之年进入了不惑之年。不知是谁说的:白骨三年死后香。古人有言:“其父析薪,其子弗克负荷。”就是说父亲劈的柴,做儿子的未必都能背回家。

难道不是这样吗?随着岁月的流逝,我越来越感觉到父亲并没有远离我而去。母亲活得好好的,我也活得好好的,你在世时备好的木料不但没有卖掉,我还支持弟弟翻盖了所有的房屋。

在你有生之年,我虽然没有能力让你安享晚年,但我做的和将要做的都是你所希望的。

我知道,让所有的老人老有所养,是以一个社会的进步和物质基础为前提的,但父慈子孝的社会伦理道德更是超越物质的,父子情谊永不泯灭。

不管我将来走到哪里,能走多远,也不会忘记家乡的一草一木,不会忘记父亲的埋骨之地。

每次回家,我都弃车而行,喜欢走一走那镶嵌着野草闲花的弯弯山路。

九

你知道吗,父亲,我的笔也有不听使唤的时候。

每当我写你时,却鬼使神差地写到了我。

每当我写我时,却不知不觉地写到了你。

我才发现,不论你死了还是我活着,也不论我活着还是你到了另外一个世界,你一直在我的生活中,你中有我,我中有你。

你是我心中永远不死的父亲。

春 节

神圣的自然只有通过人类
才能显示自己的神圣。

一

唯有春节是属于所有人的节日,但它首先是属于童年的。

什么时候立春,小孩子不会在意;到了春分,大人会说,春分前后,点瓜种豆,那是大人的事,小孩子也是不在意的。

谁能想到,春节是从猪圈里的猪幸福地走向死亡开始的?

在所有的家畜中,猪和人的关系似乎最为亲密。人饲养了猪,猪就替人消灾,吃些人不想吃的残汤剩饭和麦麸烂菜。大人们到地里干活,背篓里都会装几把野菜回来,丢在猪圈里,也算给猪改善伙食吧。在人吃不饱的年月,猪就只能挨饿,整天嗷嗷乱叫,大人们玩的是吊骨架的把戏,为的是让猪只长个头不长肉,这也是没有办法的办法。进了十冬腊月,人突然对猪大献殷勤,从收获的大宗土豆中挑出次品,煮熟后与平时积攒下来的米糠麦麸掺和在一起,倒在猪食槽子里,供猪享用,这就叫催肥长膘。

人还没过年,猪就提前一步过年了。

可怜的猪一直蒙在鼓里,自以为是地替人消灾,不知道人的精心喂养是一场阴谋,幸福也只是一场表面亲热的游戏和假象,最终等待它的是温柔一刀。

难逃一死的命运,即便知道幸福伴随着凶险,猪又能怎么样哩。

这就是"人为刀俎、我为鱼肉"的来历吧。

在乡村，在远离城市的大山深处，不管多穷的家庭，大小都要养头猪。猪肉是庄户人家改善生活和招待客人的美味佳肴。庄户人讲：家少一头猪，一年穷到头。进入腊月，村子里就会响起此起彼伏的猪叫声。在期待过年的兴奋急切的心情中，那种声音在我听来一点都不凄惨。杀猪的时候，我们还跑到跟前看杀猪匠把锋利的尖刀如何捅到猪的喉咙里去，猪血顺着刀柄像水一样"哗哗"地流到搁置在下面的脸盆里。这些猪血拌上荞麦面、高粱面等杂粮，灌到洗净的猪肠子里蒸熟，再炝些葱花翻炒一下，是庄户人度春荒的上佳食品。

一头猪在幸福的尖叫声中，很快成了人们欢庆节日的祭品。

大人们杀猪，嫌我们碍手碍脚，要把我们轰走，我们跑到一边，我起头喊："麦子哩？"我的小伙伴们就会异口同声地应和："收上场了！"然后一问一答吆喝：

"场哩？"

"猪拱(拱字在我们的方言中读 hui)了！"

"猪哩？"

"马家爷爷杀了！"

"刀子哩？"

"嘴里噙着哩！"

"肠子哩？"

"腰里缠着哩！"

"脬(pao)子哩？"

"手里提着哩！"……

"哈哈哈……"我们笑着，一溜烟跑得无影无踪了，远远地传来杀猪匠骂我兔崽子的声音。这些类似童谣的对白就是父亲教给我的。猪尿脬我们会吹上气，吹得鼓鼓的，再灌上小石子，风干后当球踢，里面的小石子就会"刷啦啦"地响起来。

山寒水瘦的小山村，每当这个时候，在猪的高一声低一声的尖叫中冒出了阵阵热气，冰雪的大氅分明抖动了一下，晚炊的青烟把刺鼻的肉香味弥漫在空气中，也膨胀了一个即将来临的节日的欲望，朝霞和晚霞的脸颊上升起了一团团红晕，往日的苍白褪去了，不见了。

二

年关将至,父亲忙着备办年货,去二十里外的大石镇赶集了。

所谓的年货,无非是采购些煮肉炒菜的草果、大香、花椒粉之类的调料,自家不做豆腐的话,就要割几斤豆腐以及买一些油、盐、酱、醋之类,父亲也会给自己买些茶叶、水烟,再买些扫把、笤帚等日用品,当然少不了过年用的红纸、白纸、墨汁、门神之类。

这些都是我不关心的,我会一个劲叮嘱父亲不要忘了买炮仗。父亲赶集回来,我做的第一件事,就是从竹筐里翻出鞭炮自己保管起来。

腊月二十四,掸尘扫房子。

一大早把几间房子的家具搬出来,头上蒙上手巾,清除房间各个角落的蜘蛛网和灰尘,将一些坛坛罐罐擦洗干净,这些活计都要一件一件去做。扫房子要踩着梯子爬高就低,又脏又累,由父亲亲自清扫。我们只能帮父亲接东西,或者把工具递到父亲手中。

房子打扫已毕,轮到打制各种冥币的时候了。先把一张五分钱的大纸折叠成八开纸那么大,再找来一截木棒当锤子用,用一个月牙形的凿子,一边一凿子,组合成一个个的银元,然后一张一张地剥离开来。打制冥币忌用铁锤砸凿子,否则烧了的冥币到了阴间也是铁板一块,无法兑换流通。

写春联,这是父亲交给我的任务,同宗有个长辈,我叫大爸,是个老师,是我们村的文化人。到了临过年的几天,写春联的人很多,写什么也有讲究,堂屋、厨房、耳房,还有驴圈都要贴对联,内容也就不同。他有一本翻得已很破旧的春联书,写之前对我说:“侄娃子,你将来要成咱一门中的人才哩。”边写边解释,我记住了这副春联:

引得金鸡啼春晓,自有凤凰落庭台。

父亲还要做一件事,就是腾出手给我做灯笼,父亲也会玩一些新花样,兴趣来了,也会做更复杂的竹马子,但怎么看都不是马,我说鼻子不像,嘴也不像,害得父亲反复折腾,最后还是做成了非驴非马的东西。村上其他孩子的父母嫌麻烦不做,父亲脚寒手冻做了半天,我玩一会儿零部件出了问题,再说一个人玩反倒没了兴致,就不玩了。母亲嗔怪父亲活得没个老样,像个娃娃头,父亲乐此不疲,做好了还不忘给我表演一下。

年三十母亲最忙,煮肉和蒸馒头的热气从门和窗口往外涌流,在寒冷的空气中就像云雾一样升腾。每间房子贴上红红的对联，人就像行走在童话般的世界里,出入都会沾上一股喜气。

这一天,是农家院落里里外外最干净也最温馨浪漫的一天!

当然,贴门神是最重要的。父亲说:秦琼敬德,把门厉害。端端正正把门神贴在院门上,我的心就踏实多了,我心里想:

挡住了院外的邪气,也就守住了院内的平安。

三

一个神秘而又静谧的时刻。今夜无眠。

夜幕四合,鸟雀归巢。平常这个时间,晚饭早已用罢了,今晚气氛不同往日。在一种沉默的期待中,我轻手轻脚地帮父亲做着一些准备工作,在一个木制香盘中搁上一些冥票,放上三炷香和一盒火柴,一壶茶,一碗凉浆水,又在堂屋正中的方桌上摆好写着祖先名讳的神主,在神主的缝隙中放上冥票,在桌前搁置一个香炉,香炉中装上插香用的干净的柴灰或粮食。一边不忘支棱着耳朵捕捉空气中的变化和动静。

这时,鞭炮声零零星星从村中响起。

父亲端着一个香盘,领着我和弟弟来到院门外,找了一块平地。我们跪在父亲的后面,看着父亲点燃了香表,我马上起身,把早已竖在墙头上的炮仗用香火点燃,躲开两步,等了两秒钟,听不见响声,估计是哑炮,就心急火燎地又补放一个,这一个炮仗倒是冲天而起,炸得纸屑纷飞。

等我放完手中的几个炮仗,赶过去磕头时,父亲却早已动身,端着香盘在前面走了。当我一个人对着一堆红红的还未燃尽的纸灰跪下磕头时，内心有点悻悻然,有点生父亲的气,好像我是个不肖子孙似的,躲在暗处的祖先不会嘲笑我吧。

来不及多想,我提心吊胆三步并两步地走回家,迫不及待地掩上贴着门神的两扇门,再用木杠顶上,生怕因我的疏忽放进一个无声无息的不速之客。

一颗怦怦直跳的心到了堂屋才算安定下来了，父亲把燃着的香插到香炉里，我和弟弟妹妹一齐跪在父亲屁股后面郑重地磕了三个头,起身作揖。母亲和姐姐随即端来水果和长寿面等供品,一一摆布在供桌上祖先的牌位前,敬奉祖先完毕后,我们一家人才团坐在炕上吃晚饭。

父亲说:"炮仗咋不多放几个?"

我有点不满:"你买的啥炮嘛。"

父亲笑了:"哪能没哑炮哩。"

除夕夜有个讲究,大人要给小孩散年钱(压岁钱)。父亲竭其所有置办年货,手头的钱也就所剩无几了,但多少也得有所表示。说我上学要买笔墨什么的,就给我一两元钱,给弟弟妹妹几毛钱。弟妹的年钱捂不热就被母亲哄了去,买了油盐之类。

过了一个多时辰吧,估摸祖先吃好了,母亲把供桌上的献饭撤下来,舍不得倒掉自己要吃,我有点好奇,就从母亲的手上接过来,想尝一尝献饭到底是什么滋味?

母亲说:"献饭不好吃。"

我用筷子挑起几根面尝了一下,心里一阵悚然。那么好吃的长寿面变成献饭怎么没有一点味道了?我疑惑地看了一眼空空的供桌,没敢问母亲,赶快把献饭递过去。全家坐了一会儿,母亲和姐姐妹妹到偏房去睡了,我和父亲在堂屋里坐了一会儿,我叫父亲睡,由自己负责守岁续香。盯着供桌上燃烧的香烛,我禁不住想,在香烛飘荡而起的细细的烟雾上面,祖先们聚在一起会说些什么哩?他们会不会因为观点不同,和人一样争吵哩?

供桌上有一张奶奶的遗像,病体支离的样子,坐在一张空空荡荡的木制靠背椅上。奶奶凄苦的面容,我长这么大再未见过第二张神情相同的脸,满脸的皱褶和塌陷的嘴角流出来的除了辛酸,就是苦涩,毫无神采的眼神也似乎散发着黄连的苦味。父亲说,我的降临给重男轻女的奶奶带来些许安慰,说我是为这个家支撑门户来的,拖着病体抱了我一月就去世了,

每过一个时辰,我就要跳下炕,恭恭敬敬地三叩首,点燃三根香,插在将要熄灭的香烛旁。这样折腾几次也就迷迷瞪瞪地和衣睡着了。

母亲凌晨四五点起来做供饭,听见响声我一骨碌翻起身,拿了一把炮仗到院中央去放,提示祖先可以用早饭了。

这时院门外传来“沙沙——沙沙——”的脚步声，那是村民趁着夜色，赶往村郊的庙中，给家神、土地神等一些神灵烧早香，谁抢先烧了第一炷香，谁家来年必定大吉大利。

初一早上放的炮，也叫开门炮。

四

乡村的冬夜是多么地深沉而博大！

冬天的星空，是不是因为寒冷才显得那么温情脉脉、熠熠生辉？

那一颗颗璀璨夺目的星星，在我的头顶不远处。

当手中的鞭炮丢向高空，我看见，天上的星星移动着，离我更近了；可是星星，你看见了吗？你听见了吗？你可曾听见苦难而安详的大地一声声饱含深情的呼唤？一声声满怀心事的祈求？

天上一颗星，地上一盏灯。一盏灯一个愿望，一颗星一个魂灵。

人在凝思出神的时候，是否会开启意识的另一扇窗？是否会睁开第三只眼看见一个奇妙而异样的世界？那一颗颗星球上面低头袖手漫步天庭的可是我祖先们的身影？那一颗颗星星可是列祖列宗永恒的栖息之所？

长大后读《诗经》：“昏以为期，明星煌煌。”形象地道出了除夕之夜的情景，你看西天的金星是多么明亮呀，黄昏时分，人们沽酒箪食，纷纷到路口去迎接他们的祖先。“子兴视夜，明星有灿。”正值子夜时分，满天的星星大放光明，提醒人们不要忘了起来看那天地交汇、满天星星扇动翅膀的心动时刻！

“祭如在，祭神如神在。”孔夫子不是明明白白告诉人们，祭祀祖先时，心里想着祖先似乎真的就在那里；祭祀神灵时，心里想着神灵似乎真的就在那里。明代的刘基说得更好：“鬼神何灵？因人而灵。”鬼神无形无声，是没有什么灵性的，凭借人它才有灵性。心同此理，西方的诗人荷尔德林也都这么说：

若有所思的神
憎恨不合时宜的
生物

一个没有灵性之人连大自然都不喜欢，神怎么会喜欢哩？当子路有一次问起孔子如何祭祀鬼神之事时，孔子甚至有点气愤地告诉他："未能事人，焉能事鬼！"一个没有仁爱之心的人，连人的事都做不好，怎能谈得上侍奉鬼神之事！可不是吗，一个心怀鬼胎的人跪在神像面前烧香磕头、求签问卦，连鬼神都觉得滑稽可笑哩。

不要把迷信当虔诚，迷信多贪；不要把梦话当灵性，呓语是病；不要把富贵当富有，不要把困顿当羞耻，古人不是说生于忧患而死于安乐吗？不要把妄为当无畏，迷途定当知返；不要把平凡当庸俗，小中才能见大；不要把仁爱当空想，不知其恨，何以为爱？不要把无能当洒脱，不敢担当，何以超越？

当你为真而伤心落泪时，真是善吗？当你为善而沾沾自喜时，善是美吗？当你为美而困惑不解时，美是真吗？

不要把远方当遥远，天堂并不遥远。

天堂属于那些向死而生之人，他们以自己的生命见证真、善、美的程度，决定了自己在天堂的位置。

——如若不信，去问鬼神。

当父亲受到非人的折磨和谩骂时，当他的解释被别有用心的人篡改时，他总会梗着脖子说："离地三尺有神灵！"

春节，忙了一年的人们，为自己赢得了一个大有年而欢庆，也要为自己即将开始新一轮的大有年而辛勤耕耘。

春节，是一个天人感应、人神共有的节日。

——魂兮归来，伏惟尚飨！

五

父亲起来了。堂屋里青烟缭绕。

我给父亲提来一壶水喝茶。父亲盘腿坐在炕上，我坐在炕头上。

这一天，家家户户的老人都要坐在堂屋里架起一盆火。

静静地守着一截木头或一堆柴火，父亲就像守着深藏心头的一段往事。

柴火闷着青烟，父亲对着柴火吹了几口气，我学父亲的样子吹了几口气，"噗"地一声，火苗蹿起来了，一个瓷制的罐罐子煨在红红的柴火旁，清茶翻滚着，溢出淡淡的茶香,父亲的脸膛被红红的炭火映得红红的。

当这些木头的花朵在父亲苍老的目光里开放摇曳的时候,我依稀看见父亲的青春和曾经的梦想。

可是,在我的印象中父亲从来没有年轻过。当我呱呱坠地的时候,父亲就已经老了;当我长成大人的时候,父亲依然那么老;好像父亲一直能这么年老、这么年老地劳作下去,劳作下去,永无止境。

在我家的相框中,有一张父亲年轻时的照片,也就三十出头吧,精神而又帅气。一个带格子的马甲子套在白色衬衣上,穿着一双白球鞋,手里拿着一本书,好像是《毛主席语录》之类的红皮书。在父亲灿烂的笑容中,张开的嘴巴中缺了一颗门牙,父亲的那颗门牙怎么不见了?

整整一个冬天,我最喜欢的就是坐在父亲的身旁,烤着火,搓着手,听父亲说三道四,听父亲的故事。

父亲把第一盅茶要我献给祖先,我溜下炕头,把第一盅茶敬献给祖先;有酒的话,你也会喝几盅酒,但你因为胃病不敢多喝,我会把第一盅酒从你手中接过来,敬献给祖先。这些仪式完毕后,父亲催我给同宗的亲房去烧香拜年。以前都是父亲亲自去拜年,但父亲认为我长大了,应该由我替他去拜年了。在同宗的几户人中,我们辈分低,应该赶在前面去给人家拜年。

我去了。告诉父亲我给大爷、大婆拜年,说了什么话;给二爷、二婆拜年,又说了什么话。大婆不让我走,挽留我吃饭,二爷给我苹果、糖果,我没有吃。我回来了,一一如实告诉父亲,父亲笑着说:"给了就吃,为啥不吃哩,都是自家人。"不久,亲房们也来到我家拜年,我一一陪着他们给祖先烧香磕头。那个写对联的本家大爸,因为父亲和他的父亲年龄相当,就跪下去给父亲拜年,父亲让我赶快拉起来,我阻拦不住,就陪着人家顺便给父亲磕头拜年。

现在想起来,我还从没有郑重其事地单独给你拜过年,因为我们是父子,总觉得没有必要拘于礼节。可是,我错了,父亲。

仁之实,事亲是也。(《孟子·离娄上》)

仁者人也,亲亲为大;义者宜也,尊贤为大。(《礼记·中庸》)

孟子说,乐的实际内容就是以侍奉父母和顺从兄长为快乐,快乐就产生了,还说快乐一旦产生就无法休止,就"不知足之蹈之手之舞之。"可我更赞成一个人只要爱父母和尊重贤人，觉得人生最大的快乐莫过如此了，能做到这一点，则“不知足之蹈之手之舞之。”

记得小时候，我顶多也就十岁左右，或许还要小吧，那时候，父亲和我现在的年龄一般大小。因为家穷，吃罢晚饭，父亲怂恿我到乡亲的门上去讨要馒头，还教给我两句儿歌，我还真去了，找几个小伙伴，手拉手一路唱着到了别人家的门上：

哟噢哟，哟嗷哟，

齐步（步）大步（步）皋（我们的意思）走哩，

不给大馍馍皋不走。

三国曹魏时期，据说在我们的家乡一带，属于魏、蜀交战的古战场，经常发生魏、蜀拉锯战，今天这块地方属于刘备统治地区，一转眼江山易手，又属于曹操管辖区，久而久之，在方言中，就把刘备管辖的地区，把“你们的”误读成“刘的”，把曹操管辖范围内的东西，由“曹的”误读成“皋的”，也就是“我们的”。

就这样在东家西家的大门上闹着玩着，以此为乐，有时候还真能怀揣几个大馍馍回来哩。

那时候，庄户人是多么的纯朴呀，过春节真好！

六

生活是如此的艰苦，你却如此的乐观，父亲。

你不会唱戏，却喜欢凑热闹。

正月十五前后，村上的一帮文艺活跃分子聚到好家屋里，在一起撺掇着要唱大戏，人人都喜欢扮演好角色，丑角找不到人，就分配给你，你答应了。

村上的锣鼓响了，我猫在家里不去看，母亲也不去，回来你笑着表演给我和母亲看，演的是《烙碗计》一折中的宝柱儿。扮成白眼窝，反穿皮袄，把头发拢在头顶扎起来，从台角窜到台口，脖子一伸一缩，念几句台词：

宝柱儿生得俊，

眉毛往前迸（长出来），

耳听姑妈唤，

“扑哧”溜出来。

你滑稽的表演惹来村民的哄笑和喝彩。你事后说起来绘声绘色，犹自眉飞色舞，从强调一种别人所没有的感受中，获得一种陶醉。母亲说你给孩子丢人现眼。

村上比我年纪大的孩子欺负我时，叫我"宝柱儿"，差点叫成了我的绰号。我生了气，第二年你就不去了。

七

父亲有说不完的故事。

冬天，下雪了，父亲怕来年春旱，就把院里的积雪扫起来，背到地里，为的是让土地保墒。

我哩，在村道中除了跟同龄的孩子打雪仗，就是在自家院里找一块平整的空地，用一根长长的细线拴在一截短木棍上，再用木棍把簸箩顶起来，下面撒上小米粒，躲在堂屋的门缝里瞅着麻雀钻进去觅食，手拉细线把簸箩带倒，总能逮住一两只麻雀。

过年家里总有人来串门，惊扰得麻雀在树上叫着，不会飞到院中来了。父亲和串门的乡党一起喝茶聊天，我也是爱听的。到了晚上，长夜漫漫，雪落无声，父亲就给我讲故事，讲了好多，记不住了，但有一个故事至今记忆犹新。

在我的记忆中，从未有过如此完整而难忘的故事！

过去，有一个穷人家的书生，父母去世早，是个孤儿，喜欢读书，他白天干活，晚上在油灯下看书，经常看到天亮，就这样日复一日。天气慢慢凉了，门前有几棵大树，风一吹，树叶儿"刷啦啦"地掉了一地，书生就把这些树叶扫起来，再捡些树枝用来烧饭。

有一天，白毛风"呼呼"地刮着，书生晚上看书的时候，听见地上有响声，掌灯低头一看，只见地上卧着一只青蛙，是从门槛下面的缝隙中爬进来的。仔细一看后腿有伤——很可能是冻伤了吧。书生赶紧找来药水涂在伤口上，再用白布包上，为了不叫青蛙再次受伤，他就腾出窄窄的半张床，和青蛙睡在一起。

书生一贫如洗，家里吃的都是亲戚朋友、左邻右舍送来的。为了养活青蛙，他只好忍饥挨饿，省下口粮给青蛙吃。

就这样一天天过去了，青蛙也长大了。长大了的青蛙火气很大，觉得被窝里很热，就跳下床，钻到了床底下，书生不知道青蛙喜凉，担心把他冻着，就抱到床上，青蛙又跳到床底下去了，如此三番五次，书生也就不勉强了，让青蛙睡到了床底下。这只青蛙散发出的热量把床铺烤得暖烘烘的，书生从此把青蛙照顾得更加周到了，学习也更用功了。

冬天到了，窗外下起了鹅毛大雪，到了半夜以后，书生合上书本睡着了，他做了一个梦，梦见这只青蛙对他说："我就要成精了，要到天上做神仙，我去后，尸体会变成一堆灰，灰上有一颗蛋，你上京赶考的时候就带在身上，遇到过不去的坎（困难），你就把它拿出来，就可以逢凶化吉，心想事成，要什么就有什么，但有一点要牢记在心，千万不能让任何人知道。"

第二天早上起来，书生觉得很奇怪，自己怎么做了这么一个梦，翻身往床下一看，青蛙果然不见了。一堆灰中有一颗蛋，就像鸡蛋一样大。书生双手捧着蛋，大哭了一场，就把青蛙留下的一堆灰烬埋在了院子里。

上京赶考的时间马上就要到了，天寒地冻的，他没有衣服穿，怎么办哩，他又是一个孤儿，到哪儿去找一件棉衣穿哩，他记着梦中青蛙对他说的话，就用青蛙蛋在自己的旧衣服上擦了擦，转眼之间，他的床上出现了一套新衣服，他又用蛋在馒头上擦了擦，案板上出现了一笼软绵绵的雪白馒头。书生高兴坏了，就穿上新衣服，把蛋小心翼翼地揣在怀里，背上干粮，上京赶考。

过了很多村，走了很多的路，有一天，书生走到距离一个村庄不远的树林里，在一棵高大的槐树底下，他看见一只喜鹊躺在厚厚的雪地上，用手一摸，喜鹊的尸体冻得硬邦邦的，他看着有点不忍心，想起了自己怀中神奇的蛋，就想试一试，看能不能救活喜鹊。他掏出蛋在喜鹊的身上轻轻地擦了擦，不大工夫喜鹊活了，扑闪了一下翅膀飞走了，他看着喜鹊飞远了，就高高兴兴地揣上蛋，继续赶路。

走呀走，又经过了一个村庄，在村头不远处的一个破庙里，传出了一个女孩子的哭声，书生走了进去，看见这个女孩子趴在父亲的身上哭得死去活来。书生近前一问，女孩说逃荒的父亲生病了，几天吃不上饭，又病又饿就死了。书生被父女俩凄惨的遭遇深深地感动了，就掏出蛋，在女孩子父亲的身上擦了擦，奇迹出现了，这位女孩的父亲不但活了，连病也没有了。这对父女跪在地上对救命恩人千恩万谢。书生用蛋又给父女俩弄了些吃的喝的，安排好他们的生活继续赶路。

这一救人的消息不胫而走，传到附近村子一个地主老财的耳朵里。这个地主老财想天下还有这么神奇的东西，就动了坏心眼。地主老财策马赶上书生，对他说，他的儿子也要上京赶考，能不能一路同行互相有个照应，书生想想也好，就答应了。地主老财在家里好吃好喝招待了书生，第二天，书生就和地主老财的儿子一路同行。

来到荒郊野外，地主老财的儿子乘书生不备，朝书生的头上砸了几棒子，把书生打得昏死过去，这个坏蛋一不做二不休，掏出书生怀中的蛋，把书生丢进一个枯井中，扬长而去。

过了一会儿，书生在枯井中苏醒过来了，叫天天不应呼地地不灵，他想自己不被饿死也会被冻死。正在伤心之际，他看见一只喜鹊落在井口上，"喳喳"叫了两声又飞走了。又过了一会儿，喜鹊和书生搭救的那对父女赶来了，拿着绳子救出了书生，书生含泪告别了父女俩和喜鹊匆匆向京城的方向赶去。

开考的日子到了，书生考完试，到了张榜公布的日子，书生一看榜上，自己和地主老财的儿子并列为同名状元。等到皇帝殿前召见的时候，地主老财的儿子对皇帝说，自己有个家传的宝贝，要敬献给皇上，皇帝拿到宝物，按地主老财的儿子说的，变来了无数的金银财宝，皇帝一高兴，就把地主老财的儿子点名为头名状元，书生屈就成了榜眼。

地主老财的儿子想到和书生同朝为官，劣迹迟早要败露，就恶人先告状，说书生背负一桩人命官司，说他图财害命打死了一个逃荒的老头。

原来，那对父女救出书生后，被地主老财知道了，就找人打死了老头，把那个小姑娘收为使唤丫头。地主老财的儿子靠蛋作弊，考了个好成绩。皇帝听信了地主老财儿子的话，就把书生打入死牢。

关进死牢的书生彻底绝望了，想自己寒窗十年白读书了，对不起祖先，也对不起那只好心的青蛙。伤心之际，看见明晃晃的窗户上有一只喜鹊叫着，嘴里叼着一支笔和一张纸，书生恍然大悟，赶快接过纸笔，把自己的不幸遭遇一五一十地写了下来。

喜鹊把书生写好的状子叼在嘴里，飞到金銮殿上，交到了皇帝手里，皇帝一看，天下还有这等奇事，就把书生和地主老财的儿子同时招到金銮殿上当面对质，又派快马把地主老财和那个姑娘带来，当堂审问，什么都清楚了。地主老财的儿子吓得瘫倒在地，皇帝当面问他安国治邦的大计，回答得牛头不对马嘴，原来是个大草包，什么都不懂。同样的问题书生口若悬河，回答得头头是道。

那个姑娘哭诉了自己的父亲被害死的经过。皇帝听了，当场把地主老财和他的儿子押赴午门外，一刀斩了。

皇帝将宝物归还书生，书生自然成了状元。那个姑娘也长成了一个如花似玉的大姑娘，皇帝就下了一道圣旨，让她和书生成婚。

皇帝没有忘记那只通风报信的喜鹊，随后又下了一道圣旨，大意是：

喜鹊乃吉祥之鸟，天下人不得伤害。

八

这是一个没有名字的故事——一个没有名字的故事是本源而多彩的，如同一块未经打磨的璞玉，人人都是雕塑家，人人都是故事的主角。假如取名为——

——《青蛙和喜鹊的故事》——青蛙和喜鹊都以各自的方式证明了自己的存在，却始终无法进入对方的视野和生活——这使我想起了一句歌词：只要人人都献出一点爱，世界就变得多么美好。

——《青蛙传奇》——也许青蛙遇上书生之后才会升天有望吧？青蛙的蛋既然可以变成馒头，也会轻而易举地变成刀子；爱一旦沦落为工具，就很有可能成为恨的帮凶。

——《青蛙和书生的故事》——书生的人生故事就是从背叛青蛙所说的“不要让任何人知道”开始的。现实和愿望总是经历悖论的巨大张力和反差后才有望达成最终的和解与统一。关于爱的感恩故事是最为浮浅的。

——《喜鹊传奇》——喜鹊是信使，压根儿就没有想到，自己因为揭示事物的真相而获得了无上的荣耀。在故事之外，喜鹊作为一只益鸟的冠冕，也不能改变它作为一只鸟的本质和命运。

——《书生的故事》——一个以爱为目的矢志不移的人，一定会创造出像喜鹊和青蛙那样死而复生的人间传奇吧。

——《灰姑娘的故事》——爱常常不期而至，灰姑娘在绝望的哭泣中，做梦也不会想到她有朝一日会成为一只白天鹅。

……

九

正月初三,到了祖先启程上路的日子。

迎之有礼,送之有情。黄昏时分,家家户户恭恭敬敬地将祖先送到院门前的十字路口,照样放炮烧纸钱,祷告祖先保佑来年是个五谷丰登的大有年。告诉他们一路走好,等待新的一年春节的到来。

记得年景不好的一年,母亲蒸的白面馒头到了初三就吃得所剩无几了。父亲会笑着说:"年跑了!"

——是的,"年跑了!"

"年"在民间传说中是一个祸害人的魔怪,"年"早一点结束,不就是早一点"送穷"吗?

对穷人来说,尽管真正的春节只有短短的三天,但这短短的三天是人神共舞、大吉大利的三天;是走亲访友、拱手揖让的三天。这三天,有秧歌,有竹马子,有鞭炮,有父亲的故事,就足够了。

——假如用一年的时间来换取春节三天,我也是不愿意的。

喜鹊最爱把巢筑在村庄一棵棵大槐树的枝丫间。

每当清晨和黄昏喜鹊在大槐树上"喳喳"叫着,飞来飞去带起树枝上白白的积雪,带着年味的阳光中,纷纷扬扬、飘飘洒洒落下的雪粒在灿灿发光,成为漫长而寂寥的冬天牵动人心的一道风景。

十五过罢,天气转暖。

春天的故事才刚刚开始。

斗柄指东,天下皆春。

东风解冻,蛰虫始振。

桃夭

无言的距离是我永远的痛，
只好让风儿穿越千万里。
太多的无奈和牵挂，
是我今生的无期徒刑。

一

红桃花儿什么时候开？

红桃花儿不知道，你知道？还是我知道？谁都不知道。

太阳炽热的情怀每天都散发着同样的光和热，无论何时何地，冬天还是夏天。

不一样的是三百六十五天的距离和空气的湿度和密度，是它们改变了太阳的亮度与强度。

太阳也不知道自己的激情，什么时候射穿了红桃花儿的心。

红桃花儿只知道在中箭之前，和煦的东风早已吹开了她的心扉。

桃红花儿一定会在春天开放，正如小麦只能在盛大的夏天成熟。

当太阳无所顾忌地在山洼地里拥抱一片桃林的时候，在大山的额头上，我的红桃花儿正苦守着下一场东风的来临。

杏花、梨花，还有那迎春花、牡丹、芍药、野菊花……都是大山一样的姐妹，但她们只能开放在自己对爱情的幻想中，季节的温暖，花期的长短，她们却无法选择，有些甚至变成一声叹息，飘落成泥碾成尘。

生命的奥秘，就在于一旦绽开，就不得不在怒放、燃烧中走向凋零和熄灭。长短不一，浓淡不一，有的浓香扑鼻，有的臭味熏天，有的捏扭作态，有的带着刺，有的还散发着毒气。

伤痛在山谷中弥漫，那是我的妹妹孤单的身影吗？

有女仳离，啜其泣矣！遭到别人遗弃的姑娘，她的哭泣多悲伤！

一棵野蒿，长在地里，等待它的只能是被剪除的命运。

手捧一部《诗经》，在雨雪霏霏的山冈，我不由痛哭失声。

二

春寒料峭，不知从哪一天开始，墙角院落的向阳桃树，爆出了几乎不为人察觉的嫩芽。你以为是嫩芽，仔细一看是花骨朵。你知道吗，你想过了没有？最先争春的却不是绿叶，反而是花，在稀疏而干枯的树枝上竞相开放。

她们是一簇一簇什么样的花哩？是一簇一簇的孕育之花。她们的花是为孕育而绽放的，她们的美也是为孕育而美丽的，所以他们一点都不害羞，笑得那么灿烂。

小小的花瓣不是为了张扬鲜艳，粉粉的，你依我靠地簇拥在一起。之所以鲜艳，那是你的错觉，那也是诗人的错觉，什么“人面桃花相映红”，诗人心中的“人面”是永不凋谢的，那是梦幻之美，是一种怀旧之美。

在春季，作为乡村唯一的风景，她们的花期是那样的短暂，她们把应该在成熟期完成的孕育提前了整整一个花季，孕育几乎是与她们的绽放同时开始的。

她们一点也不鲜艳，如果你认为那就是你的眼睛所见的鲜艳的话，请你回答我，你可知在她们如花的笑靥里，洋溢着的是一个群体的美丽和幸福？

然而，实际上她们却是单个的，说她们是一朵一朵的，不如说她们是一颗一颗的，是的，一朵花就是一颗果实，就是一个孩子，花的孩子。

开花的时候她们连成片，因为等到绿叶舒展开它的叶脉的时候，她们的花，她们的美也就黯淡了，凋谢了，飘零了，消逝了。

对于她们来说，绽放就是凋零，开始也是结束。

冰雪消融。春风如剪。桃红柳绿。麦苗返青。

孕育和播种是春天的生命，一个村庄所有的女人和半大不小的孩子蹲蹴在一块块高高低低的麦田里薅草。

杂草多的时候,她们几乎是用屁股往前挪动的,她们的腿就是这么弯曲的;蹲的时间长了,用膝盖代替了脚,就跪在地里往前挪,她们的膝盖也是这么变形的。

背篓永远在她们的背上,变成了她们的腰;铁铲永远在她们的手上,变成了她们的手。

二月的春风细细,风摆杨柳款款。

再柔软的风,一天吹到晚,一年吹到头,就变成了一把刻刀,在她们的脸上刻下了细细的烙印和不流血的残忍。

在那整天匍匐在地的人群中,就有我的姐妹。

站在我家院门前高高的台子上,就能清晰地看见她们像蚂蚁一样在地里蠕动着。

我常常想,农村的姑娘,如果农村还有城镇化的农村的话,我们把范围再缩小一些,把目光从平川之上移到大山之中,打量那些生活在大山深处的乡村姑娘,难道她们的命运不正是这一朵朵桃花的命运吗?

当她们绽放的时候,作为一个女人的生命终结了,作为一个母亲的生命就开始了。

她们的青春美丽仅仅为了成全一个母亲,做了全部的牺牲和祭品。

桃之夭夭, 小桃长得真姣好,
灼灼其华。红红的花儿多光耀。
之子于归, 这姑娘要出嫁了,
宜其室家。对家庭的生活多有益!(《诗经·桃夭》)

你听见了吗?那山道上响起的迎亲的唢呐声,走进了桃花姑娘的门,接走了桃花姑娘的人。

那吱哩哇啦的唢呐声跟送葬的曲调有什么两样!仅仅把音乐的节奏加快一些就可以变成快乐的旋律吗?就好比把一根绳子捏在手里使劲地抖动了一下,不管它抖动了多少翻卷起伏的曲线,拧成一股的绳子的粗细是没有变化的,依然是一条硬邦邦的绳子,它并没有也不会因为抖动而变成一条婀娜的彩带。

在唢呐声中,我听不出丝毫别样的味道,没有。它的高音和低音几乎是在同一个基准(我不说调式,让音乐家自以为是的分析见鬼去吧)上运行的,没有音质音色的细微变化。

没有音质音色变化的曲调即便节奏再快也表达不了欢快的感情。

一头驴的四只蹄子自以为是地敲打在马路上,但让我听去,那敲打出的雨点似的节奏,也没有一匹马的喷嚏动听。马的喷嚏中夹带着颤动的鼻音,它在北风中昂首的一声长啸,那是何等的悲壮和果敢,更有一分与主人沟通的呼唤和期待。

一个并没有给人传递欢快感情的曲调还是欢快的旋律吗?这样的旋律当然是音乐,但那只是悲伤的旋律,悲伤的音乐,在那种被悲伤所充斥所饱和的旋律中,哪有快乐容身的余地和缝隙?

唢呐声声,声声唢呐,呜呜咽咽,咽咽呜呜,无疑是她们人生最真实的写照!

唢呐在一个乡村姑娘的人生中,两次响起,仅有的两次,一次是迎亲,一次是送葬。

一曲唢呐声,一曲青春的挽歌,一曲孕育的葬礼!

三

民乐是乡村的表情,四季分明。

——一把笛子。

——一把二胡。

——一把专为女性打制的唢呐。

笛子就是少年,它的声音短促而嘹亮。

就像草坡上撒着欢儿的羔羊;就像山涧奔流的一眼清泉;就像农家屋檐下一只燕子裹着清风的呢喃;就像墙头上一只翘着尾巴的公鸡迎着朝阳的一声亮丽的鸣叫。

葛之覃兮, 葛儿呀,长又长,
施于中谷。 蔓延在那谷中央,
维叶莫莫。 它的叶儿绿汪汪。
是刈是濩, 割它呀,煮它呀,
为絺为绤, 织细布,织粗布,
服之无斁。 穿起它来不厌恶。(《诗经·葛覃》)

唢呐哩，吱哩哇啦把桃花姑娘送进婆家的门，等待她的是混杂在案板上的锅碗瓢盆，是鸡飞狗吠，是猪吼驴叫，是一捆柴火一堆填炕，是洗衣磨面，是粮仓和针线盒，是稀薄或丰厚的田野上闪亮的一把镰刀或铁铲，是簸箩扇出的秕谷，是扫把打理的一方巴掌大的农家院落，是太阳的影子，月亮的奶娘，是儿子远行深藏在心底的几多无奈的牵挂。

有时候，那一点难以排遣的幽怨和情思，被她们擀在长长的柔柔的面条中，缝在意恐迟迟归的密密麻麻的针脚中。

她们把男人当成了自己的天，她们的天只有井口那么大。

唢呐声声，有时候是被男人抓着头发不顾脸面的撕打声，是在漆黑的夜晚躲在柴垛后面哽咽无声的抽泣声，是吊在死亡之树上的一根绳子或者一碗自行熬制的乌鸦一般的杏仁水……

唢呐就这样穿透了一个乡村女子的一生。

唢呐就是这样一个忙碌的、悲伤的、幽怨的死亡之音乐。

二胡有两根琴弦，一根是白天，一根是夜晚。两根竖立着的长长的紧张的琴弦，被绞紧在两根短短的木橛子上。

日月交替，周而复始。只有那一把长长的弓弦，那把马尾做成的弓弦，像一把萎缩退化的弓箭，诉说着一个男人的心事。

在二胡的音乐里，曾经有过一分金戈铁马的梦想，但最终化为一声老牛的叹息；经历了多少凄风苦雨的日子，但总有一个光风霁月的夜晚，叫人怀想。

笛子是笛子，站在高高的树上。

唢呐和二胡在一起，像阳光和雨水在一起，更多的是尘土和泥泞。

四

“花褪残红青杏小，燕子飞时，绿水人家绕。”

活脱脱一幅画，我曾是画中人。

那时的青杏，很瘦，眼睛很亮，如同干巴巴的山坳里冒出来的一眼水，旺得出奇，清得邪乎。

她白天帮大人在地里干活，傍晚时分便从我们两家隔墙的豁口探出头，一纵身骑上墙头，再一跳就站在我家的院中了。

母亲嗔骂她为“野蛮”，但这“野蛮”极可人意，帮我母亲抱柴烧火，末了免不了叨扰一顿，饭后和我的姐姐、妹妹聊天，不知不觉过了夜半。这时，她父亲嘶哑的叫声就会传过墙来，我母亲“没事没事，今晚就住我这儿”的话递过墙去，青杏在一呼一应之间就跟母亲的亲闺女一样。她把我母亲叫嫂子，人小辈分大。

麦黄杏子熟。

放学回家，经常看见青杏手拿竹竿敲打杏子，有时候攀上自家门前的一棵杏树上，坐在枝丫间一边吃一边馋我，除非喊她姑，才肯赏我杏子吃。

当时我已十四五岁的年纪，也是一个翩翩少年，她年龄也就比我大一两岁，我自然不会叫她，在大人的眼中她还是个黄毛丫头哩。

有一天，她引起了我的注意。青杏是个大姑娘了。

麦子收上场后，曝晒几天，附近的左邻右舍互相帮工，把麦子平铺在场院上，那个时候一般是驴拉石碾子碾麦，正如范成大在其《田园四时杂兴》中的生动描绘：“新筑场泥镜面平，家家打稻趁霜晴。笑歌声里轻雷动，一夜连枷响到明。”碾压不干净的麦子就是女人的活计，用连枷打干净。有时是几个人，排成两行，两边人数一样多，一边起，一边落，一起一落之间，麦秸抖动，麦粒四射，尘土细细。

伴随着连枷的一起一落，青春的姿态因为宣泄内在而欢畅的力量变得十分优美迷人。

在我的眼中，青杏无疑成了我们村继我的姐姐之后最为青春秀美的姑娘，她那迷人的身段已经完全展露出来了。当连枷向着天空扬起来，紧紧捏住连枷把的双手将细细的柔软的腰身抻长，撒着粉红色的桃花瓣的汗衫也被带起来，露出了白皙而瓷实的腰身，那种被力的跃动激发的青春的色泽，在细细的汗珠中闪动着，柔韧的身材定格在天鹅展翅起飞的瞬间。那是一种令人迷醉的自然的美。

就在这个夏天，她被自己的父亲许配给了一户人家。

有一天，家家户户正在做晚饭，夜色从遥远的山谷中悠悠忽忽地升起来了。青杏从自家的场院里收工回家，裹在头巾中的脸庞，就像树叶下的苹果，幽幽的目光覆盖在长长的睫毛底下。她以沉默告诉我，自己已经有主了，非同以往了。或许婚后生活的陌生、担心、好奇、憧憬让她矜持，让她以一种自我改变的主动姿态适应这种即将来临的变化，尽管她不知道她得到的将是什么，但她能做的就是不再像以前一样嬉笑无常、打打闹闹了，这是她唯一能做的。

青杏匆忙的身影一闪，掠过我的身旁。

似乎过了很久，青杏没到我家来了。

有一天，母亲煮了一锅土豆，青杏的头从隔墙的豁口一闪就不见了。母亲看见了，拿着一把扫帚赶得鸡飞狗叫，一边指桑骂槐：

“没皮没脸、吃米不下蛋的狐狸精，打死你，打死你拔毛吃肉。”

父亲说：

“队里植树造林剩了两棵苗，栽在两家的夹道中，你二爷（青杏的父亲）说不该栽，连根拔掉了，这青杏，年纪轻轻的，编词儿骂，难听得很啦！”

家家户户的场院里打扫得干干净净，高大的麦垛经过第一场秋雨的浸泡变得不再洁白，颜色晦暗，只有一群一群的麻雀在上面飞来飞去。

秋天的风高高地吹，唢呐从村道上又响起来了。

农村有哭嫁的习惯，现在已难得一见了。当时村上的姑娘出嫁大都会流下动情的眼泪，“呜——呜——”地哭两声。大人们有时会叹息：“终于逃出活门了。”意味着在娘家做牛做马，到了婆家情况也许会好些吧。

孝顺的青杏哭自己的父亲细一听全是词，哭声抑扬顿挫：

“我的爹我的娘，我走了谁给你们做饭烧炕呀，我那可怜的弟弟没人照管长大了说不上媳妇说上了媳妇怕你们指靠不上哦，呜呜——”

再次见到青杏到了一年之后，怀里已经有了小孩，体态臃肿，两眼无神，不再是一年前的青杏了。

母亲说：“你二爷聪明得很，做事一点也不聪明，把一个嫩闪闪的姑娘嫁到瞎人湾去了！”

五

我的姐姐哩，我的妹妹哩。

一样的村道，不同的人行走的是一样的人生。

和青杏一样，我的姐姐 19 岁那年就嫁人了。理所当然的父母之命、媒妁之言。对自己将要度过一生的地方她却不知底细，只知道对方有几口人、几口猪和一头高大的骡子，在农村家道还算殷实。姐夫哩，看上去倒也老实忠厚，除此之外一无所知。

仅仅是这样吗？三千年前，男子恋慕女子，不是窈窕淑女、寤寐求之、求之不得、转辗反侧吗？不是琴瑟友之吗？不是钟鼓乐之吗？

姐姐嫁过去了，为了生一个儿子，她不得已接二连三生了四个姑娘。十年前，为了生计又远走新疆。几个姑娘初中毕业相继在外打工，大姑娘和二姑娘也已出嫁，如今，年纪轻轻的姐姐做了婆婆。照农村的说法，姐姐应该很满足了，可是姐姐的花样年华哩，姐姐的青春哩！

当初还是我把姐姐亲自护送到十几里外的婆家。我是娘家人，是她的弟弟，是要告诉婆家人，姐姐有了委屈是有人愿意倾听的，姐姐受了欺负也是有靠山的。

记得姐姐出嫁那天，按照习俗在跨出家门的那一刻，我记得清清楚楚，姐姐将一只瓷碗摔碎在门槛上，以表示跟娘家一刀两断的决心，生是婆家的人，死是婆家的鬼。

结婚以后，刚烈的姐姐也不论发生什么事，从未找过娘家，因为她知道找娘家也改变不了她什么。

父亲也知道，姐姐为了生一个儿子，把一个姑娘送人了，在偷偷去看孩子的时候，她的姑娘不能叫她一声“妈妈”，叫什么——北山娘娘！

燕燕于飞，双双对对的燕儿飞，
差池其羽。前前后后地追随。
之子于归，这个出嫁的姑娘，
远送与野。送她到郊外的地方。
瞻望弗及，望呀望她不见了，
泣涕如雨。泪珠儿像雨一样。

再说我的姑姑，在我的脑海中也是一个模糊的印象。

父亲是她唯一的亲人。怙恃两失，长兄如父。

记得最后一次见姑姑到我们家来了，和母亲在厨房里说了一会儿话，凳子没坐热，流了一把泪，就走了。

父亲一点也没感觉到，这是姑姑来向他诀别哩。

父亲也知道，姑姑有个可恶的婆婆，经常和姑姑吵嘴，吵了嘴，男人为了给自己的母亲争面子，经常对姑姑拳脚相向。

过了几天，有人来报丧，说姑姑寻了“无常”（非正常死亡吧）吊死在自家院落的一棵杏树上。起因是姑姑用自己积攒的零钱扯了几尺花布，打算给自己做一件衣服，招致婆婆的讥讽和谩骂，姑姑自然反唇相讥。

那个男人事后向父亲负荆请罪，哭得倒很伤心，说自己打得也不重。在夫妻争吵中，老实巴交的男人生起气来拳头不知轻重，更硬，也更重。他不知道打掉的是一个女人给自己买一件衣服的权利，打掉的是一个母亲在孩子眼中的尊严，打掉的是一个女人在家庭中的位置，打掉的是夫妻相濡以沫的情义和是一个女人所需的最后一点关爱。

姑姑那一代人大字不识一个，对于坚贞的理解就是谨守妇道，除了这片土地哪有她的容身之地。这样的事虽小，但也够叫人伤心欲绝的了，如果挨打受气成为家常便饭，活着还有什么意思？

如今是主张男女平等的新社会，但父亲看了姑姑留下的三个孩子，把那一块夺命的花布轻轻地盖在姑姑脸上，一声没吭，父亲能说什么哩。

姑姑那时也就刚刚三十出头吧？

那是一个四五户人家的小山村，在背阴的山坳处，常年吹着阴冷的风。

我记得姑姑家院中黑黑的窑洞，在院中没有清理出去的土台之上，长着高高的向日葵和葱蒜之类的东西。

我想，姑姑想见父亲的时候，是不是经常站在那里向我们的村庄张望哩。

姑姑家门前是通往磐安镇火车站的一条捷路。从此以后，父亲宁肯多走一两里弯路，再也不抄那条近道了。

忧心悄悄，我的心里愁闷深，
愠于群小。遭那些坏人来怨恨。
觏闵既多，苦难常把我来扰，
受侮不少。受的侮辱更不少。
静言思之，静静地来想一想，
寤辟有摽。手儿不住地捶胸膛。

日居月诸。太阳呀、月亮，

胡迭而微？ 为啥变得没光芒？
心之忧矣， 多少烦恼留心里，
如匪浣衣。 像衣服有斑没法洗。
静言思之， 静静地来想一想，
不能奋飞。 没有翅膀远飞扬。 （《诗经·柏舟》）

六

不要嘲笑深陷的眼窝，那是眼泪流得太多了。

不要鄙夷变形的骨骼，那是因为石头太硬了。

不要厌恶粗糙的皮肤和满脸的皱纹，那是无处躲藏的风刀霜剑的杰作。

不要讥讽一张没牙的嘴巴失去了言说的能力，或许正是你我掠夺了她吃细粮的权利。

桃花姑娘也曾拥有迷人的花样年华，并不比你所知所见的和所能想象的漂亮姑娘逊色多少。如果你无缘一睹她们的风采，那是因为你本不属于她们中间的一员。

不要侈言距离就是美，有一种美没有距离，那是一种同呼吸共命运的情义，是一种基于刻骨铭心的记忆和落花流水春去也的痛惜。

不要嫌弃她们没有高贵的谈吐，起码她们具有朴实无华的品质。虽然这种品质有点粗糙，少了一分精致；有些卑俗，少了一点自信，但这种卑俗中表达了她们对文化发自内心的那分尊重和渴求。

我相信，身体是用来展示美的，而不仅仅是用来劳动和睡觉的。

一张呆滞而麻木的脸庞，是对人类五千年文明的最大讽刺，犹能令人念天地之悠悠，独怆然而涕下！

如果美是七分环境，三分闲情，她们没有，知道吗？

劳动是乡村的主宰，那桃花的命运就是我的农民姐妹的命运。当孕育的脐带与母体分离的同时，美也就死亡了，因为这种原始而机械的劳动，在某种意义上，封闭和阻遏了除繁殖和满足人的本能需求之外，有关人性开拓的更为广阔的空间。

是劳动打造了富有美感的力的造型吗？也是，也不是。

热爱劳动确实是一种值得赞美的品质，但是，随着人体机能的萎缩，长期的超负荷的劳动不仅会摧残和扭曲人的体格，由此形成、规定的思维方式和行为方式会严重影响到心灵的健康成长。当原始的耕作方式一成不变的时候，繁重的体力劳动沦落为一种生存手段，在人与自然力的抗衡和对抗过程中，无疑是人的智慧的一种失败。

几千年来，如果人的智慧能够更多地应运于改变人的生存现状，关注人的心灵世界，而不是人与人之间的相互算计、仇恨和残杀，人就会从沉重的劳役中解脱出来，一跃而成为劳动的主人。

人呀，不要自以为长着一双手，就可以做并能够做劳动的主宰。

一双纤细的手和一双丑陋的手放在一起，从审美的角度讲，理应对丑陋表示我们的憎恶。值得我们警惕的是，如果有苦难带来的伤害和耻辱，就一定有富足表现出的高傲和冷血。

我们可以在苦难中坚守自己的尊严，反而在体面的生活中难以坚守人自身的尊严，这是人的幸运哩，还是人的大不幸？

如果在体面的生活中，有更多的时间去追求本该属于我们的东西，我们也就有足够的金钱和精力去关爱那些被我们忽视的弱小生命。

七

母亲这一崇高的字眼，应该是青春、浪漫、高贵，而不是丑陋、琐碎和渺小，或者了了无期地永远匍匐在大地之上。

一个乡村母亲的爱或许不是无微不至的呵护，不是一声又一声甜甜的宝贝，而是一本缺失了青春的无字书，是一生的操劳和忙碌，是黑夜，是黑夜布满天空的星星；是一眼枯井，是苦难的凝结。

不要因为没有摇篮就觉得遗憾，不要因为缺少关爱而忘记回报。

母亲用青春和沉默喂养了我们，我们将为母亲的青春和高贵而战！

喷呐声中，桃花姑娘

拒绝泪水和回忆。

人之子

小时侯，学堂在几里外的镇子上。我们几个同学早上起来，总是一个吆喝一个，等齐了一块去上学。一到冬天，天不亮就得起床，加上外面寒气砭骨，总想淘气地偎在母亲温热的身边多睡一会，等着母亲先起来，往书包里装好干粮，将洗脸水温热、盛好，这才慢慢起床。长大了，翻弥尔敦的《失乐园》中看到上帝造人一节说:“女人是男人腰间的一根肋骨。”一时觉得如果说“儿女是母亲腰间的一根肋骨”那该多么恰当！如今，母亲两鬓苍苍，觉得除了加倍报答母亲的恩德外，还能做些什么呢!

只要是人之子
他就是母亲所生
是母亲腰间的一根肋骨

一声声稚嫩的童声
辐射出淡淡的奶香
它是太阳身边飞出来的洁白的信使
是山村最早来临的几道红红的曙光
这时鸡未鸣，狗未叫，霜还很厚
黎明露出明亮的额
它使人想起春天和夏天的浓荫
妈妈也曾这样年轻美丽过
如今皮肤已弹不出浪漫的琴音
当最后一个孩子临盆时
她疲惫地倒在了血泊里
但她还想去点燃早炊的火焰
摸摸腰间却无法站起
赖以支撑的几根肋骨没有了

这时鸡叫了,狗吠了,鸟声吱喳
她象这冬天的黎明
没有丝毫惆怅
天空般的眼睛覆盖了
日行八万里的小小寰球
和宇宙风大河般的吟唱

只要是人之子
他就不能也不会忘记
自己是母亲遗留在大地上的爱

(18岁旧作)

鸟 人

都是一群人,都是一群鸟。
我有我的阐述方式。
鸟有鸟的阐述方式。
我的所闻所见皆源于我自身。

一

有没有完整的故事?属于我的故事依然零碎、破损而又微不足道。

一件事有开头就有结束,一个故事却是无始无终的,因为它总是不同程度地揭示了超越故事本身的人性。人性的偶然性和不确定性,决定了故事的不完整性,就像一个残缺的人生在行将就木之后依然被诉说一样。

这实在算不上什么故事,在我的人生中,充其量也就是一个小插曲。这个小插曲再一次向我证明,对于美的东西自己有一种难以割舍的好奇心和感知力,对丑的东西则唯恐避之不及,有一种说不清的憎恶和厌弃。

不说自己有伟大的同情心,是因为实在找不出自己高人一等的优越性。

在《真情告白》中,我曾描述过和自己的父老乡亲一样,我也是带着一身尿骚味在土堆上滚爬着长大的。我曾经是他们当中的一员,自小和他们生活在一起,那种千丝万缕的联系永远难以割断。

二十年的乡村生活,让我在劳动中懂得了美,人类的一切美德都可以在劳动中产生,如质朴、善良、勤劳、慷慨、勇敢等等。但在一个相对封闭的环境中,人们低头不见抬头见,美德的价值变成了可以等量交换的筹码,当一个人付出了美德的时候，就会收到立竿见影的效果，以最快和最直观的形式从另一个人身上反映和表现出来。

但是，真正美德的价值不在于交换，而在于它的无私性。

在我的家乡，有一句日常用语，在人与人的交往中广泛地使用着："好与好是换的，工与工是骗的"，"骗"就是相互帮工的意思。如果你早上借了他家的东西，晚上他去你家没有借到东西，那你以后再别想借他家的东西了；如果他放下自家地里的活，诚心诚意地救了你家掉在沟里的一头驴，这种行为不亚于见义勇为的英雄壮举。所不同的是，如果他在你那儿得不到应有的尊重和回报，他就会骂你是个喂不熟的狗，是一个狼心狗肺的家伙。

心灵的高贵不带任何功利色彩，它或许与劳动有关，但独立于劳动之上。

一样的人生演绎的是不一样的故事。

二

我相信有一种痛苦不能明言，它并不属于金海。

金海是个好人，这是毫无疑问的，他性格好，好到童叟无欺，具有乐于助人的美德。遇上村里的乡党修建房屋，或红白喜事需要人手的时候，只要请他，他没有不答应的。除了个头小，力气不是很大，几乎是个无可挑剔的庄稼人。

老大不小的时候，金海说不上媳妇，其父就让小丫头给他换了一门亲，我们叫换头亲。金海有了一个媳妇，还是一个初中生，一时间成为日月蹀躞的庄户人茶余饭后的一大新闻。金海一度赢得了村上小伙子们的私心羡慕，他们的心为此醋海翻波，抱怨这样的艳福怎么轮不到自己头上哩？真是好男遇不上好妻，好女嫁不了好男，一朵鲜花插在了牛粪上。

结婚的那天，在新媳妇经过的村道上，家家户户的门前站满了探头探脑的人。我也去看了，当然是站得远远的。印象中，新媳妇在几十米外的村道上走过的时候，手里提的一面镜子，在阳光下一闪一闪折射出刺眼的光。

闹洞房是村上年轻人乐此不疲的兴奋事。不知为什么，这些打情骂俏、嘻嘻哈哈的场合我从来不感兴趣，也是不去的。正如俄罗斯作家洛扎诺夫说过的："我几乎丧失了情欲，我很少'想'。但我的'不想'是真正的情欲。"那时的我也许正隐身在村子旁的玉米地里,天天囫囵吞枣地背《唐诗三百首》哩。

我的心一直在高高的天空盘旋着,或许早已飞到了远方,远方在哪里,我也不知道。

过了几天父亲修房子,金海来我家帮忙砌墙,还有几个乡亲也来帮忙。

金海费劲地把一片土坯递给站在墙头的明保,明保喊道:

“把劲使上,你的劲哩?把人家的白馍馍好饭吃上是伺候你媳妇的吗?”

“嘿嘿,我干活从不偷懒。”金海的脚底下明显快了好多。

“老年人说得好,丑媳妇是家中宝,娶个娇妻杀人的刀。你大(爹)老糊涂了,就不知道娶个娇妻费人得很,把你娃的命要哩!”明保说。

“好歹一个样。”金海急赤白脸地辩解。

“能一样吗,我都知道不一样,人家是念书的洋学生!”明保闹洞房不甘人后,他的话音未落,有人喊:

“金海,你的脸上的道道是不是被媳妇抓挠的!”

“顿数(按时的意思)上做好饭就行了。”金海勾着头,嘴里嘟囔着。

“没媳妇时,你妈做的饭你不是照样吃吗?”明保提高了嗓门,“知道你是个没出息的,说的全是没用的话,告诉你,打倒的媳妇擂倒的面,不给点颜色会骑到你头上的。”

“把你的心操好!”金海把一片土坯丢出去,明保伸手没接着,掉地上碎了。

大家哄笑着继续干活。明保骂道:“这狗日的不识好人心,尥蹶子哩!小心猫不吃食把狗的心操烂哩!”

不久,猫不吃食真把狗的心操烂了,事情的发展真应了这句话。

金海的邻居是一个戏子。在农村,戏子就是文化人。

戏子不是专业的,已经是两个孩子的父亲了,擅长小生,我看过他的《李彦贵卖水》,唱腔表演和专业演员可以相提并论了。此戏子非彼戏子,比那个拐走汪桂生的秃顶戏子年轻许多,称得上是一表人才。当着金海的面,经常隔着两家的墙头,和金海的媳妇眉来眼去、打情骂俏。金海告诉了他的父母,他的父母当然咽不下这口气,就和戏子打闹。这在当时是一件很热闹的事。

在这样的打闹声中,日子一天天过去了。戏子和金海媳妇在一起鬼混几乎到了公开的程度。后来听说戏子的媳妇寻死觅活、喝药上吊,戏子才稍稍有所收敛。

金海哩，照样给人帮忙，干活，有时候脸上旧痕未褪，又添新疤，但他的精神倒挺健旺。

有一点金海是清楚的，一根绳子上拴了两只蚂蚱，媳妇是自己的妹子换来的，媳妇胆敢妄动，他就立马把妹子招回来，对方也无可奈何。

换头亲属于社会陋习，换头亲交换的是人，换的不是心。

金海妹妹到了对方家里安分守己地过日子，与金海媳妇形成了鲜明对照。人们不再像刚刚开始的时候那样说：一朵鲜花插在牛粪上了，舆论的天秤一边倒地开始同情金海。不管你心里是咋想的，爱或不爱，庄户人是不去深究的，何况有文化也不能成为偷人养汉的理由，骂金海的媳妇是不要脸的骚货。既然进了人家的门，就应该好好跟人家过日子。

金海一如既往，在人们的同情和哄笑声中过着自己的日子。

我家门前是一个闲人摊子，是农闲季节摆龙门阵的地方。有一天下午，秋后的阳光冷暖适宜。闲人摊子上凑了好多人，清一色的男人。金海过来了，又是那个信口开河的明保，高声大嗓地开起金海的玩笑：

“金海，我看你那个儿子越长越不像你！”

“不管像谁，把我叫爹哩，咋不喊你爹哩！”

这个平时三脚踢不出一个屁来的人，倒是一个沉着的人。就像俗话说的那样，你有你的千条计，我有我的老主意，谁说金海不是一个聪明人哩！

十几年过去了，当年那个水灵光鲜的洋学生不再招蜂引蝶了，不知从什么时候起，她开始死心塌地跟着金海过日子了，什么粗话累活都干，关于她偷人嫁汉的事已湮灭在岁月的风尘中。

一把锁关不住一个活人，但显然有比一把锁更加强大的东西。

一个绵里藏针的女人，用她的敏锐和巧手裁剪出炫人耳目的锦衣云裳，面对一叶腐蚀生锈的钢板，她却束手无策；一个不习水性的人掉到了水里，她的两只脚无处着力，等待她的只能是没顶的命运。

美德诚可贵，背叛不稀奇。在农村，在日复一日的岁月面前，具有穿透力的东西是不存在的，没有人会走在岁月的前面。

对于女人，最能感动和吸引她们的，莫过于男人的侠骨柔肠了。

金海既没有侠骨，也没有柔肠，但谁能想到，金海以他的沉默、木讷、耐心、忍辱、卑贱甚至无能彻底地收复了一个女人？

三

一个人的外貌是如此的重要，常常让人不惜生命来维护它。一个懂得美的人知道，美的形象不是单纯靠美容和服饰来维护的。一举一动，一言一行关系到美的本质，可以从根本上改变一个人的美好形象，要么使美的形象更美，要么具有更大的杀伤力，使美的形象成为丑的牺牲品，变得一文不值。

其貌不扬的人，由于自卑心理作祟，认为别人不在乎自己，也不会正眼多看自己两眼，粗服乱头不说，言行放肆无道，把自己弄得更加卑俗不堪；反之，其中的一些人凭借自己后天养成的嘉言懿行，赢得了人们普遍的尊重和敬爱，从而慢慢地改变了审美标准的大众口味，反而焕发出一种独特的气质来。

狗不嫌家贫，子不嫌母丑。是这样的，这是天理。根据我的观察，在一潭深幽清澈的泉水面前，一头驴也会止步，但它会掉头跑到一泓浑浊而浅露的涝坝中去打滚。一个女人，尤其是一个母亲，为什么不是一潭深幽清澈的泉水，而偏偏是一泓浑浊而浅露的水坑哩？

我的桃花姑娘嫁到了婆家，成为婆家的一分子，也成了婆家的主人。一种责任迫使她必须顶起半边天。繁重的劳役拖垮了她的身体，也麻木了一个女人本来多愁善感的心。做了母亲之后，一个女人就会在众目睽睽之下无所顾忌地撩襟露乳奶孩子。她们所有的心思就是把孩子带在身边，不要磕碰，吃饱穿暖，然后被轮转不息的四季裹挟着往前走。

勤劳成了农村女人相对纯粹的值得嘉许的美德。除了勤劳还有什么？

几年前，在兰州的一份地方小报上，作家匡文立写了一篇千字文，如果我没记错的话，题目就叫《大炕的艺术》，这篇文章并不起眼，也未引起太多人的注意，但它反映了我非常熟悉的一种生活现象。农村的住房并不狭隘，但大多数农村人由于经济条件所限，置不起被褥毡毯，或者缺少烧炕的柴火，一家人不分男女老小挤在一张大炕上。

有位作家在自己的文章中，喜欢以白描式的欣赏眼光将农村女人起夜撒尿的声音，描写成珠落玉盘或小溪哗啦啦之类，当时我那粗鄙的灵魂并没有从人文关怀的角度去深究它,只是对这种嗜痂成癖的审美感受一笑置之,不以为然。

一个没有隐私的空间,一切都是赤裸而一览无余的。

这样的一个空间中,充斥着长吁短叹的呻吟声,一声接一声的呼噜声,一股又一股刺鼻的尿骚味。一种原始的欲望和气息弥漫着,跟几千年前人类穴居时代的群居生活在形式上几乎没有什么区别。没有距离的审视,又怎能培养和激发起一个孩子对于女性特有的那种尊重和敬慕哩。

当孩子睁开明亮的眼睛,第一个映入眼帘的就是母亲的形象。母亲就是孩子的全部世界,也就是说孩子是通过母亲认识这个世界的。

一个知书达理、气质高雅、穿着得体的母亲来到孩子的房间,低下她的头,将她素净的脸贴向孩子的脸,在额头上留下一个吻,并轻轻地道一声:宝贝,晚安。隔着半透的纱幔,留在孩子脑海中的一定是温馨、浪漫、优雅、高贵的女性记忆。

一个孩子在这样的环境中长大,也许是一个情种,但绝不会变成一个野蛮人;他也许会在一个放荡粗鄙的女性面前显得局促不安,但绝不会在强权面前低下他高贵的头颅。

一个高贵者会把人的尊严看得比自己的生命还重要,他觉得人就是为美而生的,追求美是人应有的权利。

一个高贵者宁肯饿死,也不会乞求嗟来之食。

一个高贵者的灵魂是浪漫的,他心地纯洁,相信奇迹;悲天悯人,相信爱情,对人类的苦难抱有极大的同情心。在他的意识中,人不应该这么苦难而卑贱地活着,他一定会按自己的愿望做自己应该做的事。

一个心灵纯洁并一生纯洁的人——像普希金那样——为捍卫自己的情感尊严不惜喋血而死。

因为生活的贫穷和母亲的辛劳,我们是一群失去高贵灵魂的人,好在一颗渴求高贵的心灵因此而变得更加强烈。

现在的年轻女性哩,当然不会像上一辈人那样蓬头垢面了,她们衣着光鲜却举止粗俗,出言不逊而望子成龙,跟辛劳而褴褛的母亲比较,她们无知而游离的目光距离高贵更远。

一个爱孩子的母亲不一定是称职的母亲,她们从未想过用自己的言行打动和塑造孩子的心灵,她们只知道让孩子学习,不知道自己是孩子做人的榜样,也是需要学习的。

人世间最糟糕的事莫过于一个人否定自身或对自身美的不自知。

小的时候，我一个人住过的房子，狭小得令我吃惊。站在里面，头就要贴到房顶，窄窄的三面墙上开着三个小窗口，要将头伸出去也许会擦着鼻尖或碰着耳朵。刮风下雨的时候，我就用草帽堵住窗口，有时雨水会从房顶顺着墙壁渗下来，留下一道道屋漏痕。当年十二三岁的我就蜷缩在这样一间属于自己的房子里，在靠南的一面墙上，用毛笔歪歪扭扭地写了一句题壁诗，至今清晰如故：

茅屋虽小淅沥露，奇葩一枝氓更艳。

多么蹩脚的诗句呀，它是我翻阅《新华字典》拼凑出来的。不论多大的苦，在一个怀揣理想的少年心中，又算得了什么！

这间房子，是父亲馈赠给我的儿时的天堂。

四

大雪封山的时候，就会有鸟静静地蹲在树枝上梳理羽毛，或睁着一只眼瑟瑟地打着盹。这是一群智慧之鸟，也是一群沧桑之鸟。

在我们村的闲人摊子上，聚的是一帮闲人。闲人之所以闲，是老了，什么事做不了的时候，只能闲着。这里是一个村庄的舆论中心。

树活一张皮，人活一张脸。村上有人干了坏事，最怕成为闲人摊子上说道的谈资。在这里，有话就说，没有话人们就静静地站着，没有人会刻意地去说一句话。

——燕子来了！有人看到了第一只报春的燕子。

——那个姑娘长得干散（漂亮），懂事得很，从不串门子。赶快请个得力的人去说，保准能说成。

——得力的人就怕请不动呀。

——诸葛亮也怕三请哩。人么，称上半斤好茶叶再去请，不答应才怪哩。

这时，往往会有老汉趁机讲讲他所知道的“三顾茅庐”的故事。说者无意，听者有心，听的人不知不觉间长了见识。

就这样你一句，我一句，有一搭没一搭地说着。谁家的孩子“大大（爸爸）、大大”地喊着，那说明家里有事或来了客人，有人走了。过了一阵，又有人来了。不打招呼，来去自由。有人从闲人摊子上低着头走了过去，话题就转移了：

——这屄人昨天打架了，为一犁地，打得还严重，一颗门牙不见了。

——为一犁地不值，能打几斤麦子？

——打不了几斤麦子？地是祖祖辈辈的事，有争夺的江山，没有让位的社稷。谁也不是傻子，不能让的就坚决不能让。

谁家娶了个好媳妇，人们就会说：

——一人有福，托福满门。那是人家的祖先烧了高香。

……

就这样，在闲人摊子上，什么话题都可以说，天文地理、人情礼仪、婚丧嫁娶、轶事趣闻，无所不包。这里说过的话，不会被人追究。眼看太阳落山或时辰不早了，有人会说，吃饭去了。这时大家就会起身，拍拍屁股上的尘土，拿着铁锨的中年人和拄着拐杖的老人就慢腾腾地各自回家。

第二天，总有人会转到这个地方，凑到一起说三道四。农忙季节，也会有几个鸠形鹄面的老人披着衣服，在闲人摊子上晒太阳。也总有几个小孩缠着这些老人听故事。

老人哩，嘴角的哈喇子往下流着，拿出脏兮兮的手帕擦拭，他会翻开衣襟，对小孩说，你给我捉虱子，我就给你讲故事。

我曾经是那个捉虱子的小孩，可惜捉得太少了。

五

那时候雨水真多呀！到处绿绿的，地埂边的冰草足有一尺长。

早上起来，孕育了一夜的露珠在草尖上摇摇欲坠，那浸透着草香、花香的露珠，就像年轻妈妈丰盈的奶水，湿了胸前的衣衫，大地就像年轻妈妈怀里幸福的孩子，用吃不完的奶水洗脸，那娇嫩的皮肤透着朝阳的颜色。

风吹日影，万物欣然。

故乡的黄昏，多么松懈、慈爱、自适，多情，宁静中有几分似有似无的神秘，那是籽粒开始灌浆的时候。

一群又一群的麻雀驮着斜晖飞落在树梢上，

麻雀唧唧喳喳地叫着，说是营巢，但谁能听懂它们神秘莫名的鸟语？

它们在说什么呢？它们是在议论谁家的地里那几个可笑的东倒西歪的稻草人吗？还是它们发现了谁家的小女孩和谁家的小男孩在玉米地里学着大人的样子偷情，在嘲笑他们的紧张和失败？

也许，它们有更加惊人的发现哩。

它们是在争论谁家地里的麦子没有长熟，叫自己贪嘴的伙伴吃上后发生了不幸的腹泻事件，但它们中间德高望重的郎中告诉它们，腹泻是因为人们在麦子上面喷洒了农药。它们于是有些惊恐，深感不安，好像一定要弄清事实真相后才肯罢休，从一棵树飞向另一棵树，叫着，争论着，迟迟不肯回窝休息。

从那个时候开始，它们也许就开始密谋十几年之后的一次集体逃亡？

邻居家的二爷死了。他在五十二岁的时候生了个儿子，老来得子，他高兴得合不拢嘴，取名为五十二。五十二在他父亲死后，把门前的广场圈了起来，用来堆放柴草、填炕和拴驴，只留下一辆架子车能通过的小巷子。

村上的小孩子们玩游戏的地方没有了，老人也失去了晒太阳的地方。

——闲人摊子自行瓦解。

最早发现的是猫在村上失踪了。这是有一年回家，父亲告诉我的。

在人对鼠的敌意中，猫跟着无辜受累。老鼠夹子没有夹着老鼠，却把老猫夹得皮开肉绽；人类投毒使老鼠成倍增长，猫却销声匿迹了。

那是 1995 年，不知是我第几次回家了，在进入村子的时候，感觉到前所未有的冷清。父亲告诉我麻雀去年就不见了。

——是在一夜之间消失的吗？父亲说反正突然就听不见声音了。对此，父亲也百思不得其解。

三年之后，父亲离我而去。

相 鼠

一

天地,我之天地;变化,我之变化。

天理有亏,人性必然有变也。

在这个村庄发生的每一件事情,既关乎人,也关乎鸟。

我曾是事中人,我是迷糊的;作为旁观者,我是清楚的。

留给清醒者的往往是一声无奈的叹息。

人,往往因为不能拥有自己明明白白的美而清醒,又常常因为无法拒绝本不该属于自己的丑而痛苦。

命运是什么?在你自以为清醒的时候,它跟你开了个阴差阳错的玩笑,你想得到的得不到,你不想要的它强行让你接受,而你又不能拒绝它。

清醒和痛苦是旁观者的两只眼睛,那只清醒的眼睛用来观察世界,那只痛苦的眼睛立足于自身的经验,反思人类的命运和前途。

以《周易》为标志,人类的智慧在三千年前已经成熟。自此以降的社会发展史,是对三千年前业已成熟的人类智慧的颠覆史。以孔孟之道所塑造的人格形象为标志,人的高贵在三千年前已经确立,自此以降的人类精神史,也仅仅是对三千年前业已确立的人格精神的见证史和阐释史。

三千年前的人类是理想的巨人,以实现人的高贵为终极目标;三千年后的人类以人的智慧为手段,以追求和满足人类永无止境的贪欲为动力,在遵循否定之否定的社会发展规律中循环往复,以生态资源为代价,以技术文明为旨归,人类把自己变成了物质的巨人、精神的侏儒。

用人性中的共通性来否认人的个体差异和精神境界的做法和观点,用人的个性化差异来抹杀人的共通性的做法和观点,我都嗤之以鼻。

用技术文明来标榜和傲视人类超越古代文明的观点与做法,用古代文明来嘲笑和鄙夷现代文明的观点和做法,我都觉得幼稚可笑。

孔子之所以述而不作,庄子之所以大美不言,鲁迅之所以希望自己尽快速朽,那是因为他们知道,没有任何语言的威力大过事实的教训。但他们是否知道,无数次的教训只能让人变得更加巧智,既没有警醒世人,也无法使人变得更加智慧、纯洁,遑论高贵!

有些错误是不能饶恕的,为此付出代价几乎是一种必然。

这一次,我相信因果报应。

二

支持弟弟盖房子的愿望,从来没有如此强烈过。

这也是父亲的遗愿。父亲去世后就一直萦绕在心底,当初盖房子的想法很简单,父亲手里盖的房子太旧了,有了裂缝,成了危房。

我家的那间年代久远的窑洞,怎么看都像一只饥饿的秃鹫,散发着潦倒腐败的气息。

每次回家看着三个如花似玉、倚门而立的侄子侄女,我暗下决心——决不能让这只可恶的秃鹫吞噬掉他们。

这个故事只是一个个案,也许不具有代表性,它毕竟发生了,自然有它生成的条件和滋长的土壤。这也是我即将展开的这个故事的缘由。

当我坐在火车上,怀揣着近两年省吃俭用积攒的存款往家赶的时候,心情有点激动,甚至有几分悲壮,几分不安。

在这次的修建中,父亲手中留下来的东西几乎荡然无存,在家庭形象上意味着要对过去的历史做一次彻底的告别。

我家的上面有一户邻居,中间隔着一条马路,按理说井水不犯河水。

小时候我们家的北面一直空着。记得父亲把北房盖起来后,因为水路问题,曾遭到上面一户人家的阻扰,仗着人多势众,对我家时时侵扰,有时候将石头瓦片从上面撇到我们家的房顶上和院子中，当时父亲是投机倒把分子，也只能忍气吞声。

三十多年过去了，这户人家的老太爷去世了，他的大儿子、二儿子相继辞世，小儿子排行老四，是个光棍。三十多岁时在外拐了一个寡妇，一起生活了一年多，生了个姑娘就弃他而去。今年也是六十岁的人了，按辈分我们称他为四爷。

这个叫四爷的人又当爹来又当娘，和姑娘相依为命，日子过得倒也艰辛。由于地少养不起牲口，加上没有老婆，人也变懒了，俗话说，人懒豆苗稀，就时时跑到村上，乡上甚至县民政部门要救济，久而久之就养成了无理闹三分的流氓习气。

去年夏收，他因为偷别人家的麦子，被人发现抽了两扁担，他就势装作腿打残了，躺在人家屋里闹了整整半月。

村上人都知道这个难缠人不好惹，躲之唯恐不及，但这个难缠人和我家互为邻居，纠葛难缠在所难免了。

三

车过陇西的时候，弟弟打来电话说，这个叫四爷的人又来闹，把母亲的手指头折断了，还睡在我家的炕上当死狗。

当我心急火燎地赶到家里时，乡镇派出所的人员正在现场了解情况。

院子里一片狼藉，所有的房子不见了，弟弟一身灰土，瘦小的母亲抱着手，在院子里浑身颤栗着，我看了看母亲的手，并没有断，只是有些肿胀。

弟弟在原来的房基上修房子，应该说没有任何问题。为什么会闹出事端来哩？起因是弟弟把西北角的土墩动了一铁锨，他说土墩是他们家的，不能动，就拔掉了打地基的木头戳子。两家在撕扯中，把手指头扭伤了。

民警说此事属于民事纠纷，让村干部调解吧。

当天晚上，我和母亲住在院门外仅有的一间房子里，弟弟在场院里支起一顶帐篷，四面透风，架起炉火，一家大小住在里面。

第二天，弟弟请来村长进行调解。

村长说得口干舌燥也无济于事，提议再请人去调解。

弟弟急呀，拿着铁锨在院子里清理土堆。那个我叫四爷的人像个秃鹫似的蹲在路边，看见弟弟干活就来阻扰。嘴里骂到：“就这样把人白打了吗？看病走，看好了再干你的活。”

村上有位老师陪我登门调解。他一见我来了，就叫着我的名字喊他有多冤枉。

——你常年在外，不知道家里的情况，你兄弟的孩子是我的姑娘抱大的。有一年天下雨，我去帮你们家割了两捆麦子，没良心啦。把我打成了这样！我怎么活呀——他竟然像一头老牛一样哭起来了。

——四爷，邻居就要相互照顾，我常年在外，不知道家里的情况，你做得对，我替我们家感谢你。——我说着就掏出五百元给他，说这是我的一点心意，叫他不要嫌少，叫村上的大夫看看，再买些营养品。

——远亲不如近邻，你知道这个道理就好！——老师笑着夸他说。

——把人打了总要看吧。你的钱我不能要，到县医院去看，没病就好，看一分就是一分，看两分就是两分，能不花钱最好。我接收了你的钱，村上的人说我专门靠挨打挣钱哩。——我掏出五百元的时候，分明看见他的眼睛一亮。

——四爷，你说，你到县医院干啥去，就是手指头吧，又没有骨折，大不了拍个片子，取些消炎药，顶多花个百十块钱的事。你说还要看啥哩？

——我，我，我的头有些痛。——他勾着头，摇着，想了有几秒钟地说。

——你想干啥哩？——老师说。

——你说我想干啥？看病呗。——他刚才哭丧的脸对着老师挤出了狡黠的笑。

蛇吞大象不知足，五百元依然没有调解成功。

院子里伐倒的一棵树，树干粗大，弟弟叫了村上的几个少年用架子车往外拉，他听见后，一骨碌钻到了车底下，弟弟将他拉出来，他又跑到前面抗住车椽，弟弟对我说，他故意装死哩，力气比我都大。

最后还有一个可以请说的人，我叫二爷，也六十多岁了，抱着最后一点希望去了，见面劈头盖脸一顿臭骂。

——你不是不知道，不是我说你，你妈生下你，就死了，你自小有爹无娘，有老子养，无老子教。你别嫌我说话粗，事实就是这样。我们生在那个年代，过的是猪狗不如的日子。你哩，更孽障，没个知冷知热的人，一辈子没好过一天，是不是？我们这一辈人就要入土了，完了，活不了多长时间了。有什么想不通的？你的女婿还没进门，是不是，把房子给你盖好了，你就这么一个姑娘，你也想着让她把日子过好，是不是？想一想，我们死后，孩子们还要活人哩，人家还要做邻居，低头不见抬头见，你就不能在死之前把孩子走的路往宽(哩)铺一下？非要把人往死路上逼？

——我听说人家答应给你五百元，人家把我请了，今天我做主，再给你加五百，总共给你一千，怎么样？

——那明天叫村干部做个证人，就听你的。

二爷的话可谓字字见血，说得这个我叫四爷的人一时哑然。第二天，由村干部陪同去给钱，谁知他又变卦了。村上干部说，人家坚持要到县医院去看，弟弟说，到县医院不是明摆着折腾人么。

我不由地想，如果"闲人摊子"还在，如果村上那些德高望重的老人还在，如果我的父亲还在，事情会不会是目前这个样子？

四

到了周末，弟弟的大姑娘回家来了。她求学的地方远在几里外，是我当年上的那个中学，学习非常优秀，戴副眼睛，目光聪慧。她自告奋勇地对我说："大大(她叫我大大)，我去给他说说，不要找我们的麻烦了！"我把侄女揽在怀里："你就好好上你的学，给弟弟妹妹做好榜样！这是大人的事，你就不要管了。"

一个礼拜的假期到了，我必须返回兰州。打官司需要时间，何况对方是个无理取闹的人，即便官司赢了也解决不了问题。天寒地冻，房子修不起来，一家老小寄身何处？最后商定由弟媳带人到县医院走一趟，再做下一步的打算。

告别了母亲，弟弟在夜色中骑摩托车带我去妹妹家，在大山之间绕来绕去，绕到一个大山顶上，我要求下车走走。

在呼呼的山风中，我点燃了一根烟，坐在路边上，久久地回望这片古老而又寂寥的土地，在月光的映衬下，显得更加沉重；散布在山坳暗影中的星星点点的灯光，闪烁而无语。

浩大的夜风掠过我的心头，我触景生情，随口念出了两句诗："千山灯火灿若星，朗朗明月伴我行。"不由心乱如麻，泪也下来了，我用手机将这两句诗发给一个诗友，她补了后两句立马发过来，对于当时心境孤苦的我来说，这是莫大的安慰！知道这个世界上还有人理解我，和我的心牵在一起：

千山灯火灿若星，

朗朗明月伴我行。

寒夜沾湿乡关恨，

可怜一片赤子情。

弟媳带人到了县医院，拍了几张片子，好好的，对方要求住院，但医院人满为患，医生没有答应，只好灰溜溜地回来了。弟弟给人家把麦子种上了，一边请了村上的大夫输液，一边盖房子。半个月过去了，弟弟打电话说对方还不停药，要一直吊瓶子输液，我说要停，否则没病也会有病的。弟弟停了药，对方又来闹，躺在我们家的床上，气疯了的弟弟用脚把他踹下炕，他又爬上来；弟弟像拉死狗一样把他从家里扯出去，他又进来了，如此反复几次，对方没了招数，就到乡上去反映，叫乡干部骂回来了；到村上去反映，被村干部骂回来了。

相鼠有皮， 你看那老鼠还有皮，

人而无仪； 一个人却没容仪，

人而无仪， 一个人没有容仪，

不死何为？ 不去死干什么呢？ （《诗经·相鼠》）

弟弟一个月的工期，整整拖了两个多月。天冷了，下雪了，弟弟用火炉子烘干了新房子，一家人搬进去过了第一个春节。

五

春节前，侄女打电话："大大，咱们的新房子修好了，过年你一定回来看看。"电话里传来孩子稚嫩而兴奋的声音。

我从自己的书架上找了几本适合孩子看的《格林童话选》和《安徒生童话选》等书籍带给侄女。

我答应孩子会回去的，可我一点也高兴不起来。

一只秃鹫在天空盘旋的时候，人们会把它当作雄鹰。

当一个人变成一只秃鹫的时候，一点也不可爱，甚至有些可恶。

冬季并不漫长，当我昼夜不息地写下这些文字，又因为不能抛开的俗事，不得不一次次放下手中的笔走上街头的时候，阳光暖洋洋的。

春天，在城市的花园里，行道树旁，有时候会遇上几只麻雀，它们探头探脑地在灰土中觅食。它们好像认识我似的歪着小脑袋打量了我一眼，又好像不认识似的飞到一边去了。

一群失去家园的麻雀是没有群体意识的，见了面就像不认识一样，相互不问好，也不打招呼。就像这个城市行色匆匆的人流一样，各走各的路。

冰雪是慢慢融化的，春天也有倒春寒。

日 月

太阳东边升，明月西边落。

日月两不见，熠熠生光辉。

一

在《鸟人》《相鼠》中，我分别写了金海、还有那个我叫四爷的人、几个不知姓名的人、还有“闲人摊子”和麻雀的消亡，伴随着这一切的，还有那生硬的风，偏僻的道路，瘠薄的土地，老去的故事，质朴的性格，荒凉的心境，扭曲或残缺的灵魂，以及那些纯净而渴求的目光……

当人厌弃了一种生活的时候，逃避是人的一种本能，追求也是人的一种本能。

有人本能地去逃避，有人本能地去追求。

父亲只是一个普通的农民。他内心的“圣”和“智”还没有生长到他可以“绝圣弃智”的地步，所以，他没有可以抛弃和断绝的东西。

可惜父亲生而为民，他不能厌弃什么，有的只是逃避。

他不知道去追求什么，有的只是急急的追赶……

二

从我家的一头驴说起吧。

一头在驴贩子手中无精打采、低头发懵的驴，被父亲调教得风风火火，披着一身水光溜滑的黑缎子似的毛皮。

人们不得不相信驴也是通人性的。

十四五岁的时候最不爱干的事就是给父亲牵驴。最怕的事就是迎面碰上一头叫驴(公驴)或是草驴(母驴)的时候,我们家平时还算温顺的毛驴一反常态,顷刻间变成了一头犟驴,最犟的莫过于脖子,直得像根椽,硬得像生铁,像日本鬼子一样凶猛,嗷嗷叫地冲上去。要降伏它,最好的办法就是一脚踩在墙上或埂塄上,用缰绳使猛劲扯转驴的脖子。

我家的驴走起路来脚不点地,好像不会走路,只会小跑。在别人家的驴两条腿迈出的一步节拍里,我们家的驴就会走两步,速度至少是别人家驴的两倍。我在前面牵着它,不得不用手中的缰绳向后甩打它,小心被它踩了脚后跟,阻止它超越到前面,万一缰绳脱手,它的四只蹄子撒开就会跑得无影无踪。

牵到了地里,还有一项任务。父亲把犁铧套在驴身上,先从地边开始翻耕,牲口都有恐高症,地埂边不去。我就只能强行将驴搡到地边,来回转上两趟,躲开了地边,驴就顺着犁沟进入了轨道,我也就可以打道回府了。

父亲一般都是在晨光熹微时分出门的。犁地的时候,父亲有一个特点,左手扶犁,右手挥鞭,一边“呔——呔——”地喊着,一边挥舞着的鞭花不知什么时候就冷不丁落到驴的身上,驴防不胜防,也就不敢怠慢,走得更快了。

有一个奇怪的现象,别的老人耕地时也跟父亲一样喊着,鞭子一样地挥舞着,不同的是抽一鞭子,驴就走一步,不抽,驴就不走了。可是,父亲的鞭子在空中绕着花,还没有落下来,驴却不抽自奋!

后来,我细细观察,一般人扶着犁,跟在犁的后面。父亲哩,不是跟在后面,而是向前一步走在犁铧的中间,一边身子前倾,一边手上使劲抖着犁尖,驴在吃重中会感受到来自主人的一丝松动和一分情意,会乘势借力,扯着犁铧走得虎虎生威。

尽管父亲会使巧劲,但驴的表现还是不能令他满意。合伙犁地的那头驴任凭父亲怎么吆喝也不听使唤,父亲说它是一头奸驴,扎上刀子也不见血。父亲的鞭子抽在那头驴身上一点反应也没有,反而惊得自家的驴跃步向前,骨头扯得像冰裂似的咔咔响。

可怜的驴,个头短小,四蹄不停,热汗蒸腾。在父亲的手中,它就是一匹马。

父亲也想养一匹马,在他的潜意识中,压根儿就没想着和驴打一辈子的交道,但命运总喜欢跟人的愿望较劲,你想一匹马,就给你一头驴——和驴打一辈子的交道——这就是父亲的命。

一个梦想骑马追赶太阳的农民，因为驴的原因反过来被太阳追赶，你说，这个农民会怎么去对待他的驴哩。

驴也知道，托养在我家不是一天两天的事，要讨主人的欢心，就只能死心塌地地好好表现，然而，再聪明的驴也无法揣测和掌握一个人反复无常的心理和脾气。作为一头驴，它的表现是无可挑剔的。尽管有时候见了别人家的驴，它会情不自禁地吼两声，那也是驴之所以是驴的本能。

当万物在悄悄移动的影子中享受情话、阴凉和闲适的时候，父亲的影子是沉重的，炙热的。他回头看一眼太阳，生怕太阳抢去了他的影子似的，嘴里"呔—呔"地吼着，鞭子在头顶绕着花"啪——啪——"地响着，挥舞的频率也更快了。

别人家的驴从无非分之想，能做一头本分老实的驴就欣喜不已了。为了适应父亲想养一匹马的愿望，我家的驴就不得不勉为其难地做一匹马，驴为此深感委屈，只不过不吭气罢了。我家的驴那两只水汪汪的大眼睛我一直忘不了，它是如此的明亮而清澈，在天光云影和泪水之间，有时会飘过一道深沉的哀思。

山坡地上，我家的驴像一把引而不发的弓箭，使劲发力，打着响鼻，走得像马一样铿锵有力。驴的两只眼睛一左一右，就是为了看清两边——地老天荒的世界没有什么可好奇的——低头盯紧脚下的犁沟，直直地往前走，什么也不用想，想了也没用。自以为聪明的人知道一心不能二用，才能干好一件事。犁尖上源源不断翻腾不息的泥土不正诉说着驴的心事——凝聚着它所有的力量、所有的热情、所有的思考、甚至所有的不满和怨恨吗？

它拼着命，恨自己为什么不是一匹马呢？

劳动把父亲变成了一个暴君，就像语言把诗人变成了暴君一样。

在第一道和最后一道犁沟之间，是几百道上千道重重叠叠的犁沟，他们均匀地排列着。父亲知道这里不久就会变成一片绿油油的麦田，所以他精耕细作，丝毫也不马虎。在他的手中，绝不会出现空行脱犁的问题。越是这样想，他就越认真。来来回回枯燥乏味的重复让人倍感郁闷，让急脾气的父亲难以忍受，好像比驴的不满和委屈更多更大似的，而且认为他的这些不满和仇恨都是和他有关的事物造成的，故意跟他过不去，违背他的意愿，成了他的仇敌和对手。

想到没有任何力量能把他从犁沟中解放出来，足以让父亲和驴一样地绝望和沮丧。

郁闷的父亲只能把自己和驴绑在一起，像拧一只螺丝帽，越拧越紧。当憋着最后一口气再也拧不动的时候，也就该到结束的时候了。

父亲精疲力竭。驴幸亏有四条腿撑着，才不至于瘫在地上。

在不远处的坡地上耕作的驴晃着自己的影子，有时候甚至会停下来，向我家的驴投来不解的一瞥，它们心里会说，人事纷扰，没完没了，傻瓜才会不顾性命地卖力呢，再卖力也不可能享受人的待遇，吃的还是草。

或许它们也会投来羡慕的眼光——阳光高照的时候，人困马乏，父亲扛着犁铧、牵着自家的毛驴踉踉跄跄地回家了。

别人家那些偷奸耍滑的畜生并没有笑到最后，还要继续忍受烈日的炙烤和绝望的煎熬！

三

过程从来不是享受。

边玩边干的工作类似游戏，很难称得上是真正的劳动。

真正的劳动在没有结束前是无法停止其高速运转的，是一场“有时比泥土还要累”的生命的苦役！一种拒绝诱惑、心不旁骛的专一和深入，一种不断重复的单调与沉闷，一种来自体力或脑力的最大能量的完全释放，一种无法缩短时间长度的沉闷、焦躁和孤苦——延长意味着痛苦的成倍累积。

父亲总是在一件事开始的时候，一丝不苟，雷厉风行，咬住事物的命脉将它降伏。

父亲干活从不拖泥带水。播种时，他的动作是最优美的，“身上流动着金子”，眼光关注着手中的籽种来回摆动的幅度，他的步态在两只脚的交错向前中形成了一种节奏和舞蹈，手中一百多颗籽种成扇形飞向大地如同兵阵。割麦，他会三把并作一捆，“麦浪和月光，洗着快镰刀。”挑麦时，他展绳、压麦、捆扎，三下五除二，一副沉重的担子就像老鹰展翅，稳稳地跃上肩头。

父亲把太阳飘逸、闲适的影子埋在了喧腾通透的泥土中，变成了大地最滋润的诗行。劳动也是一门艺术，一门力的艺术。我常常想，世上的事皆有规律可循，一个用心感悟生活的人，在精力和条件许可的前提下，沿着格物致知的路径驳疑问难，就能做到一巧百巧、一通皆通。父亲是劳动的一把好手，如果识文断字，同样能写出一手精妙文章。

父亲是我写作的启蒙老师。

在农闲季节父亲也闲不住，手持镰刀，上山割草；在深沉的夜色中，他常常在梦中起身，打理驴棚，喂草填料。春天到了，父亲以罕见的柔情梳理驴身上披了一冬的老毛，好像在弥补对驴曾经有过的虐待和亏欠似的。

——和劳动在一起的日子里，父亲创造了大地的美，麦地成了大地的艺术。

——和麦地在一起的日子里，诗人创造了天堂的美，自然成了天堂的风景。

曹文轩说过："人大多走不出自己的童年。"人一生走不出也不想走出自己的童年，是因为在童年明亮而好奇的眼睛中，一切都是那么美好，童年美矣，美在童心，特别是历经人生的沧桑之后，更觉童年的美好。

1987 年，是我离开农村的日子。刚刚从北大毕业的海子在这一年写下这样的诗句：

麦地与诗人

询问

在青麦地上跑着
雪和太阳的光芒

诗人，你无力偿还
麦地和光芒的情义

一种愿望
一种善良
你无力偿还

你无力偿还
一颗放射光芒的星辰
在你头顶寂寞燃烧

答复

麦地
别人看见你
觉得你温暖，美丽

我则站在你痛苦质问的中心
被你灼伤
我站在太阳 痛苦的芒上

麦地
神秘的质问者啊

当我痛苦地站在你的面前
你不能说我一无所有
你不能说我两手空空

麦地啊，人类的痛苦
是他放射的诗歌和光芒！

当劳动解体了肉身的时候，“肉体是野花的琴，掩不住骨骼的酒杯”，在劳动中“感激我自己沉重的骨骼，也能做梦”。是的，别人看见你——麦地——觉得你温暖，美丽。他们不知道，透过温暖和美丽，有一种幸福叫痛苦——沉甸甸的麦穗像祷告的香烛被太阳点燃；忧伤的歌声在稀疏的麦子中穿行，只有“麦浪——天堂的桌子，摆在田野上，一块麦地。”

云

母亲
老了，垂下白发
母亲你去休息吧
山坡上伏着安静的儿子
就像山腰安静的水
流着天空

我歌唱云朵
雨水的姐妹
美丽的求婚
我知道自己颂扬情侣的诗歌没有了用场

我歌唱云朵
我知道自己终究会幸福
和一切圣洁的人
相聚在天堂

“倾听的耳朵和诗歌，长满一地，倾听受难的水——水落在远方”。“受难的水”——受难的父亲和母亲，多么希望“山坡上伏着的安静的儿子”，永远“就像山腰安静的水，流着天空”！受难的父亲母亲忘了告诉你，一个被故乡的云朵放逐的灵魂，幡然醒悟时已无法在人世找到回归的“圣洁”之路，他只能“和一切圣洁的人，相聚在天堂”！如果“受难的水”喂养了两个儿子，一个是你——海子，在天堂歌唱云朵的孩子；一个是我，成为“雨水”——总得有人延续“受难之水”在人间的旅程。

海子，我的兄弟，你岂能不知，庄户人有一句话——好死不如赖活着！

四

包产到户后，放开市场自由贸易，父亲重操旧业，到他早年常去的北山——也就是现在甘肃的靖远、景泰、古浪等中西部一带，收购羊毛皮子，然后贩卖给常年盘踞在甘谷和张家川的商户。

当时，消息灵通得风气之先的一批人开始往南方贩运药材，大面积种植中药材党参一时成为甘谷县农民家家户户开源致富的大宗产品。当时，我只是一个文学青年，文学并没有给我带来荣誉和任何切实的好处，我反而成了村人眼中不务正业、游手好闲的人。

生命中像驿马一样的基因在我的血脉中躁动不安。我并不在意世俗的议论，为了证明自己，我动起了贩卖药材的念头。

当时的甘谷人上阵父子兵，打仗亲兄弟，做生意各有各的道道，怕断了自家的财路，相互封锁消息，当时的上海是物华天宝之地，我想在那里，药材一定能卖上好价钱，便义无反顾地坐了一趟到南京的火车，转了几家药材公司，一问积压的都是甘谷人贩卖的药材，取道无锡一问，情况也是一样，到了目的地上海，转了南京路和人民大道等几条街道，问了几家药材公司，鼓足勇气拿出介绍信，人家看都不看，只说了一句“我们的收购任务完成了”的话，当时又不懂死缠烂打的谈判技巧，只好撤身走人。

期望中的转机一直没有出现。

印象中的上海马路宽敞，大石块堆砌的西式楼房厚重得像碉堡，一副堂而皇之老谋深算的大佬气派，散发着挥之不去的十里洋场固有的诡谲而腐败的气息。推开并不起眼的窄小的楼门，豪华富丽的空间足以让所有囊中羞涩的人无地自容，不管你是多么高贵、纯洁的人，会立马意识到自己走错了地方。

上海之行以失败告终。

第二次，父亲把我从甘谷站送上火车，一百多斤的干党参分装在四个军用帆布大包中。当一个老乡帮我把四个大包提下火车，裹挟在匆匆出站的人流中，两个大包压在前胸后背，左右手各提一包，瘦小的身体夹在四个大包之间，变成了一座只能寸步移动的小山，被车站工作人员轻而易举地揪住了，带到检票口一过秤，超重罚款，我说没钱，扣押了两包药材，拿上收条，带着另外两包药材出了车站。

蒙蒙细雨中，我坐在人力黄包车上转了半个洛阳市，各医药公司的负责人都在为积压的党参无法出手而犯愁。夜幕降临时分我一筹莫展地返回车站，挑了一家最便宜的车马店住下，睡在很多人挤在一起的大通铺上。借着昏暗的灯光我打开了地图册，往远走没有路费，最后敲定了黄河以北地处偏僻的济源县。

第二天一早来到济源县，又是甘谷老乡捷足先登，正当我欲哭无泪之际，一家中医院的院长成了我的救星，我重返洛阳取回被扣押的两包药，一起卖给了济源县中医院。

天无绝人之路纵长了我敢于冒险的性格。

回到家，说起此行的艰难，抱怨父亲："那么大四个包，走时有你送哩，你咋不想我一个人的时候谁帮我哩？"

父亲笑笑："刘秀十二走南阳哩。你都十八了。"

五

翻过一个年头，我和父亲决定联手冒一次险。当时我骑着自行车经常往返于家和县城之间。甘谷火车站所在的姚庄是个贩卖党参的码头，好多农户腾出房屋开设旅店招徕收购党参的生意人。出入这些旅店的人大多见多识广，一个个高深莫测，手拎的破提包中说不定装着几十万巨款。

一次偶然的机会，我从他们交头接耳的话语中，捕捉到了一个陌生的地名——恩施。在地图上找了半天，最终在四川和湖北交界的地方锁定了这一地名。回到家和父亲一合计，用了短短的几天工夫，我和父亲赊欠了乡亲的五吨党参，码了高高的一东风卡车，按照预先设定的路线向南方进发。

驾驶室只有三个坐席，除了正负司机，只能坐一人。我们想办法从码在车厢上的麻袋中间留出仅容一人躺卧的巷道。由我和父亲轮流替换。

车在灌木丛生的大山中转了好长时间，趁司机下车方便之际，我跑到车尾上喊父亲出来透透气，叫了几声没回应。我解开绳索，掀起帐篷，发现百十斤重的麻袋把留出的巷道挤压得严严实实——父亲不见了。

我的心怦怦直跳，挡了一辆小车原路返回，眼光紧张地搜索着马路两边草丛中和悬崖边的动静，车开出足有十几里路，远远看见山梁上靠近村庄的马路边有一群人,父亲正指手画脚给人们讲述自己逃生的过程。见了我,父亲更激动了,说自己差点被两边塌下来的麻袋闷死,不得已钻出巷道,掉在车尾巴上,喊破了嗓子也不停车。我说车在疾驰中,风把声音带到后面,前面自然听不见。

我把父亲周身检查了一遍,幸亏父亲穿了一件厚厚的老羊皮袍子,在跳车倒地的瞬间垫在了身体下面,毫发无损,有惊无险。

司机调转车来接我们。父亲觉得出师不利不是好兆头,要打退堂鼓。

父亲是个生意人,他的顾虑不是没有道理,此次长途贩运药材,两眼一抹黑,一个大致的方向, 这个方向通向财富还是深渊还是个未知数。一车党参几万元,千里迢迢,四五个人,货到地头死,卖不出去怎么办? 就地倒卖给药商的话,赚钱不多,风险归零,多好! 但我还是有点生气,觉得这不是父亲一贯的作风,开弓没有回头箭,何况我获得的消息也不是空穴来风。机会就在转眼之间,令人沮丧之事莫过于进退失据,买卖需要理智,但生意人大都有一种赌徒心理,并不完全依赖理性判断,有时候就得凭感觉大胆出手,真正的生意人骨子里往往都有一股异想天开的浪漫精神吧。

我对父亲说:"你不去也行,我一个人去。"

父亲看我态度如此坚决,也就不再坚持自己的看法,也许是他考验考验我,想看看我的表现也未可知,他是知道自己儿子的禀性的——不管做什么事,是好是坏总得有个结果。于是爬上车厢和我一起整理麻袋。

我让父亲坐到驾驶室去,父亲不答应,父子俩就蜷缩在狭小的空间中。

帐篷里散发出汽油和药材刺鼻的气味,很快将我弄得头晕目眩,恶心欲吐。父亲把帐篷撕了一道缝隙,吹进新鲜空气,父子俩从这道缝隙中张望外部世界,在高天流云中,偶尔有长长的树梢在帐篷上面像一阵暴雨似的抽打而过。

当时正值秋冬季节,南方多雨,所到之处,泥泞一片。穿过陕南最边缘的镇巴,途经位于留坝的张良庙稍事停留,就进入四川境内。在万县过长江,第一次见人车共载的渡轮,势如楼房,在江面上缓缓漂移。

在穿越达县后就到了位于鄂西南的恩施地区,这里石山垒垒,丛林密布,也许常年与石头打交道的缘故吧,这里的人们个个精悍瘦小,与面朝黄土背朝天的乡亲相比,其生活的艰辛尤甚。当我们的车辆穿行于山崖沟底之时,耳畔时不时地传来一声声"嗨哟——嗨哟——"的沉闷的号子声,随之一群人合力肩扛巨木或石条的画面在视野中一晃而过。

利川，这个藏在地图上很难以发现的小地名，注定要成为我们父子生命履历中的一个楔子，一个转捩点。冒险就是投机，幸运从天而降。一个生意人的精明和算计由于失去了挑战，轻易到手的幸福反而显得有点平庸。无论如何，本次生意的成功是父亲人生履历上最辉煌的一笔，这一笔也给我的人生轨迹抹上了最初的底色。

按质论价，药材入库。走时我们只留下了一个汇款的地址，甚至连一个收据和欠条没有索取就打道回府。在对方说好的日子，父亲到县银行取出了汇款，除掉本金和一切开销，净赚一万多元，我们家一夜之间成了方圆几十里内响当当的万元户。

时隔不久，我到陕西麟游、彬县一带收购中药材半夏，奸商用石灰粉把一分不值的水半夏作假成旱半夏，在日光灯的阴影中蒙混过关卖给了我。

教训给人的警示一次就足够了。陕西之行使我明白钱是最不可靠的东西，今天有了，明天就没了。所有的骗术都是小儿科，是对人的善良和智慧的玩弄。为人所惊叹的骗术越高明，被骗的对象就越善良。

我不想骗善良的人，也耻于跟骗子过招，从此，我再也没有涉足过生意场。

六

父亲有属于他的如歌人生。早年行走江湖，孤身作战；一生喜欢文艺，性格开朗；干事执着坚定，争强好胜。

父亲还是一个幻想家。记得有一次，父亲突发奇想要把小卖部销不出去的几匹布背到北山一带去推销，父亲说那里的人他没有不熟悉的，谁家的钱放哪儿都不瞒他。我也想看看父亲早年跑买卖地方，就和父亲一起去。

坐火车到了一个叫喜集水的地方，就开始在一望无际的戈壁滩上行走，山不远，走了半天还那么远，沙石在脚下滚动，走起来十分费劲。

毒日当头，昏昏沉沉之际，父亲说："解放前，戈壁滩上有一支部队一两天没喝水了，士兵一个个饥渴难耐，东倒西歪。

"有个垂头丧气的士兵眼看无法坚持下去了，发现一只大蜥蜴在石缝间快速地穿行，在沙漠戈壁中出现生命的迹象本身就是奇迹，受好奇心的驱使，他尾随其后，跟大蜥蜴来到一块青色的大石边，只见它用屁股在石头上蹭来蹭去的，凑近一看，还有一只大蜥蜴也在蹭。

“两只大蜥蜴锲而不舍蹭着的地方是一个碗口大的深坑，深坑里有半碗水。士兵喝了，还那么多，喊来所有的将士喝够了，水也不见干，还是那么多，你说神不神？”

我看着脚下的石头，笑话父亲胡编哄三岁小孩哩。

父亲说：“你别不信，有生命的地方就有水。”——这倒是真的。

父亲临去世前，做了一个梦，梦见一个拳头大的闪闪发光的金佛爷划破东北天际，从我们村的堡子上空滑向西南，落入土中。父亲醒来后，梦中的一幕历历在目，执意要弟弟搀着他上山去找金佛爷，那时父亲还能走，但平常十几分钟的上山路，父亲三缓四歇地走了一个多小时。

父亲顺着梦中情境出现的方位看了一眼，就走开了，裹着军大衣，坐在荒草丛生的山顶上，遥望远方久久不愿离去……

感谢弟弟用相机留下了父亲临终之前的这一幕。在父亲身上，我看到，一个刚强的人，只有等到生命衰弱的时候，才肯把自己交付给青天、空气。在父亲的眼中，出现的不仅仅是远方天际高耸入云的山头闪闪发亮的积雪，还有日出日落、繁星满天、霞光万道的壮丽景观吧？

因为你，父亲！我愿意把这个和你融为一体的苍茫世界装在心中！

七

有一次，为了急着办事，不小心骑车撞了行人，行人扭头骂道：

“你急着要去死吗?！”

2009年，为了在一个月的时间内完成一项十多人也难以完成的工作，我通宵达旦，废寝忘食，走在街上眼花了，脚像踩在棉花上一样轻飘。

我想起了那句话：“你急着要去死吗?！”

我想起了父亲，想起了父亲的一生。

是的，多少个日子从身边匆匆走过，走过就走过吧。

那过去的和即将到来的日子多么宽裕！日月交替，无始无终。

我知道这只是一种心境。很满足很惬意的生活到底应该是什么样子的，谁也说不好。我一介凡夫，自然不会推测，不会设计，这是伟大人物才具有的一种能力吧。伟人的精力用于设计一种社会蓝图，平凡的人生只能靠自己去打拼，而不是设计。

人也许有能力为自己设计一种数字化的生活，但没有人能给自己设计一种数字化的幸福。

父亲为什么急着要去死哩！是为了去追寻属于他的那份爱？

那分爱也许太普通了，也许是一份牵挂中的宽心，一份思念中的甜美，一份理解中的温暖，一份尊重中的享受。

父亲为什么要去逃避哩！逃避那份煎熬生命的琐碎和重复吗？

如果父亲有什么遗愿的话，那就是让我尽自己最大的努力克服庸常的劳动难以避免的琐碎和重复吧。这也许有些艰难，但也是父亲用一生的精力默默地支持我，用他的生命告诉我的。

日月常在，也许今生属于我的幸福就是拨动思念的琴弦！

情 殇

一

拥有金钱未必是好事，它会在你还没有做好心理准备，有时甚至在毫无防备的情况下，加速一个人实现自己人生使命的进程，暴露一个人深藏已久的秘密。

女大当嫁，男大当婚。父亲迫不及待地给我说媳妇一事，成了他的头等大事。他把做生意挣来的钱做了合理的安排。先办了一家小卖部，我取名为“一层楼”，寓意我家的好日子越来越好，更上一层楼。父亲还备好了几十根椽檩，打算拆窑盖房。买了一台具备收放功能的台式录音机，花了五百元，在当时称得上是一笔巨资，村里人当作电视机看热闹。

尤其是夏天，晚饭后我会把录音机抱在窗台上，放几段父亲喜欢听的秦腔唱段，父亲坐在从四川购得的竹制藤条躺椅上，悠然地闭上眼睛陶醉在那悲壮而苍凉的旋律中。想想，那是父亲一生中度过的最惬意最快乐的日子。

俗话说，栽起梧桐树，招来金凤凰。

在我这个年龄段，婚娶在农村是一个人必须要完成的大事。之前，父亲也曾托人说亲，只因条件差，多数情况下也是白费口舌。如今旧事重提就没有以前那种寒酸的感觉了，见了自己认识的人也有了夸耀的资本。最起码，嫁到我家不吃苦了，小卖部总得有人守嘛，地里的活就可以少干，甚至不干。仅凭这一点，就有很大的诱惑力。以前，父亲给我说媳妇总是不加选择，只要人家愿意，没有我挑三拣四的权利。

拗不过父亲不厌其烦的耐心，说了很多，也见了很多，我变得百般挑剔，以自己看不上为由而拒绝。受父亲托付的乡党和媒人，开始轮番上阵，对我进行善意的讽刺和劝说，给我造成了很大压力。连姐夫都敢气急败坏地骂我："你也不撒泡尿照照自己有多好，人家的姑娘哪一点配不上你。"

再这样下去，我就要成为一个万夫所指、不通情理的人了。

村上一位德高望重的长者，跟父亲盘腿坐在炕上，喝着茶，抽着水烟，满脸飞动的眉毛中藏着令人敬畏的生活的秘密，他慢条斯理地问我：

"你到底想找个什么样的？"

除了干一些自己想干的农活，更多的时候，我就把自己关在家里胡涂乱抹，你还别不信，我也是有绘画天赋的。那时候我经常跑到邻居家里临摹张贴画上的花卉、人物。父亲春节买来的年画中，总有几张古代仕女图，在我为数不多的刊物上也总有几幅有关女性的肖像插图和绘画作品。顾盼生辉的眼睛、雍容大度的仪态、窈窕的身材、靓丽的面容、高贵的气质，无不令人怦然心动、梦绕魂牵。是呀，"那个像红蜡烛一样的姑娘"，我倒是有感觉的，我能说要娶一个"红蜡烛一样的姑娘"吗？

"你看你的装扮，男不男女不女的，做父母的没有人会喜欢的，人家担心把姑娘嫁过来将来靠不住。只是现在的姑娘想得开，由不得父母做主，人家或许有眼光呢。"他好像猜出了我的心思，"你是读了书的，香杆子一样的姑娘是好看，但结了婚的女人要生儿育女，过一辈子的日子哩，好看是一时的新鲜。"

是的，我承认，我的装束在农村确实少见。当时的我和具有叛逆精神的青年一样，穿起那个时代具有标志性特点的服装——喇叭裤，蓄长发。这帮人有个共同的绰号叫长毛子，个个一表人才。其中的大部分人结伙成群，走路勾肩搭背，左摇右晃，在街头巷尾惹是生非，一语不和就大打出手，路人侧目而视但不敢言。手头拮据的时候，就穿行在铁路线上，明偷暗抢，猖獗一时。我看他们和别人看他们是没有什么区别的，但不知底细的人把我和他们划为一类，即便以貌取人，我也难脱干系，起码不是老实本分过日子的样子。

二

走在相亲的路上，脚下的积雪被山风卷起，打在脸上像沙粒一般疼，干枯的野草只剩下了稀疏的光秆秆，风雪将草籽儿吹得到处乱飞。在这个苍白的冬天，大地也是不收留它们的。

结婚前夕,我和父亲有过一次简短的对话。

——能不能再推迟几年结婚,我想再等几年。

——几年之后还不是一样。你还是要结婚的。

——是要结婚,但成了家,总是不一样的。

——有什么不一样,成了家照样可以干事业,没有人说成了家就干不成事业。成了家,你就不要操心家里的事,想干什么就去干什么。

别无选择,似乎只能按父亲要求的去做。虽然人的感情最终会屈从于理智,但我还是想为自己无处安放的感情做点什么。

结婚前一天,我逃婚了。

我骑着破自行车来到了县城,那些自认为理解我,平时唱高调为理想献身的朋友们突然一下子变得目光短浅,连供我选择的一点主意也没有,更没有人敢替我做主。

来到渭河桥头,晚风中的渭河翻滚着忧郁和难以名状的伤痛向东流去……走吧,举目无亲,手头的钱花完了怎么办?年幼时讨饭差点饿死的教训太沉痛了……去打工吧,当时要到工程队去搬砖也要托人说情。人为了顾及面子,常常束手无策。

……是呀,成了家,想干什么是可以干什么的……可是,父亲为什么非要这么急呀？好花知时节,错过了就很难找了,在农村,这也是事实,然而,事实往往不能叫人心悦诚服,人总是想从事实的缝隙中寻找一条属于自己的路呀。

……那一次谈话,父亲有些凄凉地说:“我们家的男丁命都短,你太爷叫驴一蹄子命中额头死了,你爷爷也过世得早,五十多岁就病故了……”按父亲的说法,父亲五十出头了,也处于危险关头,我不成家,父亲就会死不瞑目的……

女人,不仅仅是一个字眼,对我来说却是一个谜团和梦想,茫然得像我的前途一样难以成形,也不知道它是什么特殊材料构成的……

人的感情会暂时屈从于现实和理智,一个浪漫的梦想却是超越现实和具体形态的;如果梦想一定要经历一种由虚而实的形态转换,那就是不可避免的,对我来说,不可避免的事让它来得越快越好吧……

是的,无论好坏,每当人生的关键时刻,也只有父亲才能替我做主。我想起了莎士比亚在《威尼斯商人》中的波黠，面对父亲的遗命说的一句话：我既不能选择我喜欢的，也不能拒绝我不喜欢的。

事实证明，一粒草籽错过属于自己的季节，也许就会化为无声无息的粉尘；但一个鸟巢绝不能拘禁一颗真正懂得飞翔的心灵。

庄户人有一句口头禅，早结婚早得子，早得子早得计。是呀，早得子可以早作打算。每一个年龄段都有规定的人生使命，人生使命不能脱离具体的环境。回头打量，似乎只有当一个人承担并完成了某个特定环境中必须要承担和完成的使命后，才有可能坚决地脱离这个环境——破茧而飞。

三

一个急性子的人，一定是一个火爆脾气的人。

父亲把驴调教得比一匹马还管用，却无法改变他自己。

父亲是个农民，但不安心做一个农民，不能像别人一样推着日月过日子，做任何事总是马不停蹄、风风火火。当他的思绪滞留或萦回于某一时刻、某件事时，好像这件事对他的生命构成了极大的威胁似的，恨不得三下两下干完了事，好像有很多活等着他去干；没有活也一样心急火燎。在潜意识中他似乎对这年复一年的劳作有些不耐烦，但这就是现实，他还能干什么呢？

至于扮演一个什么样的角色，连他自己都不知道。

在家里，我能做一个老实本分的农民，让父亲含饴弄孙，安享晚年吗？我没把握，父亲更没有把握，他知道我从小就是一个不安分的人，我们一直都在自觉或不自觉地信守着那个不成文的约定：

成了家，你就不要操心家里的事，想干什么就去干什么。

是呀，我成了家，按理应该由我承担起的家庭的重担，却一股脑儿推给了父母，连同我的妻儿。

当父亲在暴雨中抢收，在风雪中砍柴，在烈日下播种，在山道上以老迈之躯扛着架子车的时候，我却在大城市接送别人的孩子，打扫别人的卫生，蹬着三轮车满街穿行，饿着肚子看别人的白眼。我们都咬着牙在坚持着，家里应该由我做的，父亲替我做了；而我做的，却都是我并不情愿去干的事情。

农闲时节，父亲会到地里去看看，拔掉地边疯长的冰草。冰草的根很长，窜到地里会大肆掠夺麦苗的养分，为了斩草除根，父亲花费半天的时间，用镢头挖地三尺，再用湿土一锨一锨填起来。这么一点地方，也许能多收割一两捆麦子，多打四五斤粮食。

我累了，可以抱一本书看；父亲累了，休息解乏的最好方式就是喝罐罐茶，在火盆上点燃现成的柴火，希望有人给他提个水，这点要求并不高，但孙儿蹒跚学步，指靠不上。子女不在身边，儿媳妇一忙，考虑不周，就做不到这些。

父亲收工回来，汗流浃背，难免生气，他有自己生气的表达方式，把担子或手里拿的家什随意摔在院里，就像摔下一个惊叹号，吓得鸡飞狗叫——他是希望有人能体谅和理解他——动静大了，儿媳妇也会生气，态度大变……

父亲的脾气就像暴风骤雨，来得快，去得也快……儿媳妇又不是亲生的，凡事要讲公平，不会逆来顺受，态度转不过弯……父亲就更不能理解了。如此反复，闹到不可开交的地步，就吃不到一口锅里，就只能分家……

分家也只是个形式，一口锅变成了两口锅，父亲并没有因此减轻劳作，地里的活全是他的，喝茶还要自己动手……孙子吃了没吃，还要偷偷摸摸地去关心，一旦被儿媳妇发觉，孩子就要遭殃……

父亲以前流的是汗，分家后父亲流的是血……这么大的事，父亲从不给我说，十年的光景，父亲没有一次招我回家，叫我领走自己的妻儿。……由我承担的，父亲替我承担了。

四

每次回家，除了帮父母夏收秋种，就是赶去处理家庭不睦之事。为了消磨时间，我会静静地伏在车窗前打量窗外一晃而过的风景，一个小村庄，几排树，几个行人，在乡村公路上和火车并肩疾驰的小车、货车……

更多的时候，我会把眼光投向远处的荒山秃岭，它们在我的视野中停留的时间更长一些。绵延无际、沟壑纵横的群山，在晚风中沉默无语。暮色苍茫中崎岖爬行的山路空荡无人……想着年迈的父母日夜劳作的身影，想着媳妇赌气离家，依稀看见一个女人在山道上磕磕绊绊行走的身影，心里就不由得想晚上有没有好心人收留她？

在嘈杂的车厢中，我常常悄悄地拭去从眼角溢出的几滴清泪。

每次回家总是来去匆匆，和父母相聚也就一两天的时间，我会拼命多干一点活，和父亲唠唠家常。

1994年的一则日记，记录了当时家里的情形：

车到大石，在小姨家用罢晚饭。7时赶夜路回家，当时星光灿烂，四野无声，银针落地也能听见，如走入虚空一般，静得失真，只有自己的脚步声"扑哧、扑哧"地响，感觉自己就是一个机械的木偶，摇摇耳朵，摆摆头，转动一下眼睛，看星光，看远处的灯光，好像自己活转了过来，才是真实的。9点多到家，和父母聊了聊就休息了。第二天早上洗脸，说起父母，媳妇言辞不恭。一个好好的家庭搞得一塌糊涂，她自己心里不好受。她说假如自己身体好，能劳动，就没有是非。既然知道是非缘由，为什么不能避免哩，知道父母年龄大，劳累了发脾气也在情理之中，懂得这一点，作为小辈忍让一点，自然能化干戈为玉帛。非要追究责任，责任在我，但我是没有丝毫理由责怪父母的。

29日早上，父亲凑齐2000元(在《跫音》中提及，因办报失败用于还债)，步行10公里路亲自送我到大石镇，父子俩半晌无语，我打破沉默说："实在不行，就离婚吧。"父亲说："我们老了，好不好无关紧要。对孩子好，对你好就可以了。不要操心我们。"我劝父亲，干活要量力而行，干不动就少干点，身体要紧。我知道自己说的是废话，父亲也没吭气。

1996年，孩子到了上学的年龄，该尽尽为人父母的责任了，我打电话让父亲把照看了将近十年的妻儿送到兰州来。父亲走了，小儿子在我陌生的怀里挣扎着大哭，喊"爷爷——爷爷——"有一个礼拜，一到天黑，看不见爷爷的小儿子就会泪眼婆娑，每每会哽咽出声。

1998年春末夏初，也就是这个季节吧，父亲已经感觉到我要常住兰州，最后一次来兰，将我遗留在老家的书挑到兰州。没想到父亲此次来兰，竟成永诀。

父亲还没有看见我成功，但在父亲的眼中，成功不是铁饭碗和房子等这些标志性的东西，否则他为什么这么急地离我而去哩。

五

和父亲在一起的日子，我从不为妻儿说一句话，也许有人会说我多么地自私和无情，我却认为父亲和我本来就是一条心，我想到的，父亲也可以想到；我做不到的，父亲替我做了。虽然，对于父母的爱有时候也会蒙蔽和欺骗我们的判断，作为人，父母或许有这样那样的缺点，但我坚信，为人父母没有不希望儿女幸福快乐的。

在这个世界上，父母给予我们的不仅仅是生命，而是全部的爱，是不打折扣、不求回报的全身心地付出，这是任何人难以做到的。

每个人都有自己的人生，我也无权代表任何一个男人，要求任何一个女人去做连我的女人也做不到的事。但我还是忍不住要向所有善良的女人，重述我前面说过的那句话：

你可以不爱我，但不能不爱我的父亲。这决不是爱屋及乌所能解释的那样简单。

既然你爱我，怎么能不爱我的父母哩；假如你的爱只有一分，那我宁肯不要这分爱，我希望你把它献给我的父母，我将对你感激涕零。

也许是因为我的无能和专横，把自己该做而做不到的强加于别人头上，要求别人替自己来做……也许感情的事就是这样残酷。对于父母，儿媳的爱和身为人子的爱是两种性质截然不同的爱，一种是与生俱来的血缘之爱，那是我的；一种是人性之爱，文明之爱——这是一种融入的爱，一种比阳光还要新鲜的爱，那是你的。

——判断一个女人的道德修养要看她是否尊敬和孝顺长辈，而不是对男人的忠贞；相对于对长辈的尊重和孝顺，在两性感情上做到忠贞是容易的。

——判断一个男人的道德修养要看他如何挽回真爱的疏离，能否给对方更多的关心和爱护。

这是生活赐予我的一己之见。

六

对我而言，婚姻无所谓幸与不幸。

如果是幸，它必然会软化振翮而飞的翅膀。

如果不幸，也不会轻易分崩离析，一家三代人参与的婚姻是如此的实在稳定，又是如此地不容轻视。

不论婚姻之内，还是婚姻之外，人总是带着爱去追寻更广大的梦想的。

当我决然而然背井离乡之时，我写下了下面这首诗。

高山流水

望断青山
我远远地看见
一个姑娘
弹着吉它

她弹了很久很久了
也弹不出一条清澈见底的小溪
跌作壮丽的瀑布
也弹不出一只羽翼丰满的小鸟
将清音播满蓝天

我远远地看见了
我多么想
我多么想用竹节型的手
在稿纸上
隆起一座高山
或编织一朵云彩
赠送给她

没有高山
哪有流水

当我们面对面走进
一个发芽的季节
四目相交
发现对方如月如花

清 明

父亲去世后的一年里,我在纸条上、烟盒子上写下了对父亲的思念,装在一个纸盒里,十年后,我打开了它。

一

一样的土地,一样的麦子,或许什么都没有变。“山冈上的这些麦子长得和去年一样,似乎没有经历死亡”……麦子熟了,曾几何时,它们的祖先在一日三餐的烟囱中燃烧,白白胖胖的炊烟散发着苦艾和野花的气味,天空的怪兽向着大地伸出贪婪、饥饿的舌头……如今,没有翅膀的天空很远——被天堂遗弃的麦子,做了空洞的胃各种欲望的俘虏……在父亲的山冈,麦种延续记忆的根须,麦子在新一轮生命的眷恋和忧郁中展开它的旅程……太阳的光芒,依然有力;麦穗的睫毛,依然清纯……多少年后,我的头颅埋在父亲的山冈,为苦艾和野花的气味所覆盖——一种无人牵挂的幸福……传来流水不绝的响声……

二

百年铁桥,神完气足,黄河东流,铁桥西奔……恍惚中,一个苍老的背影,父亲的背影……五十年前,父亲是一个卖水的少年……卖水夫,卖水夫,终日挑水黄河头……赤足踏冰雪,破衣悬鹑鸠……浑浊的水珠在尘土上飞溅、滚动……呛人的烟尘,像梦一样掠过一张张光洁、喜庆的面庞……父亲双肩红肿、脚踝溃烂,步态趔趄,过桥上山,半桶浊水的倒影里,塔尖飞绿,满山秀色……天空,冰冷而灿烂……夏日的阳光懒洋洋的像一只老猫那样温顺熨帖，喧嚣嘈杂的市声淡化为烟火味十足的迷人远景，穿短袖的红男绿女追逐嬉戏，彩裙飞扬……父亲苍老的背影……一个老者，双手握着钱，露出谦卑的笑，向我鞠躬、点头……他不认识我……

所有沧桑的背影和所有的青山绿水，成了我流连人世最动人的风景。

三

灵魂需要轻飘。只有脱离了苦痛和畏惧的灵魂，才能视死如归。以仁义之心涵纳万有，心底自然一片澄明。你可以不爱整个世界，但你不能不爱人；你可以不爱你所憎恨的人，但你不能不爱自己的父母。爱父母是人之所以作为人的最后一道防线。一个连自己父母都不爱的人，灵魂千疮百孔，怎能做到心底一片澄明哩……这样的人临死必定惧死——做不到生即是死，死即是生，又怎能做到生死两忘？

四

电光西北，骤雨一阵。摸黑把满场一束束的麦子架成大麦垛，几分钟，雨停了，满天星斗，恍然如梦。谚语说，夜里星光明，明日依旧晴。我坐在院中，从东北泻向西南的银河熠熠生辉。父亲五岁放羊、十岁挑担的生涯，历历在目。很快的，山村没入深沉而安谧的梦乡，与喧嚣、劳累的白天形成了鲜明比照。我想，父亲以死彻底地解脱了，为他苦难深重的人生画上了一个句号。他现在的去处，应该在明亮的星云上面，到底是哪一颗，我看着、看着……眼花了……一片迷乱而纷繁的星光，照亮了我的心灵之野。

五

驴的快，驴的柔顺……卖了驴，才觉得父亲真的离我们而去……父亲死了，地失去了主人……那地对我们来说束手无策，再也不能上心，不可能再像父亲那样深耕细作了……泥土冰凉……父亲手中的那分温热厚重再也感觉不到了，有的只是板结似的酸涩……只好出租……过了一年，收回一点；又过一年，全部收回……

或许,我们对于父亲最好的纪念,只能从父亲深爱的这片土地开始……也只有在这里,父亲,我们才能倾听到你的声音,你的故事。

有些路,走了还想走;有些歌,唱了还想唱。

六

凉风至,白霜降,寒蝉鸣,禾乃登。天地始肃,鹰乃祭鸟。

仲秋之夜,月亮浑圆,举头望月,阖家团圆。天地如此清明,思念怎能不深,所有的节日无不寄托去国离人之愁,望风怀想之意……十五的月亮十六圆,缺了又圆,圆了又缺,周而复始地穿越浩瀚的太空。我想,人生的理想和价值同样展现为一个不断追求的过程,就像明月的阴晴圆缺一样,没有终点,无始无终。在变动不居的过程中,月亮的圆满被消解,圆满成了一种假象——亲朋聚会、团团圆圆成了人为设计的一种幸福……酒杯中的幸福,喝到嘴里多辛辣,流进胃里变愁肠……所有的节日将自我、他者和世界连接起来,所有的节日都是一种思念,所有的思念都是为了在古往今来的交接点上找到自己的站位……

临近父亲一年的忌日了,生存的重负竟然叫人无法伤感起来,是让我感谢生存的重负吗?

七

父亲两周年祭日,回老家祭奠父亲时,在桌子上摆好供品。想起父亲生前吃不上可口的饭菜,不由泪如雨下。想必人之灵魂对气味极为敏感,嗅觉强过味觉,但愿如此吧……我累了,在院子里可以和父亲一样喝茶了……燕子在高高的天空和房檐之上呢喃……喝茶时, 用中指和食指沾着茶盅里的茶水向空中弹拨几下,在野地里吃饭要向周边泼洒一些……每餐饭,每杯茶,我都想到了这样去做,我不能不这样去做……以前懵懂不知,现在幡然醒悟……父亲,在你不在的日子里我学会了你生前所做的一切,不需要别人指教,我会做得很好……你死后,我成了你的好儿子……

……原谅我吧,父亲。

八

父亲吃兰州清汤牛肉面，面少汤多，父亲吃不饱，泡上自带的干馍。

想起流传民间的一首“花儿”：

乡里的馍馍泡肉汤，
吃着吃着心发慌，
眼泪滴在石板上。

九

兰州的变化日新月异，那马路又宽又直，整洁明亮如同天堂。

在父亲最后的日子里，在他一反常态变得凄迷而温顺的目光中，不单是鸟的声音非常好听，花的色泽看上去十分鲜艳，所有的人也是那么漂亮、文明，总是东张西望看不够。父亲虚脱孱弱的病躯就像一个孩子，对人间万象充满了好奇和依恋。死使人绝望，看淡一切而变得超越；死又使人执着了生的意义而不忍舍弃。生或许是无聊的，死却变成了人的情感最强烈、最纯粹、最坦率的一次亮相和闪烁，……父亲不想死，总觉得没活够，总觉得活着才有滋有味，而我早已厌倦了这似锦的繁华……

天堂是怎么样的，我不知道。

但我相信不能没有天堂，这是死告诉我的，不是别人的死，而是父亲的死。人是自私的，虽然亲人的死叫人难以接受，但别人的死顶多能引起我们的同情。生活中的每一件事都可以改变人的心情，但唯有死，才能改变一个人的性格和对生活的态度。

人们只能在亲人的死中，思考死的问题。

十

人人都希望过一种梦想的生活，我也一直生活在梦想中。

梦想又是那样的不可捉摸。一个不可捉摸的梦想能给予我们的只是一种梦幻般的美,一种瞬间的美,一种倏忽即逝的美。

面朝大海,春暖花开。——多么浪漫,但也只是片刻的逍遥。海子也承认“我的幸福”是“幸福的闪电”。人呀,就是在“幸福的闪电”中寻求满足的。在“幸福的闪电”中,善良的海子才能“给每一条河每一座山取一个温暖的名字”。

闪电即逝,海子升天。

顾城的想法天真得有些幼稚,他想永久地抓住“幸福的闪电”。自欺欺人地要把它当作永恒来看待,与“一万年太久,只争朝夕”有异曲同工之妙。把不可能的事变成可能,那叫妄念,“妄念”使他把闪电变成了一柄执迷而残暴的斧头——一张血盆大口。

庄子是一个力求超脱的诗人,他呼吁人们“绝圣弃智”。他憎恶的不是“圣”与“智”,而是与“圣”“智”相依而存的盗贼。为了做到他所希冀的“归真返朴”,即便把婴儿与洗澡水一起泼掉也在所不惜,但事与愿违,于是,他只能化作鲲鹏,怒而飞,飞到人迹罕至的南海去。

诗人,有个共同的特点,就是过于理想化,他们总是做着非此即彼的选择。

他知道心灵与肉体是不可分割的,但为了心灵的飞翔,他们不得不挣扎在肉体的泥沼中;当他们被炫目的罂粟(美丽)吸引时,却迷醉在躲之不及的邪恶中。

为了追求纯粹的美,他们不得不舍弃人间的幸福。

人人惊叹于天才的诗文不同凡响,多么玲珑剔透,纯净得像水晶;多么凄美高亢,一种孤独在熊熊燃烧。天才不食人间烟火,他们用天堂的佐料烹制大地上的事物。他们甚至没有丝毫眼泪!眼泪变成了一种明亮的大气般的忧伤,以及其势如垂天之云霓的浩荡之才情。

当天才为梦幻之美、纯粹之美而歌唱时,对普遍存在的恶,他们可以忽略不计,却无法容忍和接受普遍存在的波德莱尔的《恶之花》——美之背叛、美之沉沦?

对于这些跌落尘土的精灵,人间的幸福不啻是一种奢望。

在他们的眼中,世界是理想的祭台,所有的东西都是他们理想的祭品。

他们播种鲜花、小麦、流水,他们把头盖骨当作欢庆喜悦的酒器,他们用吐出香鱼的嘴唇感受爱情的波浪和花的芬芳。

当心灵无法为完美所持守,他们可以包容和理解普遍存在的美之背叛、美之沉沦，但无法克制和忍受来自自身的背叛和沉沦，到了最后甚至不能忍受自己的存在。

他们能做的就是行使天使的职责，向人们宣示了“哀的美敦书”后，决绝而无畏地舍弃自我以回应梦幻般的美之召唤。

他们的存在如梦似幻，飘移不定。

当你伸手去捉时，却从你身边或者手边溜走了，飞走了。

天才是如此的不可理喻。

天才不需要同情，因为没有人能够分担他们的痛苦。

十一

梅花凌寒开，正如荷花出淤泥而不染。

它们在各自的生存环境中显得同样高贵，但如果脱离了各自的生存环境，情况会不会发生逆转哩？它们还能保持其各自高贵的品质和姿态吗？

高贵之所以叫人仰慕，就在于高贵超越各自的生存环境后，还能依然保持其高贵的姿态和品质。

但高贵并不是一个抽象的概念，高贵与血肉之躯不可分割的可疑性显示了其脆弱性的一面。

一般而言，高贵只有坚守在自己的生态系统中才有可能表现出足够的自信，不能高估和挑战高贵超越具体的生态环境的局限性。在这个世界上没有完美无缺的东西，高贵也不是铁板一块，任何事物都有它的软肋，都有足以置它于死地的克星。就像狼是羊的克星，猎手是天鹅的克星一样，羊要免除性命之忧就只有远离狼群；天鹅要保持自己高贵的身份不受侵犯最好的办法就只有到人迹罕至的地方去。

别拿金钱考验高贵，高贵是甘于清贫的。——当然我们不否认有富有的高贵。

别拿美女考验英雄，英雄本身是多情的。——当然我们不否认有绝情的英雄。

清贫的高贵者对富有的卑鄙者都能保持一种高压态势，但那是在精神的领地。更多的情况下，富有的卑鄙者更能大行其道，高贵却寸步难行。

如果一个清贫的高贵者涉足自己本不该出现的场所，无异于自取其辱。

社会的压力和焦灼来自于差异。人们理直气壮地享受着所有的一切，常常有意识地强调这种差异，并在这种差异中培植起自己的优越感。

清贫者只有退缩到自己的生活环境中，才能保持自身的高贵。

十二

少小之时读普希金的《致大海》，想自己见到大海，就一定能写出一篇传世名作，及至第一次在青岛见到大海，映入眼帘的只有白茫茫一片白浪滔天，我不由望洋兴叹，信手涂鸦了几句，看来好诗并不是想写就能写出来的：

海水一望无际
海水一波接一波地滚过来
海风
读不懂大海的文字……
你对大海来说
永远是个路人
大海对你来说
永远是个蓝色的谜……

四十不惑登泰山激情依然不减，适逢风雪天气也不甘示弱，一鼓作气登顶，也不过在相隔千年之后再次重温了杜甫的《望岳》而已：岱宗夫如何？齐鲁青未了。造化钟神秀，阴阳割昏晓。荡胸生层云，决眦入归鸟。会当凌绝顶，一览众山小。……

因为写大海的文字太多了，我们才记住了《致大海》；写泰山的文字太多了，我们只记住了杜甫的《望岳》……我们记住了我们该记住的，忘记了我们该忘记的……“逝者如斯夫”——时间却不能叫人淡忘一切。

在泰山通往曲阜的路上，内心一直波澜起伏。当我站在大成殿上，当祭祀孔子的礼乐之声响起，在古柏之间回荡不息，泪水马上模糊了双眼，想起了一句话：

天不生仲尼，万古如长夜。

我也想起了托马斯·曼在《我的人生信念》中写的一句话：

人类便是自然离弃纯洁之后的堕落；这不是下降，而是上升，也就是说，有良心之情况乃是高于无罪之状态。

当那个我叫四爷的人最终屈服于自己的人性之恶时，当我获知弟弟终于将新房子修了起来，我竟觉得"四爷"是多么可怜的一个老人啊，希望弟弟能善待他……在事件之外，我发现自己"对恶作出的反应却是内心的哭泣，没有指责，没有困惑，没有丝毫怨恨……"我相信这个我叫四爷的人跳到事情之外后，也是一个善良的人吧。

一个人的所作所为是他的生命、经验和痛苦决定的，他不幸的一生足以让人悲悯。

1995年前，我就像一只丧家之犬，东颠西跑，居无定所。1996年至2007年，我寓居在白塔山的窑洞长达十年之久，过着被人遗忘的生活。我在山上劈柴、挑水，本持着一个农民的生活方式和本色，闲暇之时看书、晒太阳，觉得十分安然自在。

父亲带着面粉、土豆等自产的五谷来看我时，眼见我的生活并没有得到改善，每每替我难过不已。

2007年最后的一天，在告别家乡整整20年后，我终于拥有了一套属于自己的房子——常人眼中真正意义上的家。我写诗作别白塔山：

一塔烟云有无中，

四时荣枯草木深。

镜台未扫掩风骨，

道心何似水流长。

我对朋友说，我的人生从四十岁开始，现在，当我写下这些纪念父亲的文字，我要说，我的人生就从这些文字开始吧……

十三

老人言：从小看大，三岁志（认识的意思）老。人最终所从事的工作及其所取得的成果，总是与他少年时代的兴趣爱好息息相关。

二十多年后，不仅自己与文字工作的情缘未了，而且走向乡野，与民间文化重续不解之缘。

2008年至2009年的两年间,因为工作原因,我走马观花走遍了兰州市的三县五区，见了许多和父亲同龄的老人……2009年的夏天，在金城关的回民聚居区,见到了目前兰州最年长的筏子客——70多岁的羊皮筏子传承人胡奎老人。

当时胡奎老人身染沉疴,听说我们的到来,竟然不要人搀扶地走进堂屋,接受我们的采访。老人面容枯槁焦黄,身体虚弱,但记忆清晰,思维灵活,我问半句,他就知道要说什么。

一个多小时的采访结束后,他有点伤感地说,自己的病好不了啦,但依然满怀渴望地给我们承诺,水车和羊皮筏子是兰州市的一道风景,等自己的病好了,由他亲自扎一个牛皮筏,由羊皮筏做护航,免费带我们和他的娃娃们一起漂流黄河,从兰州漂到靖远老龙湾。

从他那饱经沧桑的面容和丰富坎坷的阅历中,我们深切地感受到老人对生活的无限眷恋之情,并真切地感悟到只有经历过大苦痛的人才会对生活怀有大爱。

兰州的北部山区人烟稀少,是绵延无尽的山沟梁峁。

当年,父亲常常在数九寒天挑着皮货,孤身一人在这一带步行上百里夜路赶往兰州车站。在四野无声的大山中,父亲架火取暖,烤了双手屁股冻,烤了屁股双手冻。

当我下乡坐车行驶在这一带时,望着窗外沉默的大山,就会不由自主地搜寻是哪一座山梁曾为冻僵的父亲遮挡过寒风的肆虐？父亲孤身一人,一定会唱着山歌给自己壮胆吧,让歌声给自己做伴吧,他唱什么哩？是不是像胡奎老人说的那样:离过苦头(苦事)就没唱头,颇烦(烦恼)了就唱个苦曲子,高兴了就唱个高兴的曲子。

我常常想,是什么力量让父亲的双脚踏过无尽的群山、跨过苦难的深壑而依然那么乐观放达?仅仅是为了妻儿老小的生存需要么?还是因为人活着就必须满怀信心？抑或因为生活的激情本身不惧怕任何艰难困苦?

我相信激情只是迈向成功的第一步，人年轻的时候干什么全凭一腔激情,激情总是和希望在一起。

在某种程度上说,是激情造就了人生,造就了事物的轨迹和命运的轨迹。但我更相信激情背后有一种更强大更持久的力量——爱的力量。

十四

父亲告诉我,人可以卑贱地活着,但不能丧失尊严地死去。

如果一个人不能尊严地死去,就会给人在审视和打量生命的眼光中增添否定和怀疑的成分。生命重在过程,也重在结果;一个人努力了但没有得到应有的结果,那毕竟是遗憾的人生。

偶然的消极厌世是生命的自省,完全的消极厌世意味着生命的虚无。

一个个体生命的虚无和一个虚无主义者是有区别的。前者是对生命的放弃,后者是对生命的质疑。

质疑的声音和思想反而有利于健全生命机体和生命意识。

十五

《论语》以知论世,以行证知。知就是行,行就是知。没有行,知就失去了灵魂;没有知,行就失去了方向。

“知之为知之,不知为不知,是知也。”这也是父亲教育我的口头禅,小时候,我常常鄙夷父亲没文化,对他的说教并不往心里去。好多注释家将它理解成“知道就知道,不知道就是不知道,这就是聪明智慧。”

“不知道就是不知道”怎么会是聪明才智哩?既然如此,一部《论语》怎能担负起构建中国伦理社会的重任,并产生持久的影响?现在反思父亲平时的言传身教,我的理解是:知者,智也。知道怎么去做就去做,不知道怎样去做可以效仿他人,才能去做好。

千百年来,人们用《论语》制定的标准进行人格操守的修炼,但有多少人领悟了它的精髓,又有多少人达到或做到了孔子那样“高山仰止,景行行止,虽不能至,心向往之”的地步?

十六

我还有许多俗事要做，不得不暂时搁笔。

从今年的春节至今，当我集中精力写下这部长篇随笔时，在回顾往事中劳心不说，还常常伤神不已，肝肠寸断。

爱默生说，为了使你的知识具有价值，你必须学会快乐。每当你由衷地享乐，人生就得到了滋养。该到放松休息一下的时候了。

这段时间，案头放着的一本《野兽之美》，书的前几页是几张插图，配以文字。其中有一张熊猫的照片——一只不久于人世的老熊猫和熊猫幼仔——文字是这样写的：

最后的日子终于来临，孩子，大胆地朝前走吧。你只须记住两点：一不要偷东西，二不要强奸女人；然后死去。

不知为什么，这句话总是在我的脑子里萦回不去。

父亲从我记事的时候就说，再穷也不能去偷人。

是我偷过东西吗？老实坦白，偷过的，小的时候偷过苹果，父亲为此挨批斗。初到兰州，秉性难改，在书店里偷过一本书，被发现后，为了保护饭碗和名节，乖乖地交了一百元的罚款，是当时我一个月零七天的工资，代价不可谓不惨痛。后来移居白塔山，看书到半夜，贼性不改上山偷过几次苹果，至今未被发现，一直在麻木，现在想来有些惶恐，我在等待着报应。

有人经常问我，你有情人吗？情人不属于强奸的范畴，没有必要在这里坦白。偷东西的后果如此可怕，强奸之罪岂不是十恶不赦？！

洛扎诺夫为此曾问过一个姑娘，假如有个男子因“饥饿”而拿走了她身上多余的东西，她会怎么办？

——我会把他押送到西伯利亚。她果断而又坚定地回答。

作为肉体的一种不可侵犯性和完整性，对她们来说等同生命。

洛扎诺夫的朋友——宗教史家卡尔塔绍夫说：

强奸意味着毁灭。它对社会无害，但会损坏主体，当事人。

强奸女人就是毁灭她人和自己。

——你看着办吧！

十七

十月怀胎是生命的孕育,不是一场生命的苦役——多么伟大而神圣。

生命不仅仅是基因的延续,不是基因序号的刻板排列,而是鲜活生命的珠胎暗结,是一种神圣而伟大的人性之爱。

爱,成就婚姻,爱也成就孩子。

即便两个人分手了,也会为了共同的爱之结晶而珍惜对方,继续演绎各自爱之传奇。

再有两天就是清明节了,我把这篇带有杂记式的文章取名为《清明》。

这是一本写给父亲的——由儿子阅读的书。

愿我的儿子和侄子侄女们在爱中健康成长。

2010 年 4 月 2 日

伏 羲

一

我相信这是一块春风化雨之地，一块不仅仅生长神奇故事的土地……

说起我的家乡甘谷，也许很多人不知道；说起大象山哩，也许很多人都知道。说起姜维，没看过《三国演义》的人或许不知道；说起伏羲哩，但凡中国人没有不知道的……

关于家乡，我讲的自然是我眼中所看见的，还有许许多多我看不见的东西在我的视野之外摇曳着，摇曳着……

我有责任将人所共知的东西说出来，我相信，重温会使这份人所共知但莫衷一是的东西，变得更加丰富、更加清晰和完整起来……

我更有责任将人所不知的东西说出来——它们犹如一颗颗随风飘散的种子，多么顽强地寻找着属于自己生根发芽的那片心灵的沃土。

假如人类所有美好的东西，能够像爱情这种人类稀有的品质一样，通过孩子得以明言、确证和延续下去的话——而不仅仅是为了传宗接代——不知这个世界会变成怎样的一副模样……

或许，有那么一天，当我们回首往事，重新审视和打量自己人生的时候，那些我们曾经信誓旦旦的东西，会不会距离真相甚远而弃之不顾哩……那些被我们的心灵所忘却忽略的东西，会不会反而成为我们的灵魂最终的依归哩……

我也坚信，人的记忆和搜寻的目光一定会把历史和现实的馈赠，转化为内心永远的风景，就像一代一代的爱通过孩子得以确证和延续下去一样。

我的村庄没有参天大树，真的如此吗？我在问……

二

二十年前,位于县城中心的新华书店和图书馆相邻,出售和借阅的文学类图书并不多,值得一看的书更少。即便如此,这里一度成为我光顾和消磨青春岁月的地方。

县城向西约二里处,是名闻遐迩的大象山,留下了我流连徜徉的身影。

山上松柏挺立,绿树掩映。放眼望去,渭河川空旷浩渺。

位于半山腰的一尊大佛,脚面上可供四人围坐玩牌,据说是全国现存最大的唐代摩崖石刻佛像。在浩荡的山风中,下临万仞绝壁,站在佛脚下顿觉晕眩,两股颤颤,好像有一股巨大的磁力要把人吸到悬崖下去。古代工匠能凌空雕刻出如此巨大、如此栩栩如生的佛像,千载之下,尤令人叹为观止,不可思议。由于无法立足拍照的原因吧?至今没有留下这座大佛的任何影像资料。

真正的奇迹也许是没有名字的,不留痕迹的……

听听有关大象山的一则美丽的传说是怎么说的……

很早以前,大象山是一座军事要隘,取了个形象的名字叫旗鼓山。

山下有个放羊娃,长相奇特。上山放羊的时候,凌空挥动一下响鞭,羊儿就乖乖地跟着他走了。这些羊儿十分灵异,嚼吃花瓣,不食杂草,但凡被它们啃食过的花朵长得反而十分繁盛,浓香扑鼻,人们见了啧啧称奇,莫不认为此处是一座仙山。

有一天,跟往常一样,羊儿在山坡上吃草,放羊娃自个儿躺在一块青石板上睡觉,野花拂面,清风濯足,朦朦胧胧地就听见石板下面有仙乐传来,放羊娃翻身贴耳细听,仙乐散尽,只听一个苍老的声音:“何时出来?”放羊娃随口说道:“碌碡拽蔓马长角!”再听已悄无声息。

第二年的农历四月初八,放羊娃又躺在青石板上休息。这天天气奇热,阳光晃眼,手搭凉棚仰头望去,十个太阳高悬天际,光芒四射,一匹头上长角的马从天而降,奔向附近打麦场上搁置的一个碌碡旁,贪婪地啃食缠绕在碌碡上的藤蔓。

放羊娃好奇,想去看个究竟,刚刚溜下青石板,一声闷响从身后传来:“长不长?”放羊娃不假思索地说:“长!”话音刚落,山摇地动,石板崩裂,先是一颗硕大的头颅冒出来，慢慢地，肩膀、上身、腿脚也出来了，而且越来越高，越来越大，放羊娃被吓得目瞪口呆。

这时，还是石板中的这个声音，又问道："还长不长？"

放羊娃一叠连声地说："不长，不长！"

又问："是站是坐？"

放羊娃赶紧应道："坐！"

奇迹出现了，从青石板下升起来的巨人端端正正地趺坐在旗鼓山的半山腰，霎那间变成一尊金光闪闪的大佛，放羊娃的十二只羊羔活蹦乱跳地拱卫在大佛座旁，变成十二朵洁白的莲花。

打这以后，人们就把旗鼓山叫成大象山了(暗含着"放下屠刀，立地成佛"的寓意)。每年农历四月八，漫山遍野的紫丁香浓香扑鼻，方圆几十里的香客来到大象山烧香还愿，络绎不绝。人们借机分花拂柳，一览秀丽景色。

说来你也不信，大佛是在放羊娃的允诺中诞生的。

佛性中总能闻到一股浓浓的烟火味，佛性不论是对现实的福报，还是对苦难的超脱，它总是无孔不入地渗透在人民群众的日常生活中，与人的酸甜苦辣密切相关。信仰作为人性文明的表现，假如没有人类文明做支撑，佛性就不可能成为人们普遍的精神信仰追求。

大象山的传说将生民的苦难转化为一个美丽动人的寓言故事，寄托了普通人对美好人生的向往之情。

但凡奇迹，无不是普通人的智慧凝聚。

放羊娃一声令下，佛像应声而出，羊羔幻化莲花，多么美妙呀。

人人皆有佛性，家乡也是佛乡。

三

放眼四野，俯瞰渭河，南北宽约几公里的河谷两岸，阡陌纵横，桑麻被野；春树云生，满目青苍；流水汤汤，河风如醉。

渭河南岸高耸的石崖上，残缺的栈道和庙宇留下了求道者虔诚的背影。

翻越东山是秦安，鸡犬之声相闻，人情不分地界。

北山为阳，像一屜蒸爆了的馒头，面黄皮焦，在温热的暖意中连绵起伏，一股土腥味弥漫其间，一团一团散布在山坡沟底如同苔藓的就是村庄。

从眼前的佛像上溯，追思羲皇业绩，顿觉心境高古。

我常常禁不住想，远古时期，盘古开天辟地将苦心经营打造的好山好水移向九州八方，把自己的血肉之躯遗弃在这里，风化成无数看似不成器的黄土包。

看着眼前有些寂寥的山河，遥想千年，想必是山清水秀、草木丰美之地，也是最先受到人类早期文明滋养的地方。

流传在我的家乡甘谷的一首民谣就足以说明这一点：

甭看冀县(甘谷)地方碎，

伏羲皇帝头一辈。

桑叶儿衣裳脸上黑，

伏羲爷生在古风台。

这首流传久远的民谣与天水境内的古风台(甘谷)、卦台山(北道区)、伏羲庙(秦城区)等遗迹互为印证。说明在以氏族为纽带的部落联盟时期，伏羲部落就在这一带的山沟梁峁之间活动，仰观天文，俯察地理。

关于人文初祖伏羲，史不绝书。说他粗通文墨，懂得嫁娶之礼，渔猎耕作无所不通，这我信，就像我的父亲一样，是一个称职的农民。在人类漫长的进化过程中，这些人类赖以生存的本领和智慧能不能靠伏羲一人的聪明才智开发出来，就很难说。

伏羲与女娲为兄妹，为兄弟，还是为夫妻，可谓多说并存。说到伏羲是父系氏族时代的象征，女娲是母系氏族时代的象征，这我是信的。母系社会早于父系社会，所以才有比伏羲更早的女娲补天的神话传说。

有关伏羲、女娲的记载最早出现于战国典籍中，滥觞于汉代史乘上。当人类追寻自身的来源时，自然就会让伏羲、女娲这两个史前不同时期的人物，作为承载和见证人类几千年文明演化记忆的两个符号，这也是不言而喻的。

天水市秦安县境内的葫芦河(一曰陇水)与流经武山、甘谷的渭河交汇于卦台山(位于天水市的三阳川)，在秦安境内，留下了与传说中的女娲出生、居住、葬地相关的风台、风谷、风茔等地名。人类钻进葫芦躲避洪水逃生的故事在这里广为流传。

关于伏羲女娲的神话故事在这里奏响了人类最初生活的交响乐章。

为了使我的讲述更具有传奇色彩，不妨将《刑天舞干戚》《女娲补天》的上古神话牵连进来，让大家听听生活在这里的上古人民，是怎样驾驭自然、利用自然并与自然和谐共处的奋斗历程和悲壮精神吧。

四

上古时代，宇宙混沌一团，天地本是一家，后来轻而清者上升为天，重而浊者下降为地，人神有别，但共生共存于天地之间。

天、地、山、泽、水、火、雷、风八大天神中，首推雷神脾气最为暴躁，心胸最为狭隘，他经常游走于人间，摆足了天神的架子，稍不如意，便大发雷霆，挟威而作乱。

那时候，常常阴雨绵绵，在一个云开雨霁的好日子里，多日未见的阳光含情脉脉地抚慰着饱受淫雨欺凌的每一片山川、湖泊。在蓊翳郁勃的森林草甸中，所有的树叶、草尖抖落残留的雨滴随风轻轻吟唱。

乘兴出游的雷神远远看见人群中面容姣好的华胥女不免动了凡心，刑天自愿承担起了护花使者的任务，须臾不离华胥左右。

雷神央求火神在林中放一把火，将刑天吸引过去。

当大火燃起时，刑天赶去救火。华胥部落的男男女女投入到祭祀仪式中去，人们的表情肃穆而庄重，唯有华胥女流露出难以克制的喜悦与兴奋。

雷神扮作尸祝舞于前，华胥随于后，情不自禁地踩着雷神的脚印翩翩起舞。

舞毕，俩人野合于随风披靡的火焰似的草丛之中。

风息草偃，一片静谧中，人们祭祀的舞蹈转化为庆祝伏羲诞生的欢畅明快的节奏和旋律。

田野上，百鸟朝凤的鸣叫声铺天盖地，如珠落玉盘，如环佩铮铮。

一派天地交泰、人神以和的景象。

五

大自然永远是美丽欢乐的童话世界。

在一弯形似月牙的泉水边，华胥部落的一群男男女女嬉戏打闹。

十几年寒暑春秋，似水流年。伏羲已长成两眼炯炯有神的精壮后生，人们却将这位雷神之子视为异类敬而远之。

满怀好奇的女娲野性难禁，目不转睛地盯着他，那双满含期待和深情的目光坚定了少年羞涩的步伐。

面对第一个将自己当作普通人看待的女娲，伏羲揭下了类似雷神的面具，给怦然心动的姑娘露出了自己朝阳一般的面庞。

森林中长满了各种争奇斗艳的奇花异草，伏羲将它们编成花冠戴在女娲头上。清泉中有鱼儿来回穿梭，姑娘们喊："抓起来——，抓起来——"，不料鱼儿四散惊逃，伏羲始终两手空空，那束手无策呆若木鸡的样子，引来了姑娘们的哄笑。

躲在森林中的雷神看见伏羲出丑，就扔给伏羲一把弓箭，伏羲接在手中比划了一下，正好天空中飞过一群大雁，姑娘们喊："射下来——，射下来——"，伏羲弯弓搭箭，只听"嗖——"地一声，一只大雁应声落地。

人们欢呼雀跃。对女娲来说，就如同爱神丘比特的箭不偏不倚地射向自己的心窝。女娲一边制止顽劣的伙伴们取笑伏羲的恶作剧，一边将窘迫的伏羲拉入人群，和大家一起采摘野果和野菜。

一直冷眼旁观的刑天，走过来推搡着要赶走伏羲，他认为伏羲是雷神的儿子，和雷神是一丘之貉。

这一切被雷神看在眼里，他咬牙切齿地发誓要教训一下人类，便悄然离去。

灾难总是在瞬间降临，没有任何征兆。天边隐隐的雷声响起时，人们强烈地觉察到脚下大地的战栗。

伏羲一马当先，引导惊慌失措的人们躲避雷电的袭击，此时，乌云已抢占了大半个天空，雷神露出张牙舞爪的狰狞面容。

从惊慌失措中醒悟过来的人们正要投入到祭祀雷神的仪式中去，却看见身后的高山之巅，刑天手挥石斧和木棍，与从天而降的雷神拼死打斗。

山下的人们停住祭祀的脚步给刑天呐喊助威，刑天愈战愈勇，将招架不住的雷神逼进了事先用巨石砌成的石屋中。

龙从雨，虎从风，那雷神一旦失去风与雨的威力，就像抽了筋似的手无缚鸡之力。刑天命女娲把守石屋，部落成员因畏惧雷神而远远地观望着。

只见披头散发的华胥女穿过人群奔向刑天，求他放了雷神，刑天不为所动。人们平时屈服于雷神的淫威，敢怒而不敢言，华胥女的举动反而点燃了人们深藏已久的恐惧和仇恨之火，他们齐声怒吼："砸死他！砸死他！"

雷神绝望的眼神和众怒难犯的恐惧像一把利剑击中了华胥女的心，她摇撼着伏羲，希望他能为自己的父亲做点事。人们将燃烧着怒火的目光转向伏羲并围住他，一齐喊道：

"伏羲无父，感天而生！伏羲无父，感天而生！"

伏羲只能默默地承受焦虑、同情、无奈带给他的巨大痛苦，也只能用自己结实的臂膀抚慰痛不欲生的母亲。

天、地、山、泽、水、火、风等七大天神知晓雷神被拘的消息后，十分震惊，他们一起来到华胥部落，不得不屈尊纡贵向刑天求情，他们唱到：

山高水长鸟声柔，
物伤其类把头低，
没有天呀哪有地，
没有风呀哪有雷，
没有山呀哪有泽，
没有水呀哪有火，
兄弟本是同林鸟，
血脉相连不可分。

面对七大天神施加的压力，刑天既不敢擅杀雷神，又担心纵虎归山。

在一旁的伏羲看着手中的弓箭幡然醒悟，计上心来。

六

一个燥热、郁闷的难眠之夜。

一向恬静温馨的鸟巢像遭了蛇的袭击似的，森林中到处传来惊恐的鸟叫声和翅膀拍打树叶的"噗噗"声，间或传来低沉而断续的类似虎啸龙吟般的声音。月亮是那么苍白无力。

华胥族的人们纷纷走出自己的茅屋草庵，一齐将目光投向拘禁雷神的地方。

晨光熹微，疲惫至极的伏羲踩着黎明时分的第一缕霞光来到石屋前。一夜未眠的女娲递上一罐水，伏羲接过去一饮而尽。

听见“汩汩”饮水声的雷神一个激灵翻起身来，央求伏羲女娲赐给他一罐水喝，还做出种种痛苦样。伏羲女娲面面相觑，不知如何是好，雷神恳求：

“一罐水不行，哪怕给我一滴水也好呀，我快要渴死了啊！”

女娲见雷神如此可怜，不免动了少女慈悲怜悯的仁爱之心，她刚要把伏羲喝剩的水从窗格中递进去，刑天突然出现在眼前，一把打掉女娲手中的水罐，呵斥到：“给他一滴水，就变成一泉水；给他两滴水，就等于喝进一江水，那我们可要遭大灾了！”

伏羲告诫雷神，只有将功赎罪求得华胥部落的宽宥或许能保住一条性命。雷神极不情愿地将自己的宝物——一张跟蜘蛛网一般的东西交给伏羲。

为防止再次发生意外，刑天亲自把守石屋。

伏羲与女娲飞奔下山，按照蜘蛛网的样子，给人们传授织网技术，又将制作弓箭的技术传授给人们。

从此，以前老百姓所苦的山水变得不再遥远或不可跋涉了，人们可以就近狩猎打鱼，人们把雷神带来的不安和恐惧暂时置之脑后，唱到：

吾人苦兮水深深，
网罟设兮水不深；
吾人苦兮山幽幽，
弓箭设兮山不幽。

华胥部落沉醉在丰收后的喜悦中，人们围着篝火烤鱼、跳舞，森林中弥漫着烤鱼片的香味，到处欢歌笑语。

伏羲还引弓射杀了一头鹿，将鹿皮赠与女娲，从此没人再敢取笑他，众星捧月似的将他认定为心中的王了。

好景不长。没过几日，一种奇怪的自然现象发生了，原来瓦蓝瓦蓝的天空闪烁着刺人的白光，泉水干涸，大地皲裂，风声敛迹，火灾肆虐。包括雷神在内的八大天神全部与人为敌，人们轮番祭拜，灾情却丝毫没有缓解，人们开始意识到这种反常的天象与囚禁雷神有关。

女娲发现郁郁寡欢的伏羲不见了，女娲离开人群向山上跑去。

几天几夜在石屋中滴水未进的雷神气息奄奄，绝望使他的内心充满了仇恨，只要能活下来,发誓要做人类最邪恶的敌人。但他的仇恨未能击退伏羲要救他的决心和勇气,因为救他是在执行上苍的旨意,并非出自私心。

是的,以上苍的名义,女娲也坚定地站到了伏羲一边。

伏羲打开石屋时惊醒了熟睡中的刑天,俩人争执撕扯在一起。女娲乘机打开了石屋门,雷神拖着虚弱的身子趺趺绊绊地走出来。饥渴使他不顾一切地奔向水罐,水罐是空的,他举在空中摇了半天,才有两滴水掉进雷神的嘴中。

那两滴水就像从高空砸向水潭的石子,发出两声巨大的脆响。雷神瞬间精神倍增。在他跑向高处腾空而去时,没有忘记拔下自己的两颗牙齿,一颗抛给伏羲,一颗抛给女娲,提醒他俩在灾难来临时以防不测。

这场人神之间的恩怨并未就此终结,而是刚刚开始。

雷神以付出两颗牙齿的代价,企图将人类置于更为可怕的境地。

七

当雷神长啸一声腾空而去时,一种不祥的征兆刺激着每一个人的神经。

他们知道雷神不会就此善罢甘休,一定会卷土重来。人们开始用贪婪、猜疑的眼神,虎视眈眈地盯着伏羲和女娲手中的两颗牙齿。此刻,这两颗牙齿如同救命稻草和威力无边的神物,人人都想得到它。

伏羲和女娲看着手中的牙齿犯了难。留给自己吧,替天行道的义举,就会沦为一桩贪生怕死的交易;送给别人吧,无辜的生命,就会变成自相残杀的羔羊。两颗邪恶的牙齿摆布和左右着人们的情绪和心境,或贪婪,或懦弱,或绝望,狰狞的面目各有不同。

是的,这哪里是救命的稻草,分明是败坏人心的罪魁。只有毁了它,才会打消祸起萧墙的各种念头。

伏羲气得一跺脚,大地裂开一条缝,便随手将两颗牙齿“刷刷——”地丢进地缝,暂且把这渺茫的希望封存于厚土之中,决心与大家祸福共担。人们为之错愕,一脸茫然。

正当人们蹒跚而去时，刚才弥合如初的土地上神奇地冒出两株嫩绿的新芽，很快地开花结果，长出了两个硕大无比的葫芦。

人们摘下成熟的葫芦，掏出像牙齿一般的葫芦籽，每一个葫芦恰好能容纳一人藏身。伏羲女娲带领众人把牙齿状的葫芦籽重新种进地里，很快地又长出新芽，开花结果。

生的希望又一次战胜了死的威胁，欢乐再一次回到了华胥部落，人们似乎迎来了一个安居乐业的生存前景。

伏羲女娲在化解部落危机的过程中，他们的爱情也开花结果。

女娲将珍藏的鹿皮分为两半，一半交给伏羲，作为他俩爱情的信物。

人们伐木造屋，建设家园，对未来满怀憧憬之情。他们由衷地拥戴自己心中的王，足之蹈之，歌之咏之：

清水河畔草青青，
绵绵瓜瓞长不歇；
石斧木柄配成双，
一张鹿皮分两张。

东山传来伐木声，
西山采来奠基石；
打起鼓来造起房，
高高的房屋造起来。

筑起墙呀“砰砰”，
填起土呀“空空”；
四面的墙儿筑起来，
高高的房屋造起来。

就在人们为自己的幸运而欢欣鼓舞、痴迷于美好的未来并为之谋划时，刑天自始至终独自一人，默默地、一声不吭地往山上搬运石头，他将石屋加固加大，相信自己一定能将雷神再一次关进石屋。

他这样做正是回应人性中容易知足、善良、轻信、软弱等缺陷作出的选择，显示了人性中永不屈服、永不言败的抗争精神。

刑天不相信魔鬼会与人类握手言和,或摇身一变成为庇护人类的菩萨。

伏羲派人将一个葫芦送到他的石屋前,他拿起来在石屋上砸得粉碎。

轰隆隆的雷声响起来时,一道道复仇的闪电布满天空。

八

铺天盖地的暴雨裹挟着仇恨,无形中又增加了十倍的威力。

华胥族的男女老少纷纷躲进事先备好的葫芦中逃生。

刑天岿然挺立迎战雷神,阻止滔天洪水漫过高山的堤坝,以免华胥族遭受灭顶之灾。狡猾的雷神害怕重蹈覆辙,对石屋畏之如虎,就在空中飞来飞去与刑天打斗,刑天渐渐体力不支,难以招架,雷神乘机用雷电击中刑天头部,刑天倒地身亡。

危急中,伏羲用弓箭射中雷神腿部,处于劣势的雷神受到重创溃逃时,气急败坏地将天空一把撕开了一条长长的豁口,狂暴的雨水从冥空一泻而下,洪水迅速地淹没了丘陵,包围了高山,田园庐舍顷刻间化作了一片汪洋。

随着高涨的洪水,葫芦在浪涛上漂荡,时而聚而又散,时而散而又聚,随时有被洪水冲走的危险。只有将天的窟窿补好,才能退去洪水。

此时的女娲全然没有了平时的柔弱, 冲上去用高山之巅的五色石去补天,就在伏羲抢上前去替换女娲的当口,又有几人被滚滚袭来的洪水带走,伏羲转身去救人,指挥人们抵御洪水。

女娲使出浑身解数补天,眼看大功告成,不料五色石用完了,还剩下一块不大的缺口,若不及时堵塞,就会功亏一篑,人类将陷入万劫不复的深渊。

……时间凝固了,洪水停止咆哮,似乎连地球也沉重得无法转动起来。

当伏羲不顾一切地去保护自己的子民时,爱情赋予女娲惊人的勇气,她用自己对爱的全部依恋、坚贞和无私,来祝福人类从此脱离苦难。

女娲纵身一跃扑向缺口,随着一声巨响,她的身躯融入广阔无垠的蓝天白云之中……

一切又恢复如初,一切安详如初。

凤凰鸣呀,在那高冈;

梧桐生呀，向那太阳；

洪水无情呀，漂流四方；

四方为则呀，美名传扬。

人们长久地匍匐在地，祭祀女娲的舞蹈形成了太极图的壮观景象。

七大天神也被感动了，和人们一起以十分虔诚的仪式来祭祀女娲。

灵魂受到谴责的雷神也来了，希望能得到人类的宽恕。

伏羲用洪水退去之后的泥团抟造成埙，放在嘴边深情地吹奏起来。

那悠扬的旋律传递着追求神圣之爱和人类福祉的信念，久久不息地回荡在高山大地之间

埙是一种唯一能让时光倒流的乐器。它会把人带入远古——天地之心——与人类最初的美好记忆相厮守。

九

"伏羲氏风姓名，生于成纪"。正如有人说的那样，作为中华民族的人文始祖，说他甘谷人也行，说他是秦安人也对，说他是天水人也行，说他是中国人亦无不可。

在天水伏羲庙，我有幸瞻仰了伏羲的仪容。他的塑像，是那样的亲切而熟悉。

那富有智慧的头颅，像饱满的谷仓；那机警而好奇的眼睛，为鱼儿的喋喋之声所打动；壮硕而敦实的身躯，涌动着自然的生机；板斧式的胡须，永远是坚韧、果决的象征；还有那桑叶或鹿皮的围腰，难以掩盖的是扑面而来的质朴和无所顾忌的率直，他是那样地切合我心中神圣的形象。

从那一刻起，就从来没有把伏羲当作一个纯粹的神来敬仰——这是我所见的为数不多的把神人格化的塑像——它是如此亲切地缩短了人与神的距离，它让我明白，平凡的人如果愿意，一样可以在后人的心目中缔造一座爱的丰碑。

每当我拜倒在他的面前，我都会不由自主地想起我的父亲。

冀 人

一

当呼啸而去的火车穿过苦甲天下的陇中地区，继而穿越几个隧道进入武山地界时，我的心一下子就会亮堂起来，浓郁的秀色、清凉的河风就像一杯醇酒，每每会在顷刻间软化一个游子干涸的心田……也许，每个人的心中都深藏着一杯乡情的醇酒——这就是古诗所讲的“近乡情更怯”吧。

当伏羲这个名号和他人首蛇身的形象，在我的记忆中逐渐成形、明晰起来的时候，也正是我背井离乡、往来奔波之时。每当我一人或随父亲赶到磐安镇坐火车，翻越几架大山，行走到北山之巅俯瞰眼前惠风和畅的百里平畴，我都会放慢脚步，由衷感叹源自渭源鸟鼠山的渭河，多么像一条舒展腰身的长蛇，摇头摆尾，昂首东行。

这条蛇有时会在我恍惚的视野中长出牛耳、马齿、鹿角、虾须、狮鼻、虎爪，幻化成一条龙，飞腾起来。

当人类文明的曙光从高原的洞穴照向平原的时候，不断发展壮大的伏羲部落就从这里开始了向东扩张和迁徙的征程。在黄河中下游地区，伏羲部落与中原氏族互相融合，形成了一股强大的文化势力，构成了“诸夏”的基础，许多氏族无不沿用伏羲的名号，并以伏羲后代自居。

位于渭河中上游地区的甘谷，早在先秦时期设置县治——为冀县，具有中华第一县之称，邑人引以为荣，称自己为古冀城人。

甘谷前挽武山，后带北道，两县一区总长 268 公里。作为伏羲文化的策源地之一，这里五里一村，十里一镇，人烟稠密，桑麻被野……洛门镇、磐安镇、姚庄、渭阳镇、三阳川……由西向东，一字排开……据天水市文物部门调查，渭河在天水境内的两大支流葫芦河、耤河谷地几乎每平方公里就有一处古文物遗址，其中伏羲传说最为集中的秦安大地湾遗址尤为著名。

这里也是甘肃省人口最为密集的地区，仅甘谷、秦安两县的人口高达上百万……说起家乡的人口繁密，我总会想起《诗经》中的两句诗："绵绵瓜瓞（葫芦），民之初生。"也会想起闻一多先生求证的伏羲——"匏瓠"——也就是葫芦的推断；更会想起"女娲抟黄土为人"的传奇故事。

……我还想，在造人之初，人祖女娲如能预见到二十一世纪的今天，她的子民因为人多地少不得不背井离乡寻找出路时，她还会"乃引绳絚泥中，举以为人"吗？

为了生存，为了理想，人们告别家园，走向四面八方……

二

在天水人中，当推甘谷人最有个性，名气也最大，称得上是中国的犹太人。

如果在一个封闭的环境中成长起来的人，更像本地人的话；没有出过门的甘谷人，就不是甘谷人。

陇海铁路贯通甘谷全境，出行便利，甘谷人由此得风气之先，走南闯北。

曾几何时，也就是20世纪80年代中期吧，下至西安、上至兰州的旅客列车，几乎成了铁路沿线的甘谷人贩卖杂货、蔬菜、假冒银元以及劣质饮食的自由市场。他们有个共同的绰号叫车鹞子，或者铁道游击队，上下车门比出入自家厅堂还要随意自如。在列车上做生意的对象大都是过客，欺生诈客现象时有发生。他们在各个车厢来回溜达，你只要看一眼，就说明你心动了，他们就会立马凑上来，花里胡哨的台词说一大串，颇有煽动性，一旦得手，溜之大吉。

有些甘谷人不上车，专在站台上叫卖，两三分钟的停车时间，一二十元的毛衣，甘谷人会叫卖十元钱。世上还有如此便宜的东西，旅客见了自然会慷慨解囊。列车启动了，拿在旅客手里的却是一只袖子。旅客气得骂娘，甘谷人会笑倒在站台上："傻瓜，十元能卖一件毛衣吗？能买一只袖子就算你运气！"

原来袖子用粗针大线松松地拢在毛衣上，稍一使劲就掉了。气急败坏的旅客跳着脚，成了甘谷人的笑柄。

时过境迁，在有甘谷人在座的饭桌上，知情者会把甘谷人无良的表现当作调剂胃口的噱头和谈资。尽管是极少数人之所为，但足以令人为之羞赧。

还有一种生意人，专做大宗买卖，比如中药材党参。当年有资本有能力的甘谷人将药材生意做到了最先开放搞活的全国各大中小城市。他们中的一部分人，一夜之间暴富，挣了钱就置办家业。这批人限于文化水平，做生意就像赌徒一样，今天是百万富翁，明天或许身无分文。

做生意图个抢占先机。就在我身背药材闯上海、下四川、走中原的时候，所到之处，甘谷老乡无不捷足先登，好像甘谷人的足迹未到之处是没有的。这样的局面使我倍感沮丧，从此断了做一个商人的念想……

当时的渭河桥头有一个占地十几亩的集贸市场，生意十分红火。但凡甘谷每一个村寨的生意人，都来这里购买五颜六色、不同款式的各种廉价衣服。然后转几次车到地处偏僻、信息闭塞的西北各地区兜售，或交换当地特产赚取差价。他们三五成群，搭伙结伴，互相照应。他们也有个共同的绰号叫扁担客或背包客。这是甘谷生意人中最能吃苦耐劳的一群。他们风餐露宿，走街串巷，吃百家饭，见多识广，深通人情世故。他们一般穿结实耐用的胶底鞋，有经验的扁担客会选择透气轻便、健足强身的麻鞋。

麻鞋不是等闲之物，可谓渊源有自。史载为公元前16世纪商汤贤相伊尹所创。《诗经》上的“纠纠葛屦”指的就是麻鞋。《左传》中有“屦及于室皇”的记载，说明春秋时代的皇亲贵胄也穿麻鞋。三国时刘备曾以“织席贩屦”为业。杜甫在安史之乱中留下了“麻鞋见天子，衣袖露两肘”的千古名句。

大麻盛产于渭河川的洛门和磐安两镇，这里的几千农户大多擅长麻绳和麻鞋制作。洛门镇在唐时为秦州重镇，地处古丝绸之路要冲，据说关中的麻鞋多为陇上产物。

穿着这样的麻鞋，我的父辈天不怕地不怕，没有不敢去的地方，游走四方的足迹踏遍了大西北的山山水水。他们将本求利，精于算计，但并不坑蒙拐骗，一来二去，和本地人交成了要好的朋友。有一次，我随父亲到他熟悉的北山一带做买卖，亲眼所见父亲到了户主家里，即便不卖衣服，“买卖不成仁义在”，饭不白吃，走时一定会留一两件衣服作为答谢之礼。

相当一部分甘谷人身手矫健、喜好武术。最喜欢说的两句话就是“出门靠朋友,在家靠父母。”因为长期在外打拼,互相照应养成了甘谷人较为浓厚的乡情观念,有同乡无端被欺负,身边的甘谷人不会坐视不顾,扁担就是他们的随身武器。

甘谷人随便出两招拳,说法也不一般,会搬出伏羲和姜维等名人,显示一种文化和思想。什么“开天辟地太极步,日月循环永不宁。伏羲八卦变化精,伯约(姜维)守心妙亦灵。掌出掌去似闪电,脚踢三分手三成。十面埋伏莫丢顶,混元一气显神通。”当然,这也是偶尔露峥嵘,局外人不清楚,以为佛乡人(甘谷人)个个神武,出门手上都有两下子(功夫)哩!

甘谷线辣子,皮薄瓤厚、辣味醇香,闻名遐迩。甘谷人喜欢吃一种面食,一指宽的面条,用油炝的葱花和油泼辣子干拌。外地人惊叹甘谷人能吃辣,碗中的面条被辣子浸透,连面的本色也看不出来了。甘谷人吃得津津有味,闷着头说:

“一顿吃不上二两辣子不算甘谷人。”

甘谷人也不是处处争强好胜,他们相信“出头的椽子先烂”。

面对一场事态严重的纠纷,如果旁观者与当事人有瓜葛,你要问他取证,就会犯了大忌。谁也不会当面表明自己的态度,他会说:“我什么也没看见,你问我,跟问瞎子是一样的。”甘谷人深知世途艰险,互相亲近的甘谷人之间流行着这么一句话:“瓜死的(意思是你傻呀),你光知道驴是黑的,不知道驴也有麻(灰色)的?”

在苦难的生活中摸爬滚打,他们对伏羲知之甚少,但对伏羲的八卦思想及其生克致化的理路无师自通,了然于心。也就是说,甘谷人高度的生存技巧,是混沌圆融的八卦思维方式在生活实践中的深层折射,体现了一种明哲保身的生存智慧。置身于复杂的社会伦理关系中,为人做事善于趋利避害,折射出平凡人知足常乐、达观知命的人生价值观。能够做到自我保护也是稳定社会和谐的积极因素,无可厚非,反而显示了甘谷这块地方具有深厚的传统文化土壤。“甘谷的鸡娃子会掴脚步”这句话在外界广泛流传,是说甘谷的鸡娃子都知道进退,何况人乎?这句话的贬义不言自明,过于精明的背后深藏着一分圆滑和世故。

有一次,我从老家返回兰州,在姚庄十字小吃摊点上要了一碗油炸土豆。摊主是一位中年人,常年风吹日晒,满身油污。付过钱,我还想带几个焦黄松脆、满口喷香的甘谷特色饮食——油圈圈。

我问他在什么地方可以买到最好的。

他忙着自己手中的活应道:

“……不然我给你不说。马路对过有个专卖店。”

“呵呵，为什么给我不说？”

这下轮到他奇怪了，看了我一眼：

“为什么不说？你是我的顾客才给你说，你不是我的顾客就给你不说。”

一直以来，我在情感上始终保持着对这分圆滑和世故的警醒和疏离。

长期生活在尔虞我诈的生存环境和波诡云谲的社会潮流中，形成了甘谷人执着又圆通、精明而又侠义、知命而又进取、修文好礼而又争强好胜的多重人格。话说回来，精于算计的功利性和只关注当下利益的短视行为，在理想价值的取向上，也说明甘谷人缺乏一种超越区域人文素质局限性的博大情怀。

一个地方人文气质的养育，除了被动地接受环境和遗传的影响外，更应该把自己的根须主动地深入到本地区深厚的历史文化资源中去汲取营养，这样才能获得一种强健的生命力，也才能去寻求更为广大的生存和发展空间。

三

“天水夸英俊，凉州(今武威)产异才。”

明代《三国演义》的作者罗贯中，在《叹姜维》一诗中，有感于天水历代名将贤士辈出，说明姜维的出现有其地域文化的必然。

天水市下辖秦城、北道两区及甘谷、武山、秦安、清水、张家川回族自治县五县，同属于伏羲文化圈，也是周代秦国的根据地。早在战国之时，孔子七十二贤中陇上三贤均为天水人，其中，以甘谷人氏石作蜀神通六艺，返归故里，滋兰树蕙，最为著名。也就是在这个时候起，儒家文化的精神魂魄转化为秦州儿女口中的长歌短吟，在这片皇天厚土之间随风宛转，激荡不休……

且不说名将贤臣——汉代骁勇善战、威震边陲的飞将军李广；屯田守边、安邦定国，死后画像于未央宫麒麟阁的赵充国；四次专使乌孙、缔造统一的西汉名臣段会宗；南北朝时统一北方的苻坚和文武兼备的苻融；学问渊博、一度受到左宗棠敬重的布衣县令甘谷人氏王权，以及被鲁迅先生誉为“中国的脊梁”的“陇上铁汉”安维峻……

也不论文宗大儒——东汉时正直清高、愤世嫉俗的辞赋家赵壹，唐代刚正爱民的政治家、文学家权德舆；清正为官的唐代文坛杰出古文家李翱；后学成材、大器晚成、一生作诗万余首的王仁裕；明代博文通经、清廉爱民的胡缵宗；号称为“陇南文宗”的晚清著名学者任其昌……

曾几何时，多少骚人墨客、刚正清贵之士生长于斯、发奋于斯、赋吟于斯、教书育人，或从这里走出去，胸怀家国，效命疆场，为官爱民，建功立业。

“君因三国名千古，冀县(甘谷)因君史册馨。”(汪正中先生《谒甘谷姜维墓》)多少秦州儿女百折不挠的生命意志，扎根于此，绽放出灿烂而美丽的光华，沉淀为地域文化环境的一部分，成为这块深厚的人文地理土壤中“民族精神的最大标识”。

不能忘记皋兰吴可读担任伏羌(甘谷)县学训导期间，鼓励当地学生以孔门弟子石作蜀为楷模，破除自卑心理，并撰写一联语：“共仰孔门高，问颜曾七十二徒，何处佳士最多；休言秦俗悍，自邹鲁三千而外，此间大有传人。”仕途失意的吴可读，正是在这些贫穷的伏羌弟子的资助下，再次赴京参加会试，考中庚戌科进士，授刑部主事，晋员外郎，1879年以死谏慈禧废除垂帘听政而殉国。

更不能忘记甘谷人李恭和章太炎的师生情谊，李恭在北京求学期间，曾聆听章氏高论。1933苏州章氏国学讲习会成立，当时在兰州师范任教的李恭闻讯前去听讲。李恭为人“刚毅木纳”，是章氏在甘肃的唯一门生，他治学严谨，专攻《尔雅》《诗经》。所著《小学探源》一稿深得章氏赞赏。苏州求学期间，章氏的重要文稿，李恭均参与校对清缮。讲习会上，章氏倡导民族气节，表现了一个学人在民族危亡之际特有的不畏强暴、正气凛然的高尚品格，受其陶冶和影响，他的学生多见贞介耿直、好学不倦之士，李恭就算一个。后章太炎生病卧床，李恭专程赶至苏州亲伺汤药直至逝世，才洒泪返兰。

斯人已逝。尤为动人心怀的是在国学大师太炎先生去世至新中国成立后的十多年间，李恭从未间断寄款接济太炎遗孀汤国梨女士。1959年，汤氏致函李恭：“足下持高义，谊笃于师门……梨环诵来书数过，为之潸然……承惠多金，受之不安，而感激尤深……”

这种程门立雪、尊师重教的优良品德，是万分感人和令人神往的。

真正的文化传承不仅仅是为了承续一种文化，洗尽铅华与浮躁之后，真正显露的是深藏在文化下面人文精神之底蕴——是那种持高节、尚义气的人格操守。

鬼 雄

一

苏联作家爱伦堡说过这么一句话:英雄的事迹看多了也会使人腻烦。但是有一种以悲剧形式书写的英雄故事是不容易叫人腻烦的。其原因在于他们的命运虽以失败告终,但历史记录的不仅仅是作为英雄个人命运的失败,从中透视折射出的往往是社会政治的龌龊与黑暗。

从天水这块土地上先后出走的李广、姜维、张雨僧等人,其人生行藏所诉说的不仅仅是个人悲壮激越的人生故事。

二

李广,自从太史公司马迁将他载入史册以来,人们就没有忘记他。特别是每当国难当头,它几乎成了军魂国威的象征。人们怀念他"一战静妖氛"的神勇无畏,怀念他那种"士可杀不可辱"的远古英雄主义的精神风范。

李广年过六旬的时候,早已过了服役征战的年龄,按理说这时的他应该铸剑为犁、息影田园过安逸的日子。然而在武帝元狩四年(公元119年)秋,为了彻底解决匈奴长期叩边犯境的问题,汉朝政府集十万大军主动出击,打算将匈奴一举消灭在漠北老巢,李广不辞老迈之躯以前将军的身份出征。

这时的塞外,漠风汹涌,衰草连天,一派肃杀气象。

此情此景,壮怀激烈的李广想必不会忘记十年前与匈奴决战兵败被俘后得空逃脱的惨痛教训。本来胜败乃兵家常事,身经百战的李广不可能做常胜将军,这样的人历史上不曾有过。更何况李广旋即被俘,旋即逃脱,并无苟活变节之言行。然而对统治者来说,要么战胜,要么战死,兵败就是犯罪,被俘就是投降。当他历经千辛万苦召集残部回到汉营,等待他的竟然是判斩。令人哭笑不得的是竟然还有判了死罪可以拿钱赎身的法律。李广不想这样不明不白地死去,其部下纷纷慷慨解囊、东拼西凑交钱了事,做了一名老百姓。时隔一年,匈奴铁骑攻入辽西,杀掠吏民,边境告危,汉天子遂降尊纡贵拜李广为右北平太守,匈奴听说来了“汉之飞将军”便闻风而逃,多年不敢侵扰。

深入漠北几百里,终于探听到匈奴的老巢。作为前将军,满以为打头阵的李广自是热血沸腾,于是主动请战。贵为皇亲国戚的大将军卫青压根儿不想给李广成就一世英名冲锋陷阵的机会,不能忍受别人染指和分享他们家天下的权力和荣耀,更不敢正视李广一生历经七十余战的赫赫战功,以为那是“无功缘数奇”而已,于是差遣李广出歧路策应,致使其迷途误期落下贻误军情的罪名。

卫青袭击匈奴成功,但捕杀匈奴单于的愿望落空,使其置李广于不义之地的阴险用心得逞。他班师回朝见了一脸晦气的李广,责令他的幕僚到大将军幕府听审时,一副幸灾乐祸的嘴脸毕露无遗。他知道生性耿直的李广不可能诿过于人或让部下代其受过。李广坦言道:“我的校尉没有错,我自己听审好了!”卫青窃喜,自以为有一场好戏可看,让李广身败名裂。

且听李广怎么说:“广结发与匈奴大小七十余战,今幸从大将军(卫青)出接单于兵,而大将军又徙广部行回远,而又迷失道,岂非天哉!且广年六十余矣,终不能复对刀笔之吏!”“匈奴七十战,一战不得当”,追究原因,也是提不上台面的路远、迷路等客观原因造成的。即便对自己未能打头阵心中不快,但一个军人的职业精神、视名节胜过生命的人,是决不允许自己为泄私愤做出亲痛仇快的事。

“鬼魅喜人过”,他又有什么过错呢?纵然死罪可免,但活罪难熬,恐怕再也没有重上战场杀敌报国的机会了,更何况要遭受那些舞文弄墨的幕府书吏的嘲笑与羞辱,苟活于世还有什么意义呢?宁可站着死,也不跪着生。在生命的最后关头,李广选择了引刀自刎来维护自己的人格尊严。在历史的天幕上演绎了一出“其战亦勇,其挫亦奋,其胜亦常,其败亦悲,其死亦烈”的英雄悲剧。

李广一生做过上郡、陇西、北地、雁门、代郡、云中、右北平七郡的太守,国家安危系于一身,打仗常常“自负其能”,身先士卒;带兵宽缓仁爱,《史记》中说他每当饮水困难、军粮匮乏之时“见水,士卒不尽饮,广(李广)不近水;士卒不尽食,广(李广)不尝食。”他还经常把朝廷的赏赐颁赏给自己的部下……

李广之勇、之烈、之壮、之威、之忠,正源于其品行之至纯至洁,受不了半点不白之诬。其风标和为人,成为千载以下不仅仅是带兵者,包括所有砥砺情操者追慕、效仿的楷模。

太史公曰:谚曰“桃李不言,下自成蹊。”此言虽小,可以喻大也。意思是说,李广死了,但精神光照万古。

在他的家乡天水文峰山腰的石马坪,遗有李广坟茔。千百年后,有感于其英烈事迹者代不乏人,清代诗人胡祎就算一个,他的一首凭吊诗中有这样两句:

“封侯多骨相,飞将自功勋。”

三

在诸葛亮的一生中,恐怕没有第二个人像姜维一样让他如此欣喜。

一个有作为的人并不想把自己的所学带到坟墓中去,思想总是作用于社会才显示出它应有的价值。且听诸葛亮怎么说:“吾自出茅庐以来,遍求贤者,欲传授平生之学,恨未得其人,今遇伯约(姜维),吾愿足矣。今得伯约,得一凤也!”

历史的悲剧总有割不断的一脉相承的延续性。

李广是在国力强盛的大汉朝征讨四夷、平定边患中,作为马前卒被当时崇尚事功的集权政治所利用和谋杀。过了三百多年,历史又一次面临封建专制社会独有的哮喘性痼疾周期性发作阶段。

从东汉王朝衰微、群雄逐鹿中原到形成“三国鼎立”的社会政治格局的进程中,当雄才大略的曹操和“千古贤相”诸葛亮在长期的消耗战中相继折戟沉沙之后,复兴汉室的重任便历史地落在姜维肩上。

在履行和完成“忠臣良将”的双重使命的过程中,姜维就比李广多了一分重荷,一分韬晦忧患的责任,从而给他悲壮惨烈的英雄气质注入了一股空前的郁勃乖戾之气。

一次偶然的机会,在老家得到了一本介绍姜维的书,读到了流传在姜维故里甘谷姜家庄的一首《安魂曲》,在试着吟唱这首曲子时,我的心如同重锤击鼓般地被震疼了，似有一股罡风从天而降充塞胸臆，旋即裂胸而出疾走天边，发乎一种无边而巨大的阴沉凄厉之声。

姜家庄(哩嘛)灯笼哟，
靠南山(哩嘛)灯笼哟，
南山(嘛)背后有个水盆盆哟，
南山顶上灯笼红。

姜家庄(哩嘛)灯笼哟，
靠南山(哩嘛)灯笼哟，
一棵(嘛)松柏一盏灯哟，
靴子坪的灯火万年红(魂)，万年红(魂)。”

公元264年，当姜维策反魏国大将军钟会的计划失败后，有心杀贼、无力回天的他仰天长叹，自刎身死。蜂拥上来的魏兵围成一圈，看着在痛苦中抽搐挣扎的姜维困惑不解，作为败军之将竟敢离间策反，难道真的吃了豹子胆不成，于是在好奇心和复仇泄恨心理的驱动下，将姜维剖腹，果见其胆如斗(升)大。

……一张张痉挛而空洞的脸呆若木鸡，时间和空气一时凝固，凝固成封建社会化解不开聚散无常的一缕阴悖乖戾之气弥漫于天地之间，姜维的魂灵在哪里？难道迷失于荒丘宿莽之中，沦落成孤魂野鬼？

甘谷人民知道回归故土的道路何其漫长，于是便有了这首罕见的《招魂曲》，有了“靴子坪的灯火万年红”，他们一遍遍地呼唤：

——魂兮归来！

姜维真是死不瞑目啊！自从他在诸葛亮第一次北伐，也就是在二十七岁归蜀以来，终身感谢诸葛亮褒奖他“忠勤时事、思虑精密”“心存汉室而才兼于人”的知遇之恩。在诸葛亮病亡后，处处以诸葛亮为师表，为实现复兴汉室，实施以攻为守的战略，九次北伐，七出陇右，取胜率在百分之七十以上。

南宋大诗人陆游在《剑门关悼姜公》中写道：

自古英雄有屈伸，危机变化亦逡巡。
阴平穷寇非难御，如此江山坐付人。

先有费祎掣肘，后有黄皓专权，再加上蜀主刘禅昏聩无能，淫逸玩乐，致使魏将邓艾偷袭阴平得逞，蜀汉顷刻间土崩瓦解。

本来姜维可以像历史上无数英雄一样为守土尽责杀身成仁，但他比一般意义上的英雄多了一分“复兴汉室”的心病和压力，再加上七十年间独撑危局，就这样轻而易举地风流云散，他失败得太窝囊，太不甘心，于是他抱定兴微继绝的精神，只要有一线希望就决不放弃。在诈降于钟会后利用其“阴怀异图”的野心以图克复蜀汉，这种无异于火中取栗的冒险行为本身是十分侥幸的，但姜维不顾一切地去做，最终落了个身死族灭，“如此成仁万古悲”的结局，将一个人的竭诚尽忠推向极致。

就这样，姜维个人的悲剧转化为对社会历史的质疑，他这样做值得吗？仅仅是为诸葛亮的知恩图报？纵然“复兴汉室”的愿望得以实现又能怎样呢？难道靠一人之力就能改写历史么？无数英雄以生命为代价付出的忠烈仁义，极具讽刺地反射出社会的不仁不义，他们常常成为传统伦理道德刀俎之上任人宰割的鱼肉。

中国英雄的死难因自我的迷失大多散发出一种阴郁悲壮、乖戾怨愤之气，很少给人血色如霞、“红岩上红梅开”的那种明媚感觉。

姜维秉承李广衣钵，志行高洁，很少个人需求。一个具有事业心和进取精神的人是不会苛求生活享受的，视身外之物如浮云。据说他“据上将之重，处群臣之右，宅舍弊薄，资财无余，侧室无妾媵之亵，后庭无声乐之娱，衣服取供，舆马取备，饮食节制，不奢不约，官给费用，随手消尽。察其所以然者，非以激贪厉浊，抑情自割也，直谓如是为足，不在多求。……如姜维之乐学不倦，清素节约，自一时之仪表也。”

距甘谷县城东约五公里的姜家庄有姜公祠和姜维衣冠冢。乡里有个叫王柏林的老先生以饱蘸深情的笔触写了一首挽歌《曲后诗》，其中写道：

山河共奏招魂曲，
山歌村唱续楚辞。
将军无恋旧故知，
羲皇故里胜蜀祠。

四

张雨僧，名澍，武山韦家庄人。1888年生，先后受教于巩昌(陇西)学府，甘肃省陆军小学堂、武昌陆军学校，保定军官学校。1911年入同盟会参加辛亥起义。1917年为响应南方护法革命，在临洮组织起义泄密事败，1918年在西北边防军任团长驻灵宝、洛阳一线，与活动在关中东部的杨虎城取得联系，并与靖国军总司令于右任诗书交往。1922年，于右任在杨虎城的协助下在武功重建靖国军总部，张雨僧率兵投关中，被任命为第三路军参谋长，杨虎城为司令。

1922年3月，于右任遵照孙中山指示，为扭转西北局面想争取甘肃军阀倒戈，便派遣张雨僧到甘肃游说当时的甘肃督军陆洪涛。

张雨僧游说未果，却意外获悉北洋直系援助陆洪涛大批军火的消息，赶回陕西与杨虎城策划指挥，在扶风法门寺截获新式枪械一千支，子弹六十万发。西北革命武装自此神威大振。

靖国军转战陕北，经过艰苦卓绝的战斗，终因孤军作战，在各路军阀的围剿下，以失败而告终。于右任南下向孙中山汇报情况，张雨僧于1923年春奉杨虎城之命潜伏北京活动。在北京因人告密，被陆洪涛的爪牙刘长清会同当地军警密捕，押解回兰后，以“邀约外军，劫夺军火，危害地方”的罪名杀害于兰州。

及至亲人收尸，年仅36岁的张雨僧早已血冷沙场。欲哭无泪、心灵破碎的亲人将血污冰冻的大衣作为烈士遗物带回武山，从口袋中搜出沾满血迹的烟盒纸片上，密密麻麻写了共计20余首狱中杂咏。

英雄用生命凝成的诗章告诉人们，他为自己值得奋斗的事业付出了生命，死得其所，并以此来告慰为他肝肠寸断的亲人及家乡父老，其诗在陇西、甘谷、武山等地手抄流传。

半个世纪过去了，张雨僧的生平事迹及诗文如同擦过沉沉夜空的一颗流星，在片刻之间放射出耀眼的光芒后，旋即被世事的沧桑迷雾所遮蔽和冲淡。历史的记忆并非永远那么新鲜，它需要后人不断的磨洗和确认。

兰州教育学院的张尔进教授作为张雨僧的家族后人，觉得张雨僧不仅是一个忠贞不屈的革命烈士和才华横溢的诗人，更为重要的是他的诗记录了辛亥革命以来大西北的历史风云，特别是描绘了鲜为人知的靖国军革命斗争的悲壮历程。于是在教学之余，投入了大量精力对张雨僧的狱中遗诗进行了搜集、整理、考释，终于将这位民族英雄遗留在茫茫岁月中的雪泥鸿爪易于书契，转化为人人可以触摸的精神遗产。

在过去和未来的时空交替嬗递中，张尔进教授完成了曾对社会进步有过贡献的人应有的公正评价和历史性阐释。

张尔进教授承续先人遗韵，志行高洁。在我潦倒之际，经常向先生虚左以待，聆听教益。先生为考释“张雨僧狱中遗诗”身陷名誉官司达三年之久，身心备受折磨，于2005年辞世。在先生故去一年之际，我受其家属委托，编成《张尔进作品集》二卷，堪布于世，也算延续历史文脉和一段师友情谊的见证吧。

张雨僧的诗文以诗纪事、借事言志。作为一个民族英雄，在千年帝制枯朽腐烂、外国列强入侵所造成的深重的民族灾难面前，他没有像当时的军阀那样为个人谋求势力范围，而是将自己置身于时代的风口浪尖，紧逼并关注时代风云变幻，一边战斗、一边思索。

“安民济世须从众，博爱亲仁岂让贤”，从当时的革命实践出发，通过肯定“从众”，否定“让贤”，总结了辛亥后孙中山让权致使革命流产的历史教训，批判忽视群众力量的传统的英雄史观，闪烁着民主主义思想的真知灼见。

《狱中杂咏》既是英雄史诗，更是见证上个世纪初广大仁人志士寻求民族出路的心路历程和为之付出的努力。

芒鞋踏遍好山川，书剑飘零十九年。
疑有疑无三字狱，乍醒乍梦五更天。
风波险峻悲岳武，境遇崎岖哭马迁。
暂借离亭挥短泪，亲闱不见恨绵绵！

——之一

狱里因缘百感惊，伤心不忍见金城。
军容放纵如焚火，币制轻忽是害氓。
爱众不成甘一死，乐群有望愿三生。
大河夜夜悲风起，也替人间报不平。

——之五

清明正气自汪洋，水自潇潇花自香。
壮志如炉方锻炼，寸心似剑正光芒。
良田欲养因兰茝，莠草须除为稻粱。
愿借青天成片石，挥毫万丈写沧桑。

——之十二

青山无语我无言，满林枫叶任鸟翻。
怪石巍巍登陇坂，良田膴膴望周原。
身沧虎口风云猛，径入羊肠萧艾蘩。
且自囚车频怅望，两行官柳似儿男。

——之十三

二十首狱中诗体现了诗人"手挥五弦、目送归鸿"轻生死的洒脱和超然，又寄寓了诗人临死难以忘怀国家民族的深深的忧患意识。全诗散发出一种浓郁纯正、通达天人的浪漫诗风，尤其是诗人豪气干云、裹一身侠骨义胆的人格魅力，会在不知不觉间转化为一种深情的呼唤和人格精神的感召，深信每一个读者在掩卷之后都会有这种感受。

张雨僧没有像李广、姜维那样供人凭吊的坟茔，但他拥有一本《张雨僧狱中遗诗考》。

公道在人心，英雄可以安息矣！

五

"山泽多藏育，大风清且嘉。"

最爱傍晚时分，站在渭河桥上，遥望夕照中漠漠平川良玉生烟的美景，桥下澎湃激荡的浪花拍打堤坝的声音，长留在我的心底……

当我神游在故乡的山水之间上下求索的时候，扰攘不宁的现实世界，裹挟着生活的激流在我的身后轰响着，我庆幸自己没有随波逐流；当我为李广、姜维、张雨僧、李恭等人的遭遇伤神不已的时候，他们彪炳日月的英烈事迹和高风亮节，使我在“风檐展书读,古道照颜色”的心境中,获得了一分难得的沉静和从容。

我知道,以“阴阳八卦”为核心的伏羲文化是人类生存智慧的集大成者,之所以生生不息,给我们揭示的绝不仅仅是求生图存的巧智和手段,而是“天行健,君子以自强不息!”是“有所为,而有所不为”,更是一种为理想献身的大无畏精神。

我也知道,一棵树只有植根于自己文化根性的土壤中,也只有在这些仁人志士精神风范的感召和滋养下,在风吹浪打的时代洪流中,立定脚跟,才有望长成一颗参天大树。

柴虽烧尽,火种流传,形骸有尽而精神不灭。

车尔尼雪夫斯基说过:“当美与那一代一同消逝的时候,再下一代就将会有他自己的美、新的美,谁也不会抱怨的。”

若为化得身千亿,散向峰头望故乡。

——我的故乡,我的遥远的小山村!

龙 泉

一

踏遍青山，但凡草深林茂之处，只要你稍加留意，随着轰隆澎湃或淙淙汩汩之声，龙泉就会裹着一团袭人的寒气跃入你的眼帘。

龙为灵物，在天上云遮雾罩见首不见尾，落地后潜伏于山石林莽之间若隐若现，以天地间最优美动人的姿态标示出自然独一无二的神韵。

龙与泉如影随形，密不可分。于山野之间聚而成泉，散而成溪，静如处子，动若游龙，将一个有关龙的神话蜕变为现实的旖旎风景，经得起遐想，也经得起神往。

离开家乡二十多年，难以忘怀家乡的那眼泉水，源自大山隆起的腹部，随着心脏的共振和吐纳冒出来，不绝如缕，涓净充盈。一方草坪，呈扇形，又似披散的秀发，溪水穿行其间，闪烁着柔和的光泽，悦目明心。这丝毫没有装扮的生命的原色，难以捕捉的大自然的精灵，自成一段与世无争的情缘，与天光云影，流连徘徊。

……偶尔有穿花衣裳的村姑相跟着来挑水，喁喁哝哝谝得高兴，一句顽皮话搔到痒处，不经意飞出了嘴，叮叮当当落入泉中，搅乱了一池多彩的梦幻，泉水便汩汩涌出来，濡染着，浸润着，及至它毫无防备地从沟坎上跌落，蓦地惊起，始知跑出大山的怀抱不知不觉已很远很远。

天地间本没有回头路好走，来不及哭泣，来不及彷徨，也来不及抉择，便无可奈何但也急迫着投身到另一番轰响着的骚动不宁的境界中去。

这便是小溪必然的归宿么？

一个似乎难圆的梦……去了又来的是游子的萍踪，小溪依旧清清浅浅，一无挂碍地流着，嫩寒锁不住其歌似的笑声，时光冲不淡其如炽的童心，一如小提琴协奏曲中那一弓含英咀华、清丽素雅的和弦，余味悠长的回响在一宇爽气中，又像一件永不褪色的信物暗示着某种沧桑变异与不曾泯灭的存在，一种刻骨的眷恋，令人怦然心动。

二

一条小溪是飘拂在大山深处的生命彩带，随风婉转的是五谷的芳香；

一条小溪也是父亲的歌谣，留下了日月交替、相随相伴的苦难人生和柔情岁月的印迹；

一条小溪是孩童手中冲天而起的鞭炮；是响声过后瞬间灿烂映红的笑脸和快乐的尖叫；是尘土飞扬通向水泉的山道上驴嘶马鸣的喧嚣声；是家乡的土台子之上锣钹奏响的人生歌哭；是傍晚时分良玉生烟的日落晚景和白白胖胖直达天庭的一柱柱袅袅炊烟；是一团团棉絮似的星云之上先祖们恍惚的身影抑或苍老抑或慈祥的面庞；更是雪花飘洒的夜晚父亲幽幽忽忽的鬼怪故事；

一条小溪是燃烧的六月躲在浓密的树影下追逐嬉戏的清风的笑声；既是燕子倏忽贴地而飞倏忽从云层中露下的几滴呢喃声，也是无人光顾的山冈之上老鹰孤独而盘旋的翅膀掠过野花的笑靥；更是青青的草地上牧羊女那琴弦一样悠长悠长的痴痴的目光；

一条小溪是清明坟头上散落飞旋的纸灰和暗哑的饮泣声；是村头白发飘飘的老人守望游子的单薄身影；一条小溪也是故乡的月夜谱写成的一首朦胧诗；是温暖而雪白的麦垛下传出的隐隐约约的情话；是父亲走西口的传奇和母亲忧伤而古老的小曲儿；

一条小溪也是无数个安静的夜晚一根根蜡烛翻动书页的流血流泪的故事；是一棵在成熟的九月结不出果实的哭泣的苹果树；一条小溪也是父亲的呵斥、母亲的呼唤、姐姐的哭泣所撼动的千树万枝上的悔恨和委屈……

一条小溪钟情于一方的往日故事及俚俗风光；一条小溪凝眸之处必然是峰回路转的磊磊威岩，棵棵奇松。

三

离开家乡之前,每天晨起或黄昏时分,在鸟雀的啁啾声中,我都要挑着一对木制的水桶,到半里路之外的山沟中去取泉水。在泉水边静静的草坪上喜欢坐一会,欣赏燕子在空中蹁跹而飞的舞蹈表演,或者守望清风嬉戏的山梁上那条窄窄的小路上闪出一个俏丽的身影。

泉水闪着眸子一样清亮的光,有时候会浮现出一张张如花的笑靥,想起曾经拥有的快乐而伤心的时光。

期待是一种甜蜜,回忆更是一种精彩。

虽然山谷中常常阒无人声,但我会乐此不疲。

有位女同学大我几岁,堪称校花,楚楚动人,备受瞩目,初中毕业远嫁新疆。回老家探亲期间,相遇在这眼水泉边,说起新疆的生活,她漆黑的眸子里闪过一丝茫然。她的嘴唇像抹了一层蜜似的依然滋润,简短而又不便明言地诉说了流落异乡的经历。当她说出自己变成了"一辆大卡车"这句话时,我分明看见有一颗泪珠溢出了她的眼眶。这个当时我还不能完全理解的隐喻,与她在新疆短短几年中所经受的情感磨难密切相关,这一点我还是听出来了。

清冽的山风吹起她额角的秀发,金黄色的麦浪在身后不远处的山坡上汹涌起伏着,我把从她背后伸过去的手悄悄地缩了回来,青春在对美好事物的神往中克服了自身的激情和莽撞。当年,她带走的是一个乡村少年关于外部世界的所有精彩而美好的遐想。我打破快要凝滞的空气,问她新疆和我们这里有什么不同哩?她像突然醒悟过来似的告诉我:"到处都是芨芨草,到处都是红柳。"

"长什么样的? 想不出来。"我几乎和她同时站起来。

"我回去给你寄一些过来。"她向我笑了笑,晚霞照亮了她依然俊美的脸庞,"你要给我写一首诗。"

她走了,我一直没有收到她给我寄来的芨芨草和红柳。

关于芨芨草和红柳的诗自然也就没有写成,但我写了另外一首诗,那里面有她的影子。

那是在我结婚后不久,关于故乡的一切在我二十一岁的生命中似乎已经明确和定型,而我的人生才刚刚开始,这是我不能容忍的,属于我的人生应该有更广阔的天地吧。我开始隔三差五往县城跑,晚了就住在县文化馆一位朋友的宿舍里。有一天晚上,我和一个文学爱好者谈天说地,随意翻阅一本杂志发现封底的一张摄影照片,画面是夕照中矗立在黄河边的炳灵寺姊妹峰。我俩来了兴致,当即以此为题赋诗一首,我拿起桌上的毛笔,在报纸上一气呵成,只字未动。

别

——题炳灵寺姊妹峰

好姐妹
让我们终身厮守吧
让我们终身厮守
这一泓自天而来、浩浩荡荡的黄河水吧
我们再无需苛求什么了
我们也一无所求了
够了,让我们终身厮守
我们在天地间所拥有的东西

就让我们看最后一眼吧
就让我们在这一刹那间长大吧、成熟吧
当母亲用穿壑越谷而来的
吹过山野而来的
长风一般抒情的目光
抚摩我们嫩黄嫩黄的翅膀时
命运,就注定了这撕人心肺的一幕

四

冥冥之中一切早有安排,我来到兰州,守着黄河一晃就是二十年。

在这个没有故事的城市，我既没有爱上老板娘或老板的小姨子，就像一只奔跑的兔子，居无定所，也压根儿没有窝边草可吃，爱上哪一位来去匆匆的同事，自然也就没有攀龙附凤的本钱。这一发现令我十分沮丧。因为在人的一生中，也许会经历无数次的失败，但所有的失败都算不上失败，比如一次考学失败和一次职场的失败都实难称得上人生的失败，失败了可以放弃，另寻他途，这样的失败我经历的多了，睡上一觉，置之度外；只有爱的失败才是真正的失败，因为爱的失败挑战的是一个人的生存价值和生命意义，所以是不能放弃的，倒了就要爬起来，爱过了还要去爱。

二十年的生命历程中没有爱过并不稀奇，一个不曾有爱的人生大不了是一个苍白的人生罢了，但问题是作为我的城市，却是一个没有故事的城市，没有故事的城市岂不成了一个没有爱的城市？但我不能这么说，因为这个城市毕竟给我留下了美好的印象

如果将黄河两岸错落有致的摩天大楼比作一杆杆铜号奏出的英雄乐章，那么，桃红柳绿的百里黄河风情线，就一定是两根琴弦中拉出的田园牧歌，老年人喜欢在这里做晨操、打拳、遛鸟，年轻人喜欢在这里约会、追逐、恋爱。他们来这里怀着一个共同的心愿，那就是寻找在沸腾、喧闹、疲惫、拥挤的城市生活中丧失的那一分宁静、青春与浪漫。

黄河两岸哩，驮运丝绸的古老驼队远去了，往南北两山挑水造林的脚夫也敛足匿迹，黄河之水哩，依然蔚为壮观、不急不躁、无声无息地向前奔涌着，年复一年锲而不舍地滋润并繁荣着一个城市。

在兰州的滨河路，最令我心驰神往的莫过于著名的《黄河母亲》雕塑。看得次数多了，慢慢从“黄河母亲”侧卧而舒展的姿态中，看出东方女性所特有的贤淑与纯朴，厚实坦荡的胸脯则隐含着一种热情、慷慨与容物的无私大度。《黄河母亲》的北面是濯濯童山和无垠的戈壁大漠，脚下是自天而来、浩浩荡荡的黄河水。黄河母亲满眼期待遥望远方，呈现在一脸稚气、一脸幻想并为之深深迷醉的孩子面前的，便是极神奇的大漠戈壁的斑斓景色。也许人世间最无私和最博大的东西是母子共同营造的人伦亲情吧，如若不然，沙漠上怎么会长出葳蕤的绿洲和鸟儿的啼鸣哩？如同一只纸鸢，孩子长大终归远去，然而即便在飘逝旋转如蓬蒿的日子里，似有一根无形的线紧紧地牵扯着。

二十多年间，每当我从蜗居之地走向这个城市去上班时，滨河路就是我的必由之路。我的劳动之余的闲暇时光是从这里度过的，具有百年历史的“黄河铁桥”和《黄河母亲》就成为我常常光顾的地方。在夕阳的余晖下闪着金波，像一条巨龙摇头摆尾穿城而过的黄河，还有像姑娘的青丝一样披拂的依依垂柳，常常在我身心疲惫之际暗送几许深情大义，让我越过眼前的人流做无尽遥想。

时序在不知不觉中嬗递，春花红了，垂柳绿了，金黄赭红的落叶在秋风中翔舞，皑皑白雪覆盖了河滩，一抹青黛的河心竟悠然地泅浮着几只野鸭，它们一头扎进水里，顺着水流，从十几米开外又露出水面。有时我的目光停留在水面上发呆出神，久久不愿离去，让我情不自禁地想起了故乡空阔而又寂静的白茫茫的田野和山谷……

在这个日月轮转常常被人疏忽的城市生活中，属于我的爱依然是那份难以割舍的乡土情怀。在寂静的夜晚，响起的最动人心怀的声音不是汽笛声，也不是寺院的佛号声，不是，是午夜时分父亲穿越城市梦境越来越响亮的坚定而有力的脚步声；伴随着梦境出现的，依然是家乡弯弯的山道和那条清澈而丰盈的小溪。

五

一条小溪可以消失在记忆深处，我却无法接受小溪湮灭不存的现实。

如果记忆可以储存和翻检，可以记录和诉说，那一度让我们流连忘返却不复存在的东西是否可以在生活中克隆和重现？

为什么美好的东西总是在失去或淡出我们的视野之后，我们才会意识到它的珍贵而痛悔？为什么我们在拥有美好时，对它的流逝反而无动于衷麻木不仁，丧失了应有的警觉和智慧？人总是在追求美好，但为什么我们却往往被丑恶的东西所劫持和绑架？人要沾染丑恶的东西几乎不费吹灰之力，人要赢得美好的东西却要付出艰辛的努力，有时甚至是生命的代价。

也许美好的东西总是那样脆弱，需要精心呵护，否则就会像沙漏一样在不经意间一点点流失殆尽，就一定会被丑恶的东西取而代之。

曾几何时，通往山泉的羊肠小道遗忘在岁月的风尘中。

那像眸子一样照过影子的清亮的山泉，被山顶崩裂的沙石和放羊娃踩翻的土块填埋，变成了蚊蝇飞舞一泓死水，完全没有当初的那分清凉澄澈，曾经惠风和畅的沟壑不知何时摇身一变为终年旋风卷着尘土呜咽的魔窟。

旱涝不保的年头，关人湾的风不再尖利，野草不再招摇；田间地头成群结队的麻雀一夜之间远走他乡，成为流落在城市街头的乞儿；唱戏的秃子拐走了汪桂花，故乡春节的舞台从此暗哑无声，月夜也不再响起少年清亮的笛声；散布在七沟八坡的小麦、谷子、糜子因愧对农人又咸又沉的汗珠，过着觳觫不安的日子；父亲火热的歌谣成为大山一时无法排遣的心事；闲人摊子不复存在，白胡子老汉的离去也带走了他们饱经沧桑的故事。

故乡的天空下，再也听不到看不到万类霜天竞自由的那分生命的活力了。

山不高，无名；水不深；无灵。下雨遍地是河，天旱到处是沟。那房基是用土夯实的，再用土坯一块一块垒起来，不是没有石头，埋在百米深的黄土层下挖不出来，即便费了九牛二虎之力挖它出来，又哪儿来九牛二虎之力将那深坑填满垫平？再看那风从远远的地方吹来，沿着磕磕绊绊的山道吹来，裹着凄凄惶惶的唢呐声吹来，夹着风风雨雨的故事吹来，挡不住一种过了几万年，又好似猿变成人的历史宛如昨日的感觉，袭向风雨交加的心头。

一条小溪的失去不算什么，但萎缩的是大山丰盈的肌体。

也许世界并没有变，被改变的只是我的心境，对美好的东西反而有了过高的期望；然而，当各种天灾人祸袭来时，我却知道世界必变；如果爱的呼唤得不到回应，不能闪烁出人性的光辉，世界无疑会充满不和谐的噪音，那我们还有什么理由埋怨世界末日的到来?!……

父亲去世三年了，坟头一片荒凉干涸，柏树难以成活，冰草稀稀拉拉，父亲生前是多么喜欢鸟语花香呀，我想，即便坟头上有两只不吉利的乌鸦在啼鸣，也要胜过干燥的风吹裂人的心。每年清明，我都要翻出地里的湿土，仔细地拍打加持在父亲的坟头上，希望父亲在另外一个世界不再寂寞，能够感知我的一分心思，也一定能够感知到吧！

写下这些文字的心愿由来已久，父亲去世后的第一年，整个的人神思恍恍惚惚，变得比以前敏感和脆弱多了。人本来就是一棵草，有时还不如一棵草，是一朵花，风一吹就散了，雨一淋就烂了。但人毕竟不同于一棵草和一朵花，人的脆弱是期望自己变得比以前更强大，而不是更脆弱。

……在生活惯性的驱使下，转眼到了第三个年头，跪倒在父亲的坟前依然还会垂泪，我相信时间是治愈心灵创伤的良药。寒霜可以摧毁长在田野上的一株嫩苗，但雷电决不能伤害开在心灵深处的一朵小花。

时间过得飞快，到了第十个年头关于父亲的文字依然未著一字。

在父亲生前，我从未承诺要写一本关于他的书。我想，即便要写，也不能为了迎合别人的阅读兴趣，说一些似是而非的话，也不能对父亲的怀念只剩下单一而自私的追思。我知道，父亲的人生是和属于他的村庄、田野、河流、山冈、小鸟、野草密不可分的，如果要写，就一定要写出与父亲的人生相关的一切，还要写出虽不被父亲所知但也是父亲感兴趣的故事，比如姜维的故事，李广的故事，当然还有伏羲女娲的故事……

父亲给了我一条生命，我就要还父亲一片蓝天；如果我不能写出一个生命自由的吟唱，那我就做一株沉默的小草好了。

我知道，父亲的历史已然翻过，父亲的足迹却只能在我的足迹中延续。

六

2000年初，我萌生了一个走遍陇原的计划，我要看看在我的村庄之外更大的村庄是一副什么样的模样。在二月春风似剪刀的乍暖还寒之际，我来到了陇南的白龙江畔，站在万象洞口，第一次领略了“晴川历历汉阳树，芳草萋萋鹦鹉洲”的如画美景；我驾车来到养在深山人不识的文县天池，在经冬不凋的红叶绿草夹缠的林间小道上，想起了爱默生和卢梭作为孤独者的漫步；我来到成县，西峡之水的澎湃之声第一次震撼了我的心，诗圣杜甫流寓在飞龙峡的绝命诗《七悲歌》让我黯然神伤。在我的家乡天水，我心怀虔诚拜谒庙宇巍峨的伏羲庙；神情肃然地凭吊飞将军李广的石马坪；在千窟万室的麦积山，我亲眼目睹了五代王仁裕“天边为要留名姓”，缘空蹑虚题写在石壁上的诗文，为他的壮志豪情羡慕不已；在甘谷大象山我第一次听说了牧羊人的故事；在秦安我参观了甘肃省唯一一座宋代建筑兴国寺；在大地湾遗址，我好像回到了八千年前的古人“拊石击石，率兽而舞”的峥嵘岁月。在庆阳，我穿越千里沃野的董志塬，站在高高的周祖陵上，遥望千嶂壁立的茫茫北山，第一次感受到了范仲淹边塞诗的“塞下秋来风景异，衡阳雁去无留意”的雄浑和苍凉。我登上了西来第一道山的崆峒山，我徜徉在“穆王何事不重来”的王母宫，当我一身疲惫风尘仆仆地来到崇信的龙泉寺，一时好像找到了心灵的归宿似的，可以好好地驻足休息一下了。

七

崇信的龙泉寺是一处因泉闻名、因水成景的绝妙去处。龙泉之源位于襟带荒山的凤翥山腹谷。在嶙峋突兀长达十几米的筛眼状的砂铄岩上，密密麻麻的水从中渗出，如栉比，如帘垂，如浓露，如贯珠。零零络绎，不绝滴沥。清代一篇《龙泉山水记》中赞曰：“崇信县城北一里有山，山上有泉，众窦而悬出，盈池而漫流，野人言，有龙伏其下，故曰龙泉……徜徉于泉侧，掬而饮，仰而歌。歌曰：泉水之沦兮，可以澮吾之神兮；泉水之洁兮，可以澡吾之德兮。”

崖下水聚积而成池，倒是危岩上一株古柏势若虬龙，破壁欲飞，长约五米，粗似口杯，久旱不枯，淫雨不蔓，据说已有一千多年的历史。传说很久以前，崇信大旱，天龙下凡降雨，力竭气绝后化作古柏盘踞崖上，是龙为民解忧，是柏终日慎独。一位名叫刘志刚的本地人击节而歌：

说龙无龙，言凤无凤，满目青松，碧翠叠涌，木在林中，谁言无栋？

是的，这里有“疏沦涤心源”的龙泉之水，有傲然倒卧、终日慎独的龙泉古柏，更有劲节之竹，高洁之松，还有钟灵毓秀的龙泉寺。晴雨楼前，竹篁摇翠，锵然有声、泠然而清的龙泉水跌宕而下，一路挟风带雨穿竹绕石远流芮河而去，心中不免为之担忧起来。清湛柔弱的龙泉之水一旦缺乏高山流水的情怀，精巧雅致的龙泉之景如果失去波诡云谲的神秘，就好似泉中无龙而干枯，灯下无影而混沌，女人无爱而失色一样，一切就会飘浮于心灵的激情之外，又怎能叫人留恋而心生向往之情哩?!

虔诚之人已不多见，终日慎独、澮神澡德之人哪里去寻？念及此，不禁神为之伤！

步下晴雨楼放眼四顾，一种树干低矮、枝桠横生类似灌木的野山桃长得满山满坡。可惜我来早了，再迟几天就会饱览龙泉最美的景致，到那时，花开一坡红，风吹满川香，凤翥山真成了一只身披锦绣展翅欲飞的凤凰。寺主马占春告诉我，这大片大片的野山桃是一位叫韩岐忠的老人用微薄的薪水购得种子,用了一二十年栽种而成的,他自己却终年靠面糊糊和山野菜充饥度日。也许是龙泉水养人的缘故,他活到了九十二岁高龄。他早年丧妻,膝下无子,饲养着一羊一猫,每天早去晚归栽树时,羊和猫总是寸步不离地跟着他。

有一年春天,他照常在山上挖坑栽树,不小心捅了马蜂窝,密如雨点的马蜂围攻他,陡峭的山坡上他无法躲闪,直到被蛰得中毒晕死过去。转眼间太阳落山,鸟雀归巢,夜风骤起,猫和羊围着老人不安地叫着,多少年了,老人总是按时带它们回家。这次,突然的变故使猫和羊在最初的惊慌过后,马上安静下来。那一夜,它们不停地用唾液和舌头舔主人的脸颊,试图弄醒他,直到第二天早晨,韩岐忠老人和黎明一同醒来。在他朦胧模糊的印象中,一场春雨下了很久很久,等到人醒雨歇,一束束野山桃花满枝头,龙泉之水响声盈耳,天空清亮得如同水洗过一样晃眼。从此,韩岐忠老人像跟时间赛跑似的将生命的每一分钟都用到栽树上。

韩岐忠老人身后留下数得清的几件物什,折价不过几十元,但谁能数得清他生前栽了多少棵树?这树又长了多少红花绿叶?正是它们挽臂联体,将涵养水源的蛮野之气不断地向外界空间拓展延伸。

自古以来,澹神澡德之人总是与自然相得相生,韩岐忠老人则在敬畏、尊重、顺从自然的过程中,使自己与自然融为一体,随风歌吟在缘水而生的一宇爽气中。

"何处无月,何处无松柏。"何处又无龙泉?愿安妥人类灵魂的永恒家园与日月同行。

这也是我对属于我的村庄和所有的村庄发自内心的祷祝和期盼!

八

失去的终归不能复得,不该遗忘的总会时时忆起,见落英而泪下,睹旧物以伤怀,不是老态的百无聊赖,也非暮秋的悲从中来,而是前瞻人生的漫漫征程时,对生命的一次最好休整和有益补给,在失去和忆起之间,潜入心底是"山如慈颜夕照中"的父亲那没有丝毫惆怅的容颜;还有那山花、岚气、馥郁的五谷、灿烂的阳光渲染出的五彩斑斓的灵秀和才情,博大的虔诚,稚气的幻想,无私与无畏,以及荒年饥月上山挖药,父母在柴米油盐中抠出一点学费的盘算和节俭……

这一切随着星移斗转，如潺潺的小溪，给生命的根注入活力，使裸露在外的青枝绿叶在不断的净化中，平添几多磨难催开的成熟，涉世积累的练达，消急躁，去怯懦，抛庸俗……忠实的小溪就这样一路不离不弃地将我们导向揆情度理、是非能辨的境界中，去玩味，去领略人生的澄明辉煌。

跨过小溪，山高路远；小溪小溪，永不逝去。

我的村庄

私语断续

私语断续

一直想努力坚持写所谓日记之类的东西，就像名人那样，写下自己每天生活的点点滴滴，每日对生活的所思所想，可是没写几天，实在坚持不下来，点点滴滴太琐碎，所思所想无非是吃喝拉撒之类的俗事，实在无趣，硬写下来，也难登大雅之堂。可能我乃凡俗之人的缘故，不像名人，口齿生香，每说的一句话都是名言。去年，儿子帮我在网上建了一个属于自己的QQ空间，如同一辈子视土地为生命的老农，眼看田园荒芜，心中实在痛楚，就像犯了什么大罪似的，怎么办呢？在我奋笔疾书《我的村庄》（原名《我的村庄没有参天大树》）的日子里，许多网友及时跟进予以点评，我也给予及时的回应，可谓种瓜得瓜种豆得豆吧。日积月累，不经意间喜见丰收，回头把自己写给网友的回复文字大概搜罗了一下……好的不多，敝帚自珍吧。

人之将死其言也善，鸟之将亡其鸣也哀。为什么不在能言之时言之呢，为什么不在能鸣之时鸣之呢。

行云流水只是当时的姿态，还有许多未尽之意和欲说还休之事。想到即将告别尘世之时的那分留恋不舍的样子，想到曾经对自己心仪的女孩多说一句话会不会是另外一种结局，想到了人生无法弥补的诸种缺憾，想到正是这些缺憾构成了人生别样的风景，也就释然；想到中外贤哲灿若星辰，想到自己只是浩茫的星际间游弋的一粒尘埃，默默地传递着星光的温情密语，心海不由泛起几分凄婉的情怀，几分融洽的幸福，也就释然。

为什么不说浪漫背后深情的呼唤哩？为什么不说多情后面专一的坚守哩？浪漫而又多情、深情而又专一，既不是文人的一体两面，也不是人性的矛盾统一，它原本就是一棵树，浪漫而又多情是树的枝叶，深情而又专一是树干和树根！

我所说的爱源于激情和欣赏，起码在消解庸俗生活方面将显示它非凡的力量，会给生活增添奇丽的色彩吧。

不要盲目听信张爱玲蛊惑人心的话。也许每一个男子全都有过这样的两个女人，至少两个。娶了红玫瑰，久而久之，红的变成了墙上的一抹朝霞，白的还是“窗前明月光”；娶了白玫瑰，白的便是衣服上的一粒钻扣，红的却是心口上的一颗朱砂痣。

走进婚姻是因为拥有了爱情，走出婚姻是因为失去了爱情。婚姻和爱情有时候也是重叠的一回事。

女性之于我们当然是十分重要的，因为她是我们生命中的另一半。完美的爱正如你说“在现实中怕是没有的”。我执著于爱，并不是说我是一个拥有了纯粹之“爱”的“情种”，我还没有那么幸运，而是执著于通过完美我们自身，进而使我们生命的另一半更加完美。当然，这还是一个自我净化不断追求的过程。我想，汤显祖心中也正是有了这样一分执著的爱，他才有了你所引述的那段话：“情不知所起，一往而深。生者可以死，死者可以生。生而不可与死，死而不可复生者，皆非情之至也。”

我越来越感觉到所谓爱情，在我们的生活中，就像空气中的花香，一阵子浓香扑鼻，一阵子淡如清风；就像黏合剂，新鲜时鱼水交融，过期了互不粘连……有没有永恒的爱情，就我的愿望而言，宁可信其有，不可信其无，否则人的情感和思想就太苍白无力了，有时候，明知不可为而为之，恰恰是人的伟大之处。

不知为什么，不论以何种方式，只要看到一切社会伦理关系中的感人画面和动人场景，我总会伤神落泪。爱真是一个层次很丰富的词，简单地说，朋友之爱源于道义；夫妻之爱要求均等；亲人之爱血缘铸就；男女之爱，无限关怀……

男女之间需要什么哩，交流什么哩，如果是家长里短、柴米油盐之类的话题，恐怕谁也没有耐心去倾听。倾听是以欣赏为前提的，要让对方倾听，就必须让对方欣赏自己；反之，要迫使自己倾听对方的心声，却需要一双善于发现对方优点的眼光，所以，何其难哉！

所有的话题都可以倾听和交流，如果纠缠在一些常识性的问题上难以达成共识，距离家无宁日就为期不远了。至于口腹之欲和精美饭菜，也只有在日常话题的共鸣中才能品尝出那分心存感激的滋味。这就是：基本和谐，更高欣赏；只有欣赏，才能倾听。这或许是家庭的二重境界。

与君一席话，胜读五车书。君不是某一个人，而是无数人，是那些富有真知灼见的人。也只有那些富有理想情怀的人，才能够从他人貌似平淡的谈话中听出子丑寅卯来。

人创造了文化，反过来文化塑造了人。人在创造了文化的同时，也就不可避免地具备了文化和人性本身的双重劣根性。人的不良作为，都是人和文化双重劣根性的体现，好在人有自我反省以求进步的需要和能力，文化也有自我更新的内在机制，所以，从深层次上讲，对人的劣根性的批判，首先是对文化的清算。

一个完美的世界是不存在的，社会是在不断地修正中求得进步的，当我们回顾五千年的人类文明史，如果将各种复杂的社会关系缩小到男女关系的层面上来打量和分析的话，就会发现女性总是作为弱势群体而存在的，当男性的主宰力量极度膨胀以至于偏离社会发展的航道时，女性的制衡力量就会日益显现出她特有的价值。女性在维护自己的尊严和争取自己价值的斗争中，将会开启一个美丽的时代。

每个人都有自己的经历，每个人所能参与的社会历史的进程是很有限的，没有可圈可点的人生故事可以叙述，平庸得令人窒息。我们所拥有的琐碎的记忆最终会转化为心灵的低语，不管什么样的经历只有经过心的过滤、咀嚼才能转化为真实的东西，正因如此，我们才聊以自慰。

每个人的人生故事都是不可否认的，就像我们不能否认人的存在是一个道理。所谓“平庸”和“绚烂”是针对具体的人生故事做出的价值判断，其本身就是一种事实存在，而不仅仅是一对没有根基的抽象概念，也就是说不仅仅在拿来示人时才显出了“平淡”和“绚烂”的概念。人生活在社会之中，不可能脱离社会而存在，所谓人生的“平淡”和“绚烂”恰恰是在社会历史的大背景下才显出了她(他)应有的“平淡”和“绚烂”，否则，没有社会历史这块土壤的孕育，就不可能生成“平淡”和“绚烂”这样两个概念。因为，就概念而言，不管它的价值指向是什么，它归根结底是属于社会的，也是属于历史的。正是基于这样一种理解，所以我说，我们作为平凡人所能参与的社会历史进程的能力是有限的，没有可圈可点的人生故事，但我更强调了平凡人生的琐碎记忆在经过心灵的过滤和咀嚼后转化为一种真实的感人的东西，所以我们才聊以自慰！否则，我也就不会写下自己庸俗的人生感受了。如果说“社会历史进程与我何干？”那不就等于说“这个地球与我何干”一样让人匪夷所思么。

我写了一个少年青春期情感的迷茫，你介绍了人在少不更事时无邪的童年趣事。童年的快乐时光是人生最宝贵的财富。用童年的眼光看世界，世界很大，涝坝是海洋，柴棚胜宫殿；用成人的眼光看世界，世界很小，人捧着自己渺小的灵魂苦于无处安放。面对人生的种种困惑，人喊出了“借我一双慧眼！”我想，人还应当喊一声“借我一双童年的眼光！”以物观物，乐在其中！

清风明月今犹在，人生当作回头看。赠你一句周国平先生的话：“人是怎样获得灵魂的？通过往事。正是被亲切爱抚着的无数往事使灵魂有了深度和广度……活着的往事——这是灵魂之所以具有孕育力和创造力的秘密所在。”城里人的生活节奏加快了，日复一日，反而没有生活的故事，没有留下岁月的痕迹，没有多少值得让人去追怀的东西，这倒是值得反思的问题。

私奔行为是人生的一种历险，当最初的刺激和浪漫过后，它要承受这种叛逆行为本身带来的所有痛苦和压力，局外人是难以想象的。汪桂花的幸福并不完全取决于她现在的生活状态，不管她目前幸福与否，我希望她回想当年的抉择和私奔行为时是甜美的。至于我把她写在文章中，对她的幸福感不会增减分毫，我也不想把自己的回忆建立在他人的痛苦之上。

人生是一本大书。《我的村庄》（原名《我的村庄没有参天大树》）是总题目，《山道》是第一篇，还有很多篇，会写的，是我和他人一起谱写了我的人生，不为自己写，也得为他人写。你看出来了，这篇小文，说是写我，但主要是写我的父亲，自然还有汪桂花，金海，四爷，花呀，草呀，鸟呀，猫呀，古人今人，节日祭祀……无所不写。从自己的人生中写别人的故事，是写家的事；从别人的文章中读出自己的心声，是读者的事，好的读者和好的作者一样重要。你看，我赞美你，就是赞美我，割不断的千丝万缕将芸芸众生编织在一起。

路遥的《平凡的世界》是我国当代文学史上划时代的作品。我曾在纪念路遥的一篇小文《日迹》中坦言自己的人生经历和心路历程与孙少平何其相似乃尔，或许从农村走向城市的青年对此大都感同身受吧，有一分即将融入美好生活的期待和兴奋，有一分对已逝生活的怅然和留恋，更有一分告别的迷茫和回归的沉重吧……说不尽的五味杂陈。

为文有句话叫“言近旨远”。你不但读出了拙文的题旨，还深情款款地褒奖我是一棵大树，足见你的用心、爱心和睿智。孔子说过，一个人在临近五十岁的时候还不能知名于世，就没有什么可敬畏的了。我曾梦想自己成为一棵大树，所谓的少年壮志吧，无奈风侵雨淋，加之先天不足、后天懈怠，要成为一棵参天之树就成南柯一梦了。不过，男儿有志不言愁，能做一棵堂堂的七尺“大树”也就天地无愧了。

说到《我的村庄》(原名《我的村庄没有参天大树》)这个题目。近几年来，走了很多地方，深感一个地方良好的自然、人文生态环境的重要性。古人云，山不在高，有仙则灵，我想这样一个地方必然是钟灵毓秀之地吧，神仙不会栖息在不毛之地的。天水的南郭寺有两棵古柏，身临其境，杜甫音容宛在；曲阜孔庙古柏森然，望风怀想，令人顿生追慕前贤之心！古柏在我的心中，成了文化传统的象征，精神人格的标识。判定一个地方的树有多高，文化就有多深，成了我内心化解不开的情结。

1999 年，我到你的家乡崇信的一个小山村去，见到了一棵十几人才能合抱的古槐，崇信人民之幸也。反观一些地区，鸟兽绝迹、人心不古，我的家乡也深陷这种厄运劫难之中反而不自觉也，岂不悲哉，不由人深为之惧！我的村庄没有参天大树,忧患意识也!!所以,今昔比对,对于童年时留在心间的那一颗露珠、一丝彩霞、一缕清风、一声鸟鸣……我都倍加珍惜,倍加怀念!

愿我们生活在鸟语花香、山清水秀的环境中,与自然同在吧。

人生的目标很多很多,有大有小,有远有近,想一想,写出为人所称道的文章也可以算是自己人生的一项目标,毕竟是兴趣所致么。写文章的人就像农民哭着笑着唱着骂着去春种秋收一样,也是在心灵深处哭着笑着唱着骂着去经营文字的。一篇不长的文字是无声的,但它所展开的也许是一个老农收获一季庄稼的生动画卷。日落月出,周而复始。所以,严格意义上讲,人生只有方向,没有目标,人生就是沿着明确的方向往前走,目标体现在努力的过程中

老农的梦想是将收获装满金灿灿的粮仓,他的幸福就是家有三分地、老婆孩子热炕头,这么简单吗?不,也有满头大汗倒在地上的舒展,月夜行走的凄美,大块吃肉大碗喝酒的豪爽,更有穿墙入户约会情人的浪漫,还有手攥沉甸甸的麦穗眼含笑意的那分饱满和实在。一个知识分子所感知的幸福并不比老农多,一个知识分子所知道的人生的价值和意义也并不比老农丰富。要知道生活的真谛何在,不一定要过老农一样的生活,但一定要向老农虚心请教。

但愿我的下一篇文章你能一口气读完,你破例读我的文章,深感荣幸,我争取把下一篇文章写好,你就再破一次例来读我的文章,好吗?犯错误可以下不为例,阅读不好的文章也许会受其影响犯错误,但阅读本身是一种良好的习惯。文章有优劣,读者均受益。阅读好的文章会给人诸多启迪,阅读不好的文章会锻炼一个人的鉴赏水平。

只有把别人的爱沉淀在心里,才能转化为一种力量,施舍的爱是苍白的。

谁都不希望有一个苦难的童年,但苦难不以人的意志为转移,总是难以避免的。苦难有时候是财富,有时候是堕落的渊薮,当人的本能直面和接受苦难的考

验时，是滑向堕落的深渊还是走向希望的征途，我的人生体验证明，在关键时刻，美和善的力量总是起到了主导作用，幸甚至哉！

似曾相识的是青春的记忆吧。青春的记忆中有迷茫的心绪，有向着太阳生长的一股力量，还有一双探寻神秘世界的明亮的眼睛，更有一颗情窦初开的雀跃之心。当然，这一切无不与对美好生活的向往紧密相连，成为我们难以忘怀的人生记忆，正是它一直伴随着生命的洪流，激荡在我们的血脉中。

如果你的感叹号是让我个性点再个性点，那我就恐怕离见上帝为期不远了，到那时，我也许会想自己即将撒手人寰，不妨一吐为快。人为万物之灵，就必然有万物的根性，人的尊严和脸面恰恰就是人优于万物之灵的地方，如果将人的伪装剥尽，将所思所想和盘托出，人的尊严安在，人将何以立身？你当然不是这个意思，我只是为了说明人显示个性需要有个度呀。

每个人都有鲜明的个性，我只不过把挡在自己脸前的一块布揭开了半个角而已，能不能完全揭开，这就要看自己有没有足够的勇气。

生活中如果没有痛苦，心灵就会麻木。古人云：念天地之悠悠，独怆然而涕下。临风下泪，虽说不上见贤而思齐，但对于我来说，那是最幸福的时刻。心酸的往事会长久地贮存在心灵空间，当它被回忆勾兑时，就会变成醉人的佳酿。

溢美之词会满足我的虚荣心，低调的点评促使我三省吾身。这篇小文是即兴之作，能不错实乃意外之喜。但反观拙文，除了坦诚，自我调侃之外，我把它当作自己含泪的微笑，如果哪位网友能从我貌似旷达的心态之后看出作为人的局限性，我就将他视为知己。

人一生就是跟自身的局限性作斗争，人的悲与喜无不与此有关。

刚开始学着写文章时，为了彰显和标榜自己才气横溢，曾费尽心机拣最好的词装饰自己，将写出《滕王阁序》那样既有真情实感又神采飞扬的文章，一度认为是作文的最高境界。这一初衷至今未改，只因古典文学造诣不深，又无时间厚积薄发，就只好实话实说。虽未能如愿，但直抒胸臆至少可以取得明心见性的效果，就是你说的“原生态”吧。

人呀，有时候得认清自己的能力，高不成就低就，奈何?!

庸俗使人窒息，这是我们生活的现实常态，所以人们总是想方设法改变模式化的生活方式，来追求和享受生活的多姿多彩。正因如此，张扬个性就成了这个时代的潮流。“独品毒品”（网名）确有点惊世骇俗的意味，但它是富有叛逆精神的标志，反而觉得十分亲切，在这个象征性符号的背后，我看见的是一张俏丽的容颜，一颗青春激荡的心灵，一个热爱自然与爱同行的身影。

你不认识我，我不认识你，所谓人海茫茫两不知；人从哪里来，又到哪里去，所谓天意高难问呀！人从天地初醒、呱呱坠地之时起就渴望融入他者，此一半要融入彼一半，所谓水乳交融呀！怎奈水也能分离出水离子和氧离子，何况人本身就是一个个体的存在，自我是自我，他者是他者，孤独与生俱来，伴随始终，所谓何处觅春归(网名)呀！不过这样也好，人嘛，在情上融入他者寻求温暖，在自我的意义上标新立异、创造人生的价值。

能优雅而不失清新，确实是百合的品质和魅力，优雅是时光和文化滋养出来的；生命中流动和散发着的那种自然芬芳的气息，就是清新吧。有一句诗“行时春风细细,静时掩然百媚”,形容的就是那种感觉吧。上了年纪的女人,不求美丽,但求优雅。如果一个城市处处可以见到优雅的女人,那这个世界就会充满一种和谐之光。

才逊贾平凹,岂敢比潘安。心如一菩提,人是臭皮囊!

一个人的才华和丰富的内心互为表里,只要做一个自己心灵忠实的描述者和记录者,就等于给人的心灵世界留下了一个记忆样本。人的心灵是各种欲望的合成体,何其美丽,又何其丑陋。但做一个忠实的记录者还不够,思想是语言的艺术,只有通过语言的提纯思想才能凸显出自己应有的张力。

人是有虚荣心的,所以常常在别人慷慨的赞美声中飘飘然起来,所以,动听的话是会把人打晕的,但对于我无异于当头棒喝……把你的赞美当做鼓励,当作几下当头棒喝,反而让我清醒了。

我也经常急,急了容易出错,不过,也能急中生智,性格急的人都是带电的,关键时刻都有一种爆发力,宁肯让生命在燃烧中放射光彩,也不浑浑噩噩地虚度光阴。

读书看报喝清茶,咖啡安神精神壮;一杯清茶润心肺,一杯咖啡写浓情。

多重性格有什么不好?就像大海,波诡云谲;就像高山,气象万千。机灵鬼更是难得!就像海天一色中,一只海鸥倏忽破空而来,给你一分惊喜;就像一朵山野花在你娇喘吁吁向上攀登的时候,向你探头探脑哩……

物有形,意无穷。海纳百川的是一种气势,云蒸霞蔚的是一种磁场。

几千年的文明史,人类利用双手将自己变成了人,几乎竭尽了所有的心力和体力。但谁又知道,正是人的双脚走遍了千山万水,出生入死,承载和编织了所有人类的情感记忆,创造和演绎了无数惊心动魄、美丽动人的故事?但人把赞歌献给了双手,却遗忘和忽视了双脚沉默的心思。在这个信息化和追求个性的时代,从忍辱负重中解放出来的双脚,开始述说和展示自己深藏已久的那分迷人,那分美丽……双脚将开启一个别样的历史景象。

只有能够正确地面对自己,才能够正确地面对生活,写作同此一理,以心观物,以物证心,写出来的东西不管酸甜苦辣,才能有益于世道人心。

未见青山,我的心就化成水了;望断白云,我的歌自会穿透云霄。多少年过去了,聊以欣慰的是,一颗赤子之心犹在。

文字中的我貌似自信,全靠风趣幽而默之;人前面的我不谙世道,唯以诚实取信于人;人背后的我寂寞难耐,暂借忧伤抚慰心灵。奇才之奇,就在于与现实格格不入方显其奇,我不想做一个奇才,也做不了,在与现实的妥协中我还想多苟延残喘几日。

弘一法师是我十分敬仰之佛界贤哲。“有才而性缓定属大才,有智而气和斯为大智。”这可能是为文做人的至高境界。在现实中,我是一个性急气躁之人,我早已意识到这一点,所以,在为文时尽量放松自己,以心缓气和之心态审视之,但因执着于情感很难做到行文冲淡旷达,究其原委,实乃思想深度不够、精神境界低下之故也。路漫漫其修远兮,吾将上下而求索。

“心比才高,行比文美”,你看到了隐藏在文字背后的人欲渡河无船、欲登天无梯的那分绝望,谢谢你没有说出心比天高、命同纸薄的那句老话。至于行比文美,是的,我倒愿意把自己武装成一个持高节、尚义气、为知己献身、为信仰赴死的豪侠之士哩,可是,知己难觅,信仰虚无啊,心思不能言,肠中车轮转……

荷花的可贵就在于她出淤泥而不染,濯清涟而不妖;雪莲的神奇就在于她卓然于高山雪线之上,因其圣洁而众望所归。诗歌是人格中的荷花,生活中的雪莲。诗人就要同道相吸,也要像情侣一样风雨共担。

梦想是岁月赐予我们心灵的一粒种子,只要我们感知生活的心灵永远是鲜活的,梦想就会发芽,就一定会长成一棵葳蕤而挺拔的大树。在某种程度上来说,梦想是我活下去的全部热情和勇气。

一篇东西,没有多少可以细观的东西。我的欣赏习惯是用自己的经验和悟性捕捉对象中撼动我们心灵的东西,若没有,我判定它为失败之作;若有,再看一遍,不是去猎奇和寻找新的东西,而是再次验证撼动我们的东西。比如我远观一棵高大的古柏,立马会为它穿越千年的沧桑和岁月磨砺的刚性所撼动,我走近它,绝不会剖开它的树干细观它的质地是否比钢材密度大,而是手抚其干,闻风萧然,再次感受和验证一下它的沧桑和刚性而已。

美国诗人史蒂文斯如是说:我们的心灵所见与眼睛所见同样真实。

文化和自然融合到何等程度，取决于一颗细腻的心灵感受和体验生活的深度。在生活中，感受和体验的层次越深，文化和自然的融合程度就越高，幸福感就越强。

风物长宜放眼量，你我都是他人眼中的风景。

人，也就是七尺之躯，七尺之外，没有自己的天，也没有自己的地。皇帝老儿真是可笑，什么普天之下莫非王土，哪有自己的天，哪有自己的地。我站在地上，只留下两只脚印，躺倒也就一张床板，死了也就一把泥土，如果自己还有一片可怜的天地，那就是你看到的这篇小文。对于没看过这篇小文的人，我什么都没有，什么都不是，所以，我的这片天地还是你赐予的，在此真诚向你致谢！

关于玉文化，知之甚浅，本人记住了一句话：白天人养玉，晚上玉养人。璀璨的宝石来之于大地的养育，动人的文字不仅仅是锤炼之功，要归功于丰富多彩的生活。

人为万物之灵，秉天地之精华，擅内外兼修之功，只需顺道而行。

一棵小草如果有幸能够自由地生长，除了泥土给了它立身之本，更重要的是阳光和风给了它歌唱的信心和希望。我相信泥土的欣慰来自于阳光和风的肯定和默许。

我总觉得哭比笑真实，也比笑动人，因为它不仅是人性的流露。虽然笑也是人性的流露，但哭与笑最大的不同在于，哭一定是良知的觉悟，人性的关怀。所以，我们不怕哭，就怕没有眼泪。

想想战国纵横家苏秦的辩才无碍，想想“半部论语治天下”的孔子…想想我们连巨人的肩膀都爬不上去，哪有什么思想呀。有时候想，纵然什么都没有，所幸的是自己的心还是鲜活的，大千世界的风吹草动都会引起心的悸动，但是，一颗心的感应度也是有差别的，怎么办呢，为了让自己的心不至于麻木不仁，只能学而时习之，学而时习之……不知道别人作何解，我把“习”当作实践来看待。

其实，人的心真不如一把机械的锁钥。过去一夫多妻，是一把钥匙开几把锁；其后是一夫一妻，一把钥匙开一把锁；再其后呢，又是一夫多妻，一把钥匙开几把锁，或一妻多夫，一把锁要几把钥匙开。但混开的结果是两败俱伤，所以，人们还是希望一把钥匙开一把锁比较安全永固，但这只是人美好的希望，能不能如其所愿，全凭自家把握。

如果我能将内心对不齿之人的怜悯带到现实生活中，那我就自认为修炼成人了。

罗素有一段话，录在这里：

社会的性道德将包括几个阶段。第一个阶段是通过法律体现的，如一些国家的一夫多妻制和一夫一妻制；在下一个阶段，法律没有干涉的权利，值得重视的是舆论。最后一个阶段只注重个人的选择，不管是在理论上抑或实际中。

思想不在深，而在明；语言不在美，而在诚……行到水穷处，坐看云起时。

一个人的理想,在初始状态更准确地说是梦想吧,即便是梦想也要靠后天的养成,但这种养成有多少是有意栽培的结果?值得怀疑。理想如果不是人之本性的内在要求,就谈不上自觉性;没有自觉性,就没有持久的动力。正因如此,所谓理想的核心本质,我的理解是:理想不能不受环境的影响,但理想一旦形成,就表现出了不受客观环境奴役的坚定性。追求理想的第一要务就是排除干扰它的信念追求的各种制约因素。

不知道仔细的读者能不能看出我个性中的坚定性和排他性。是父母的爱、父母的梦的神秘性、父亲鬼话的荒诞性,生成了我最初的梦想吧,当我想做一名“诗人”或“作家”的梦想一旦确立后,继承和对抗就构成了理想前行的张力和动力,继承有利于理想追求的东西,对抗不利于理想追求的东西。小时候,尽管自己以理想的名义去死的行为是荒谬的,但这恰恰体现了为了理想甘愿献身的精神。

人生是一个人用自己的眼睛观察世界开始的,我只是不想写人所共有、人所共知的“天真”和“美好”罢了。我能够想到和认为重要的东西,才是我愿意去写的东西。在人生的道路上,不应该把“天真”和“美好”对立起来,应该说,恰恰是一颗“天真”的心成就了一个人追求美好的愿望。顺着这一思路,如你所说“追求的美好掩盖了儿时的‘天真’”我赞同你的观点和看法。

如果我是小溪,面对一条大河,也许会惊叹于它的深沉与舒缓,但我绝不会丧失自我;面对一座高山,也许我会惊叹于它的伟大和雄强,但我一点也不自卑。托尔斯泰之所以是一条大河,是因为他在生活中思考人生;鲁迅是一座高山吧,是因为他在现实中理解历史。在思考和理解的引导下,每一个人必然会融入大河;每一个人即便无法长成一棵参天大树,也必然会成为高山之巅的一棵小树。——当如此,吾愿已足!

人只有一颗头颅,那么小;山川河流尽在其中,又那么大,它像星球那么浑圆,又像宇宙那么无限。这一切都要归功于人的伟大的想象力和语言的神奇魅力,是它克服和超越了人自身的渺小,为自己构建和赢得了一个多彩而美丽的无限世界。动物有四只脚,用来奔跑觅食,鸟类把两只脚变成了翅膀,也还是为了掠过动物的头顶去远方觅食。人呀,真是奇妙,把两只脚变成了一双手。握起来是拳头,那么有力;展开来是深情,那么温柔。

大拇指多像一个人的气度,是其他四个兄弟的依靠和灵魂;中指张扬的是一个人的个性,敢爱敢恨;食指哩,成了信念的象征,是中指强有力的支持者;无名指哩,不仅仅是一个追随着,它有着智慧的谦卑;小指嘛,显示了一个人的情怀,所以经常不失时机地幽默一下。大拇指连着大脑,中指连着血液,食指连着眼睛,无名指连着心脏,小指连着表情。

两只手紧紧地握在一起,就会产生无穷的力量,就会把想象力和语言所拥有的东西转化为一种现实的真切的感受,所以,人是多么幸福呀。我说了这么多,我要说的是,人的生命是如此短暂,人的生命又何其美丽!拥抱自己该拥抱的,放弃自己该放弃的;人的两只手只能紧紧地抱住一个人,却把眼光投向远方……

距离产生美感,转身始知情深。

眼睛看见了一分的东西,心灵却回赠我们十分;眼睛看见的现象,心灵隐藏的是秘密;眼睛看见的东西是明确有序的,也是极其有限的,被心灵所包藏的东西却是混沌神秘的,也是难以测量的;把混沌无序的东西变得清晰有序,我们只能借助于眼睛和自然,心灵就像大海,我们取之能饮者也是很有限的几瓢吧。

有些人会坚定地去干坏事,有些人会坚定地去做好事。在挫折和失败中能够获胜,是接受时间考验的一种方式,也许会形成一个人正确的世界观和人生观。人生不过短短的几十年,命运之神不会给人经受千百次挫折和失败的机会。不要梦想成为一个伟大的人,能做一个真实的人就不错了。

我只是写出了自身的遭遇,说到写作,阻遏我们的最大障碍说穿了还是来自于我们的心灵,是我们的心灵不够丰富和阔大吧,话说回来,运用语言的能力和想象力又确实是一把富有魔力的钥匙,有了这把钥匙,没有打不开的心灵之门,就算这个心灵是一个坚固的城堡也能长驱直入。

我们在经历苦难的时候,常常哀叹人生的不幸;当我们回顾苦难的时候,苦难成为人生最有益的教科书。人,可以幸福地度过一生,但唯有苦难才能使人变得睿智。一个属于生活苦难的时代即将过去,一个属于情感苦难的时代即将来临。在这个世界里,更多的是背叛、谎言、龌龊、单纯、残酷、冷血、孤独、消极、轻率,当然还有个性、理性、丰富、多情、坚贞、浪漫……

我不是司汤达《红与黑》中的于连,无缘进入上流社会,没见过几个修养高深、优雅高贵的女人,中国有吗?有的,就我所知林徽因是一个,陆小曼是一个,或许还有很多吧。她们也许会成为爱美之心者的梦中情人吧!但我们有弥补缺憾的东西,难以忘怀故乡的早晨、黄昏、月夜……在后续文章中我会一一记录下来,使自己的人性不至于那么粗鲁低贱、庸俗不堪,我唯一能做的就是不辜负自然的赐予……

一个人的写作、思考皆离不开自己的生活。比如我不会无病呻吟地去写什么游记。前不久我去海南信手胡诌了一首小诗:北地雪漫天,南国浪吞沙,待到归来日，东风满衣袖。我写的不是什么南国的天气之类，我想念一个人了，表达的是将要重逢的欣喜之情！

如果没有心灵的参与，自然不会告诉我们任何东西。自然是内在于人的一种存在，还是外在于人的一种存在，是大不一样的。

大地在雨中欢庆自己的节日
一颗苹果在树叶的掩藏下哭泣
我坐在书房中，看见
在一扇扇紧闭的门窗前
阳光黯然失色
——对我而言，既没有播下苦种，也就不会收获甘果。

疾病也许是观察世界别开生面的一种方式，但疾病不仅仅是一种方式。疾病作为苦难的隐喻，和所谓的幸福构成了完整人生的一体两面，也就是说苦难和幸福几乎是不可分割的，是人生的常态。相对而言，一个人对待幸福的态度不足以体现一个人的人生态度，一个人面对疾病和苦难的态度，反倒更为本质，更能体现一个人的价值观和世界观。——那细微之处，便是我们自己的风景……只是我写的还不够细。

有话要说是一回事，能不能说好又是另一回事，有点信马由缰的感觉，只能凭着自己的感觉往前走，走到哪儿到哪儿。

春节期间，我一人孤守陋室写下这些文字时，常常废寝忘食，悲不能抑，但我还是力图以文字的轻灵，希望为苦难的岁月带来一抹亮色和清新之气，现在看来，只有依赖诸君光风霁月之情怀，帮助我实现这一愿望了。

一棵“参天大树”的养成，需要一种风格，风格是事物的灵魂；需要适合它生长的环境和土壤；需要时间来沉淀日月光华……是诸种因素的集合体。“参天大树”更是一种不能舍弃的情结，是每个人的心灵渴望和精神支柱。想一想，“参天大树”活在我们的心灵中，现实生活中的都是平凡人，我们只能“用情”来汲取平凡人身上的闪光点，来浇灌我们心中的“参天大树”。

生命的价值，是在忍受痛苦和抗拒死亡的过程中得以实现的。亲情、爱情、荣耀不仅仅是抗拒和战胜死亡的最好武器，也是超越死亡的另一种存在方式。

在揭示生命密码时，历历在目是难免的。

我探寻和解读的是一个村庄的生命密码，在这个故事中，父亲成了主角。父爱是力量的源泉，是一分动人心怀的亲情。这分亲情之所以伟大，因为它建构了中华民族祖先崇拜的基石，勾连着一个民族的信仰。

重建属于我们的精神家园，是我写这本书最大的挑战！

我对平凡而琐碎的东西有一种出自本能的喜爱，没有它们，心灵必然是一片荒漠。人的一切都是从平凡开始的。抱怨命运不公的人看见的是不属于自己的东西，视野出现了盲区。

父母给予我们的爱不是抽象的,点点滴滴都见证了爱的坚韧、乐观、含蓄和无悔无怨,还有那种以身作则的坚强的意志力。爱的内涵是一样的,爱的方式又各不相同,在爱的延续和薪火传承中,需要我们从父母那儿学习和继承的东西太多了。

对汉民族来说,祖先崇拜是我们的信仰,父亲则是我们灵魂的引渡人。

没有生命的修炼,何谈灵魂的超越?

一个孤独的灵魂和一个忙碌的人生在一起,一边等待真爱的降临,一边同自我开战,她生活在一个属于自己的世界中。

我们所经历或拥有的无疑是最真实的,也是最有力的。柴虽烧尽,火种留传,形骸有尽而精神不灭。只要我们以自己所拥有的真实之爱超越时空,和古往今来杰出人物的心灵相通相携,我们就会在伤心落泪中,获得一分难得的沉静和从容,去延续和点燃爱的火种。

没有任何一种关系能和父母与子女的关系相提并论,这是一种不含杂质的“你中有我,我中有你”的关系,这种关系之所以独一无二,要素有三:一是生命,二是伦理,三是知识。生命是血缘关系中最直接的,伦理是社会关系中最纯正的,最初的知识也是父母所赐予的。儒家以仁为核心的观念就是以这种亲情伦理关系为纽带建立起来的,同时成就了中华民族的信仰追求。我一直努力将这一思考体现在对父亲的纪念文章中。

好，常常是不假思索的褒奖，我知道，还有不便细说的不足之处。不好，往往是难以言说的，就像我们面对一件精美的瓷器要说出它的不精美，面对一个貌似完美的东西说出它的不完美一样。

活出自己的精彩来。怀念是为了获得一种爱的力量，让自己变得更坚强，而不是相反。

"澄明心境，昭如日月"就是你说的"大自在"吧，这也是所有的宗教企图达到的人生境界。做自我命运的主宰，也就是你说的要在人生的大戏里做一名一流的导演，这是首当其冲，也是毋庸置疑的。然而，要通过"调节"和"控制"达到人生的"大自在"，"做一名一流的导演"，不是人人轻易能做到的。古人早就说过："人之初，性本善，性相近，习相远。"人从呱呱坠地那一天起，就从一眼泉水变成了一条河，这条河在奔流的过程中泥沙俱下，早已不是当初的那眼"泉"了。

为了清洁灵魂，自当向死而生。基督教的救赎之道是"忏悔"，佛教的救赎之道是"修炼"，道教的救赎之道是一个"空"字。我不懂佛教和基督教，暂且不提；道教凭空要把人变成一个"超人"，有点匪夷所思。

儒教基于仁爱观念的祖先崇拜是中国人修身养性、正本清源的出发点和归宿点。人可以浑浑噩噩地活着，但灵魂的救赎从来都是情感的漫漫苦旅，我只是从自己的人生阅历和心路历程中做了一点尝试，也仅仅是意识到这一问题，开了一个头而已。

我只是写了我的故事我的父亲，赢得了你的共鸣是莫大的荣幸，是不是如你所说写出了"我们的故事我们的父亲"，心中惴惴不安。

非常欣赏你的这句话：那细微之处，便是我们自己的风景……还不够细。

用海子的诗套而言之：

我年过不惑，胸怀憧憬
却要父亲引领我
去寻找天堂，去寻找生命
却来到这里，来到这个夜晚

没想到你看得这么投入。以你的睿智来超越它吧。风檐展书读，古道照颜色。能够在人人共有的爱的力量中共勉，堪慰人生之幸事！

在中国文化中，包括外来佛教文化中，我想不起来“随遇而安”这一概念，任何文化都是试图改变人的生存状态的一种修为。“随遇而安”是人对自己修为之后的一种慰藉。应该说人与“一草一木争得一春”后，懂得了只有“遵循道法自然的规则”，才有望达到“天人合一”的生命境界。

让美好的东西永驻心间，这是我们唯一的财富。

真不知道天堂在哪里？我不是基督徒；极乐世界在哪里？我也不是佛教徒。我说，我的天堂在我的文字里，你信吗？我如果能肯定我的情感中有美好的东西，我的文字又那么不加丝毫掩饰地收留了它，我的文字就是我的天堂，我将活在我的文字里。

回忆是美好的，现实也是美好的，但美好的回忆毕竟属于心灵的东西。如果你，因为我的文字改变对大西北“穷山寡水”的看法，那是因为有些事物在粗砺丑陋的表象下面,本身掩藏着不易察觉的一种美,但更重要的一点还是因为你宅心仁厚,毕竟粗砺丑陋的东西是令人难以接受的。我常常为此而痛苦,痛苦的是这些粗砺丑陋的东西几乎是一种固有的事实,而且还又那么顽强,不易改变。

你说的是历史,也是一种现实存在,基于此,我才在本文中较为宏观地写出了我的感受和思考。在农村是沉重的劳役和严重的夫权意识扼杀和剥夺了妇女的美和作为女人的权利;在城市,同样的问题不同程度地存在,但强烈的女权观念已深入人心,如何树立正确的女权意识,是一个更为复杂的个人修养和社会问题。西方女权主义历史进程中女性意识的觉醒昭示了现代女性的前景,当然中国传统文化中的也有许多需要继承的东西。

男怕入错行,女怕嫁错郎。不过,俗语也到改写的时候了。女的也不怕嫁错郎了,在女性的自我意识面前,大男子主义已不能大行其道了。

桃花姑娘感动了你,你也感动了桃花姑娘,桃花姑娘看见这么一位天仙般的姑娘流了泪,她会说,呀,原来她也有一颗善良的心啦!我也被你感动了。眼泪是沟通人类心灵最有效的语言。为你的眼泪喝彩!

我写的是过去,也是现在。人一味沉浸在痛苦的回忆中,是没有希望的;一篇文章假如不能从现实出发关注人的精神状态,是没有意义的。

在人类文明缺失的地方,人就不能从繁重的劳役下解脱出来,人也就难以主宰自己的命运。

小时候的一幕幕确实很美好，放在历史的进程中去打量，三千年的时空跨度很大，但在特定的环境中，我们看到的是文明的缺失，更准确地说，社会进步了，文明的印记并没有呈现出来。

只要贫穷依然存在，只要苦役还在继续，只要女性得不到应有的尊重，只要人类文明还不足以温暖一个人的心灵，我的文字就有点讨厌，就像不散的阴魂。经济的发展是社会进步的标志，总是好事。一个路不拾遗、夜不闭户的地方，必然是一个生活富庶、民风淳朴的地方。

悲剧不是脓疮，悲剧是将崇高的东西打碎了让人看，我描写的对象并不崇高，只是平凡人的平凡人生。写作的人把不为人注意的东西说出来，为的是让人们重新审视和打量，进而得出自己的认识。如果看了别人的悲惨故事让你胃堵、胃疼，那不是别人的故事有多悲惨，而是你的胃对悲惨之事有一种天然的敏感和忧虑，也说明悲惨之事是一种事实存在，不然，你怎么知道我写的一种凄苦的命运，并为之胃疼哩？

托尔斯泰有句名言：幸福的家庭家家相似，不幸的家庭各各不同。各各不幸的是故事，内涵却有相通之处，那就是不幸能让人更深刻地认识人性的缺陷和不完美，使人在追求理想的路上走得更坚定。

我们无法改变他人，但我们可以改变自己。有时候连我们自己无力改变的时候，我们打起了孩子的主意，在这种非常可笑而又非常可怕的逻辑中，但愿我们不要迷失自己。我能改变的我早就改变了，我不能改变的现在依然改变不了，尽管我现在好像十分强大。

有一些事情在我们的视野之中,但还有更多的事情在我们的视野之外。是那些引起我们关注的事情,让我们的心灵获得了某种感知、某种感动,我们的心由此而变得丰富而柔软起来。这是一个生命向另一个生命的馈赠,也是一种交接,有时甚至是一次最庄严的诀别!

社会洪流滚滚向前,在日新月异中,有一些东西消失了,有一些东西诞生了,在消失和诞生之间,唯独不能缺失的是一种高尚而美好的人文关怀,然而我们看到的事实不是这样,怎么不令人为之痛惜哩!

我所知道的是一个村庄的鸟儿飞走了,大树也没有了,所不能理解的是人怎么能生活在一个没有花香鸟语的坟墓式的村庄中!

关于故乡的情感让人爱恨交加。相对于生态环境的恶化,人文精神的流逝更为严重。正如温家宝总理答记者问时所讲的,科学的经济学和社会伦理学息息相关,如果说市场经济给社会伦理带来了负面影响,那是因为科学的经济学还不足以支撑和生成一个完善的社会伦理道德体系。当然,它们之间没有谁先谁后的问题,一个良好的人文精神的形成和回归必然有助于社会的文明进步。

智慧也需要与时俱进。

是的,很寒心,但我不希望这种寒心继续下去,所以,这也是我写作这组文章的初衷……或许是玻璃,只要能折射出事物本来的光芒也没有白写。

罗扎洛夫说，所有的事物都在最高的程度上值得我们“温柔”地对待之。我认为，世界上绝对没有一样东西是坏的。

在我们觉得并不亲切的生活真相面前，我们获得了一种亲切感，是因为真实吗？在我们觉得并不崇高的生活真相面前，我们获得了一种崇高感，是因为守望吗？人的生活原本是琐碎的，因为真实和守望，才变得亲切而崇高。

好文章确实值得看，不好的文章也值得看，即便不够坦率，但它总是一个人心灵中相对美好的东西。人总是把内心最美好的东西拿出来示人，如果她或他呈现给人们的东西不够美好，不够坦率，这个人是很可怜的。要说明的是，一个善于揭示丑的人比一个善于揭示美的人，其心灵更为健全。没有人比鲁迅的心灵更健全了。

所有的温柔与伤感都是日月的厚赐……“谁在美丽的早晨，谁在这一首诗中……”

沉重的千里马架在辕下，昂首的千里马吞云驾雾。

你可以不爱我，但不能不爱我的父亲。这句话讲的不仅仅是家庭伦理所应遵循的原理！写下这句话时，内疚、悲凉、无奈甚至有点绝望……五味杂陈，百感交集……

女人天生不是弱者。选择有主动和被动两种,不论主动的选择还是被动的选择,人都要不可避免地学会去面对和承受选择的结果。既然没有无缘无故的爱和恨,爱与恨就是一门学问。现实中,大多数人从自我立场出发,知道何以为恨,不知道何以为爱。我知道诗歌有一对超越现实与物质的翅膀,我想,爱如果也有一对超越现实与物质的翅膀那该多好!但是,爱之所以让人困惑,就在于它无法摆脱现实和物质的羁绊。

没人逼迫,只有走了那步人生必走的棋,才能走下一步棋。

当物质与现实拒绝爱的时候,爱不得不变得超脱起来,说明爱也是很爱物质和现实的,就像阳光爱植物一样,但有的植物就喜欢躲在阴暗的角落里。

我们在说一个人道德修养高的时候,通常是怀着敬慕之情的。一个道德修养高的人能把常人善良的愿望和美好的情感转化为一种行动,所有和他在一起的人能够感受到人性的关怀。——那种内在的品质是难以伪装的,尽管有的人喜欢戴上一副假面具。

感动是会传染的,你的感动进一步感动了我,我常常在感动中获得一种信心,一种不仅仅是写出美好言辞的信心!

在有限的时间内想的东西太多了,连什么叫糟糕也想不明白。

灵魂永远在门外徘徊。

人生的缺憾就是那些难以言说的精彩。

能忘记的就不会变成回忆,不能忘记的自然会刻上心灵的丰碑。

什么叫快乐,就是在忘记自己悲伤的瞬间绽放出动人的微笑。

错了就改,爱了去追,没路就退,跟习惯作对,就是美丽。

世界上不存在你我共享的东西,所有的东西借共享的名义进了各自的胃。

爱虽然不能找回失去的青春,但所幸的是不论何时,人一旦拥有了爱,也就拥有了青春的激情和思念。人的幸与不幸,就看他是不是拥有了爱,所以我们要感谢上苍赐予我们爱的能力。

人生如梦,爱即真实!爱之伟力,世俗考验!

游三亚天涯海角和南山,导游说天涯大门有两位武士把门,但还不足以镇妖降魔,于是在大门正中安置了一个功能巨大的圆形水晶球以驱邪气。在南山瞻仰了滨海凌波的18米高的观音塑像,那里是一风水宝地,山辉水媚,花香馥郁,仙音袅袅。想到爱是如此的折磨人,泪就留下来了,不是导游催我,嗨,泪就收不住了,可谓泪下一滴,海涨三尺呀。路上吟成一诗:

疑到天涯是地角，始知山媚天连海。慈航度尽劫波人，水晶化作相思泪。

若要感情好，生活要合拍。磨合重过程，全靠修养高。

2010年1月20日凌晨1时许，想到天下有情人难成眷属的沉痛，夜不能寐，口占一首：

风雨无定天公怨，血泪铸就才子书。

爱人不嫁他人妇，男儿何须仗剑行！

当百年难遇的一场大雨从沙漠上漫过时，整个沙漠欢欣鼓舞的盛大节日就开始了，原来一无所有的沙漠在瞬间焕发生命的奇迹，并不失时机地展露自己生命的光彩和灿烂。然而，美好总是短暂的，当这场珍贵的大雨离去之时，她就会在顷刻间带去沙漠所有的欢笑和快乐。怎么会出现这种局面哩，是大雨抛弃了沙漠吗，还是离去本身就是一种必然？仔细想想，大雨并没有离去，她把自己融入了沙漠，或许是沙漠干渴得太久了，只能用自己对雨水的贪婪，去抗拒恐惧和死亡的折磨吧。雨水和沙漠在偶然的相逢中共同奏响了生命的强音，也共同谱写了一曲生命的挽歌。不过，在生命的期望中，他们还会再次相遇，因为生命只要存在，爱和美丽就一定存在。

有一种爱是无法承受的，有一种解释无济于事的，就像秋天的落叶，让一切随风吧……

爱如同呼吸，解释不就是说话吗？人怎能不呼吸，人也不能不说话。无法承受的爱是因为把爱当成了负担，无济于事的解释是把该说清楚的没说明白……把秋的落叶当作爱的涅槃，那将是何等的绚烂和美丽啊！

网络虽然是虚拟的，但网络情感演绎和续写的依然是一种现实的情感。网络没有任何魅力，所谓的魅力也是人的情感的魅力：如果网络情感是虚假的，那也是人的虚伪性决定的。

生活是难以忘怀的，一个没有记忆的人生是苍白的。今天的烦恼终将过去，你所确定的新的人生起点是为了远离烦恼，抛弃烦恼，当你取得新的业绩的时候，你会发现，正是这些当时困扰你的东西成就了你新的人生。所以，我们要有足够的勇气面对生活中发生的每一个意外，但不要轻易地否定它，因为对于一个向前看的人，过去的一切都是财富。请君铭记，每个人情绪低落的时候，生活并不完全是灰色的，总有一缕阳光照进你的心房，你没有感受到吗？

人的一切美丽行为都是智慧和勇气的见证。

你能从我的高调中检索出我的不幸，真是冰雪聪明啦。

语言是沟通心灵的桥梁，但并不是所有的语言都是心灵的桥梁，沟通心灵的语言有时是经验的结晶，有时是反经验的利刃。对于那些麻木的心灵，再高明的语言也发挥不了应有的作用。

从人开始认识这个世界的那一天起，人的心灵处于一种分裂过程，分裂成一片片不成规则的碎片，为了努力维持心灵的完整性，人含着泪不得不一次次弥合这些心灵的碎片。细胞在新生和死亡的交替中,最终被死亡击败。人的心灵却不会就此罢休,会抢在细胞訇然崩塌之前的瞬间,不依不饶建构起属于自己的完美世界,尽管它依然是想象中的。

一头老黄牛将车拉到了半坡,此时的情境跟车在坦途决然不同,停一秒钟就会不进则退,后果不堪设想。当此关键时刻,赶车人就会采取措施,宁把牛挣死,也不能让车翻。老黄牛或许因为你顶了一下而性命无忧哩。多情似我,会在你不经意的一句话中汲取巨大的精神能量的!

宋代词人晏几道《临江仙》中的几句词:“当时明月在,曾照彩云归。”像这样伤情的佳构,在小国寡民的宋代比比皆是,“无言独上西楼,月如钩”“似曾相识燕归来”“明月不谙离恨苦”“不见去年人,泪湿青衫袖”等等,要掉书袋的话太多了。

一道明霞天地清,两只喜鹊乐乎哉。胡麻种在高山巅,日月伴我又一春。

才情就是胡吹冒聊,见解就是歪打正着……想一想,不无道理。

婚姻是个熔炉,要么成佛,要么成贼,还能成人吗?……好像不是这样的,在贼与佛之间,还有第三种人,这种人占大多数,体现了人的两面性,一面有佛性,一面有贼性,有时佛性多于贼性,有时贼性多于佛性,或许真正的佛人和贼人廖若星辰。

一个布满病灶的脑袋,鲜花开遍。

格言是经验和智慧的合成,好的格言从自我的经历中加以验证。

用良心说话,“真理”无处不在。

我从来没感到过满足,但也没觉得生活在地雷阵中。

谁不希望被好的东西紧紧咬住?

如果现实让我们望而却步,那是因为现实附加了网络所没有的许多条件。

与其说诗是午夜的浅唱低吟,毋宁说它抒发的是一种古典情怀,在小提琴低回的旋律中,诗的书写本身已不重要,可贵的是与现实保持距离的一种人生姿态。西川有一句诗:扫过一天的园子第二天还要重新清扫,因此我从不夸耀我每天都有新生。古典情怀是浪漫主义者和理想主义者的双向回归。

落花有情化春泥,流水无意作别歌。庐山气象万万千,深涧黄鹂自在鸣。

一个网友在博客中这样写道,“今天我没有睡, 猛然间想好友问我的一句话:‘你一个人玩游戏,觉得有意思吗。’记得当时我回答说:‘怎么会,在游戏中也可以结识很多的朋友,怎么能说是一个人呢。’现在想想也许在游戏里我可以挥霍最宝贵的财富,才会让我觉得不孤单。”非常精彩的现代生活寓言。一个人玩,还是几个人玩，都是玩，一场游戏一场梦，我们常常以人生最宝贵的财富——生命做抵押，换来的是一时的热闹（不寂寞），而精神却永远处于失眠状态，这不能不说是一种彻骨的痛苦呀……

年少不知相思恨，一事无成到如今。点点青春化成灰，寸寸相思转头空。
爱神无意点顽石，静水无痕起清波。云有月来花有影，老树新枝又一春。

船未起航锚已抛，鸟因展翅风云变。人生有涯分四季，爱无常态多阻难。

朽木不可雕，灵禽自婉转。不是火焰山，人力岂能燃。

当美丽已成绝响，当善良融化坚冰，当亲情分崩离析，当愚昧呼唤人性，都会让人痛彻心扉。麻木不仅是为文的死敌，更是为人的死敌。麻木的人还是一个人，但麻木的人一定不是文人……

这个世界人性日少，人们却不觉悟，闹闹哄哄，使不多的人性日渐其少了。

人遇到的每一件事都是个案，没有可比性，人在错误中获得的经验只能用到相同的事情上去，对于不同的事没有可资借鉴的作用。

自以为是的人对人生常怀偏见。不过，人的认识程度和她所获得的幸福成正比。你就享受你所认识到的和能够得到的快乐吧。

人的聪明中有一种无情的成分，一个太过聪明的人也许是一个无情的人。

男人自以为生来带着一杆枪，耻于流泪，勇于献身，常常走火，伤人伤己，好比一块生铁，一味强硬，不知道跷跷者易折，折了还嘴硬，拍着腔子说这就叫男子汉的阳刚之气。这种人，要么是一个光棍，把老婆打跑了；要么就是一个恶汉，属于他们的女人逆来顺受还不够，哭哭啼啼地把自己搞成了小女人。

我坚信美的审视需要距离，更需要一种审美的能力。同时我也明白心灵的审视不需要距离。没有心灵的神会，就没有审美的能力。

文章千古事。我将竭尽所能留下自己行走人间的痕迹，我不担心被人忘记，我只忧虑自己无所事事。生命给予我们的，我们将还给生命。如果生命不能创造奇迹获得其价值的话，就让我们在感受生命的点点滴滴中享受生命的美丽吧。

只有知道了我们现在缺少什么，才能知道我们曾经拥有什么。我们之所以对过去保持依恋不舍的情怀，那是我们珍惜生命做出的必然选择。

在《伏羲》一文我所编织的神话故事中，揉入了洪水、葫芦等创世神话符号，以及耕作渔猎、婚嫁礼乐等上古文明，力图展现生机蓬勃、天人合一的美好景象。尤其是人与自然对立统一的阴阳八卦思想的萌芽，奠定了中华民族认识主观世界和客观世界的独特模式。你说得非常精准，中华文明是一种大爱文明，大爱文明的力量能否主宰社会，取决于人类的道德文明的走向。在刑天身上爆发出的道德的力量具有重建和破坏的双重效力，倒是值得我们深长而思之……

黄山崖尖的缝隙里冒出来的是一棵沙枣树，因为它不想做苍松，所以厉风奈何它不得。

在美丽的世界里依然痛苦，是因为美丽终究和现实纠葛在一起。

奇妙的世界，奇妙的音乐。“於！余击石拊石，百兽率舞。”我想，能让百兽随着敲击石头的节拍一起舞蹈，那一定是这位古人内心无法克制的巨大的喜悦，让百兽深受感染，而随之起舞哩！后来，尧舜作“箫韶九成，凤凰来仪。”能让凤凰深受感染的音乐，那一定是凤凰觉得这种音乐比自己的声音还美妙，才闻声而至哩！再后来，孔子说“乐云乐云，钟鼓云乎哉？”钟鼓演奏出来的音乐，之所以美妙感人，那一定是圣人仁厚、安闲、清明、真挚的情感传达出来的无邪的声音呀！“八音克谐，无相夺伦，神人以和。”来自自然，回归自然的音乐，必然是互不干扰的和谐的旋律，神和人听了都快乐！

没有天国，我们的心情才如此沉痛。

对于一个陌生的地方，我们的感受也许是片面的，但唯独对我们的生身之地的感受是全身心的。是的，我不仅感受到了来自故乡的“日月的轮转、风吹的方向和麦子的成长”，尤为深刻地感受到了来自故乡的“泥土的光明与黑暗，温情与严酷”，这也是我的文章跟所有吟唱“月是故乡圆”的文字，唯一的也是最大的区别所在。

我不是植物学家,不知道植物为什么会死亡;有没有永远健康的肌体,我也不知道。我只知道,一个活性的有机体会衰老、生病乃至死亡;让人防不胜防的疾病,是“细胞中的细胞”,它深藏不露,伺机而动,不可战胜。唯一的办法是,只有不断地繁衍新的生命体才能与之相抗衡。在一个有机体中,健康的表现是一个样,疾病的表现是另一个样;也就是说健康是一种艺术,疾病也是一种艺术。推而广之,一个人是这样,一个村庄也是这样。……

每个人拥有同样的父爱,为什么却走出了各自不同的人生?我的父爱如果还比较感人,是我不仅仅写了自己的父爱,而是把自己的父爱当作历史去写。

一个人的爱可以没有深度,但不能没有广度。爱的可贵和伟大之处在于它的穿透力和延伸性,就是古人所讲的“幼吾幼以及人之幼、老吾老以及人之老”。伟人追求信仰之爱,才有屈原的“虽九死而犹未悔”,广度和深度都有了。有广度没有深度的爱是平和的,如夫妻之爱,朋友之爱;没广度而有深度的爱是可悲的,但凡殉情之爱均属后者。

文章仅仅是发思古之幽情。做一个人明星易,做一个仁人志士难。古人讲究立言先须立德,否则立言就会流于虚妄。我的看法是即便做不成仁人志士,但立言也不完全是徒托空言,从立言中带着一分感念和涵养去生活总比没有强。

人的一生充满了爱恨情仇,但为人做事总应该有底线才行。所谓的底线在社会层面是责任和义务,一个人不爱父母算不上违法之举,但不赡养父母就触犯了法律,是对社会底线的挑战;在道德层面则是情感和人性,不爱父母就是对道德底线的挑战,所以,一个人的道德底线高于社会底线。

草分良莠,人有善恶。善恶相对而存在,善恶同体而消长。人既然做不到除恶务尽,做不到和睦相处,就只能忍让而相处,有什么办法哩。圣人为此而叹息,因为他原本不想做圣人。

悲歌悲兮,为之饮泣;我不呐喊,我只诉说。

食色,性也。爱情这东西,就是“色”的情感活动,人人有分。既是奢侈品,也是必需品。两个为人所不齿的罪犯也有坚硬而不舍的爱情。爱情就像玩鸟,在有的人手中是麻雀,在有的人手中是凤凰。爱情这东西,随物赋形;自私得很,博大得很;下贱得很,崇高得很;纯得很,也乱得很……无以言表。

个性让我们在生活中格格不入,只好在文字中安然若卧。做一个生活的旁观者和做好一个生活者本身,最大的区别在于,前者或许多了一分精神上的财富,却少了一分生活中的幸福……

是缺憾的爱教会了我们如何去爱,我们在付出生活的代价后,就是要想办法降低没有必要付出的生活的代价。

道德修养就是尽最大的努力超越一己之爱,是你与我的问题,更是你我他的问题。

对于一个自己心仪的人,不论将她如何理想化都不为过。人们常常容易犯的错误是低估了自己心仪的人,而不是高估了。一个自己心仪的人,应该说其人身上具有自己喜欢的所有质素,所以才会心仪。爱这样一个人,要有足够的爱心去呵护她,去发现和提升她身上潜藏的美好的东西。如果低估了她,看见的就是表面的,与别人看见的没有两样,那就会失望,也许什么也得不到的。

太累了,躺在床上,权当自己死了。不是人之将死、其言也善吗?我希望自己能以撒手人寰的心态,尽量客观公正地描述自己的所见所想,我的讲述离不开家乡的山山水水,和我的侄子、侄女们更是息息相关,在行文表述的过程中难免有护短之嫌,需要一种兼听则明的智慧。

山顶上的人和山脚下的人在对方的眼中一样渺小,渺小是相距遥远造成的。境界的高低却有赖于自身的感知。山脚下的人会说:下来还比上去难,高处何如低处好。是的,置身于高处和低处的人生都是人生,更何况低处花香鸟语。对于古代的文人士大夫来说,做到全身而退是一门艺术。但就一般常理而言,高处的人可以下到低处来,但低处的人未必能攀到高处去,这是因为高处和低处毕竟属于两种截然不同的人生境界。

读真水无香《清明,梨花如雪》有感:

梨花漫天惊风雨,千山铁臂挽柔情。
桃红柳绿随风去,一字人间天地心。

一个正常人对阴雨天的承受力也许超不过三天吧?对于一个具有特殊情感期待的人,或许喜欢在阴雨天气中延续一种沉静的心绪。但我认为,不论时间长短,风雨后的阳光是最珍贵的,当阳光出现,我想,拥有阳光比拥有风雨更有利于一个人的情感和生命健康,也更轻松,更美丽吧。

天地有深情，夜雨胜丝绦。机杼辨五色，锦绣似云霞。

用别人的经验之谈印证自己的内心，就会发现自己也是一块通灵宝玉。这就是佛家所说的人人皆有佛性。反之，遵从自己的内心，不伪饰，说出自己的经验之谈，也可以印证别人的内心，引起共鸣。坦诚自己的内心，需要与真善美的人性追求合拍。

爱过方知情重，醉过才知酒浓。但也有一种情况：爱过知情假，爱着不爱了；醉过知酒臭，醉了还想醉。——人就是这么堕落的。

“但愿人长久，千里共婵娟！”中秋之夜，明月高悬，云淡风情，当此良辰美景，苏轼欢饮达旦，不料大醉之后怀念起其弟苏辙来。美好的东西总是让人情为之伤！为什么哩？叹其真哀其少也，愤激出诗人，诗成方觉神！

我的写作在别人的肯定中获得了价值，更重要的是使我的灵魂变得温柔，何乐而不为哩？

日出日落，令人眷恋而怅然若失。黄昏时分，土地因散热而转凉，伏贴大地的空气在升温，此时的旷野田畴恰遇静风，就会弥漫起一抹雾霭静静悬浮。一个祥和的夜晚来临之际，草梢上晶莹的露珠会慢慢凝结。我想，只有一颗爱的小水珠才会唱歌的，而且在夜深人静的时候才最动人。起舞弄清影，何似在人间！

只有风儿带走了白天的喧嚣和浑浊，云儿才显得如此轻柔与飘逸，在和月儿一起澄澈的诗情画意里，我只不过获得片刻如水的心境。面对一幅美的景致，不同的人会有不同的感受。相对于人为之美，自然之美才是无限的，所以，自然是人类永恒的老师。

有的人会计较 1 元钱，有的人会计较 100 元，有的人会计较 1000 元，佛比人快乐，就在于他计较 1000 元的事，你让他计较 100 元的事，他死也不从。

人生是个大舞台，最动人的表演不是为了打动别人，而是打动自己。自弹自唱、自我陶醉或许是最大的享受。别人不想让我乐，我还不会自己乐吗？一个尕老汉嘛，早过了四十一哟，再加上嘛三岁者，四十呀四十四哟，怀抱着一个琵琶哟口吹笛，怎么着弹来者呀就怎么着吹。

情场不是战场，没有胜利者，只有一时的得意者和永远的失意者。好在失意的人曾经得意过。

有些事是不能深究的。羊儿和草儿的关系，也许是失去和重新获得之间爱的一种情感流动吧。正如你说，“渴望扑向青青小草的羊最有理由、最有权力享受蓝天、碧草及暖阳”，相对于一只扑向青草的羊儿，一只在冬天思念草儿的孤独的羊儿更具有情感和哲人的风姿。

我没有快乐的一天，也没有绝望的一天，我也不知道每天是怎么过去的，但每天都这样过去了。

在草原上，我有两种感受，一种是忧伤，一个人无法抵抗马头琴和白马席卷而来的浩荡的孤独；一种是渺小，两个人无法抵抗的天荒地老、岁月倥偬给人的压迫感。羊儿草儿如果是一道美丽的风景，就只有相互珍惜和坚守属于自己的东西了。

在人的一生中，会经历无数次的失败，但所有的失败都不算失败，比如一次考学失败和一次职场的失败都算不上人生的失败，可以放弃，另寻他途；只有爱的失败是真正的失败，因为爱的失败挑战一个人的生存价值和生命意义，所以是不能放弃的，倒了就要爬起来，爱过了还要去爱。

张扬个性的人，找不到北？那就是说，没个性的人，方向感倒很强，是不会迷路的。如果张扬个性是值得肯定的，怎么会找不到北哩？如果方向感很强的人是值得肯定的，怎么会没有个性哩？我不敢说自己是人才，但那些貌似有方向感却没有个性的人肯定是庸才。

一只羊很可能是贪婪的，也许有野心占领一片草原，但羊只有一个胃，羊有点迷茫地抬起头来望望草原，草原以她的无边无际成就了羊的孤独，也安抚了羊的野心。他只好低下头慢慢吃。

在心灵的世界中长袖善舞，是一个男人不得不净化自己的情感诉求吧。如果我那还不算拙劣的表演打动了热爱生活的人们，那是热爱生活的人们和我一样，也有自己难以割舍的情感诉求吧。更多的时候，我的感动来自于那些热爱生活的人们。

期待是痛苦的，只是为了满足一种心愿，也是为了赢得一种幸福的回忆，期待说，即便永远的期待也是值得的。

我看书，生活在别人的虚构中，可是村庄，田野，小鸟，蜜蜂都过着自己真实的生活。当我深感文字的迷惑性，把书丢在一边时，用一种新的快活而好奇的眼光环顾四周，生活和我本身具有的，远比书本上描写的深沉、美好得多。我看书的时候，嗨，大自然正在悄悄地发生着变化……

拥有清新优雅的生活比拥有清新优雅的想象更值得骄傲吧！我纳闷的是，尽管说万类霜天竞自由，如果小鸟的天空闯进一个不速之客，比如说鹞鹰吧，小鸟的天空还会清新优雅起来吗？清新优雅是不是无人惊扰的一种心境和情怀？

“志存高远，宁静淡泊”，不知道燕子会不会这么想。人在这样想着的时候，一定用羡慕的眼光看着燕子在自由的天空翩翩而飞的样子。人也不知道蚂蚁会不会在生死之际吹吹打打？在自然界所有的生物中，人其实是最可怜的。

啁啾呢喃两不怨，徘徊归去动情时。

当燕子比翼齐飞的时候，巢是不重要的，只是一个打尖歇脚的地方；当燕子沉沉地进入梦乡的时候，梦乡是他乡，是属于蓝天的一部分，巢也是不重要的。——燕子敛翅而眠的时候，翅膀也是抖动的。飞翔是燕子的信念，也是燕子的生命……

燕与巢的关系有点纠缠不清，我开始有点明白，其实让人留恋不舍的美好的东西，到底带给人情感的升华哩，还是情感的负担？细思量好像是一种无法解脱的折磨，人是不是喜欢在相互的折磨中获得一种快感？

人就是健忘，常常把快乐的时光忘记了，用放大镜夸大了那些不如意的小事。应该用放大镜去看快乐，快乐属于你，烦恼将远离。

人要立定脚跟是很难的，为了使自己不至于一无所有，就必须立定脚跟。

悲壮是历史固有的本质。

“黄河母亲”是大化天威和艺术巧思的绝妙结合。那种大爱融融的亲密无间，是最动人也最坦诚的母子亲情的一种凸显，更是自然和人类关系的象征和最佳注脚。古人云：老吾老以及人之老，人伦之情只有获得了推己及人的深刻性之后，才能超越人伦之情自私性的一面，为自己赢得关注人类命运的博爱情怀。我爱母亲，我也爱人，更爱自然，反过来一样，我爱自然，也爱人，更爱母亲，母爱是人类文明的出发点和归结点。

大自然之所以迷人是因为她博大的母性情怀。在人有限的视野内，泰山何其大；在浩渺的大自然中，泰山何其小。只须一抹红霞，白雪皑皑的喜马拉雅山安静如处子；只需几只海鸥，波涛激荡的大海就成为柔情的化身。在大自然的怀抱中，也许没有比高山大川更加雄浑壮伟的景观，让我们能如此深刻地感受到大自然博大的母亲情怀吧。——一个没有柔情的男人是可怕的。

在人类的理想面前，每个人都是渺小的跋涉者，也是身体力行者，理想因跋涉者而崇高，而伟大。我也是一个渺小的跋涉者，一起努力吧。

每个人无不怀揣着对美好的追求，尽管在追求美好的过程中不断地重复十分低级的错误，但美好的追求毕竟在引领着我们前行。

精彩原来如此诱人，即便拼上老命，吾将奋斗不息。精彩因它的不可再生性而更精彩。

敢于面对人性丑恶、揭示生活真相，虽谈不上是一种进步，但也是一种自我警醒吧——一种怜悯之情是不能改变别人和现实的，但起码不至于自我沦落……

相对于丑而言，美总是易逝的，脆弱的，而丑总是那么地根深蒂固、顽固不化。一颗强烈的追求美的心不能容忍那些貌似美的丑的形象，尽管它有时候以善良的面目出现。

别指望一支笛子会吹散布满天空的阴霾。

一切都是从一种痛苦，一个点生发出来的。当文学和思考变成一种生活方式的时候，我不知道自己应该干什么，别人期望我干什么。

爱情是最没有道理可讲的一种东西，所谓道德的谴责恰恰说明一切社会准则面对爱情的软弱无力。如果平凡、朴素、温暖是生活的常态，那么爱情就是美丽、浪漫和激情的写照。一朵花也许是美丽、浪漫、激情的象征，但我们无法保证它永不凋谢。不要轻言和轻信爱的约定，因为只有能够预期和看得见的东西才能约定，婚姻可以约定；不能预期和看不见的东西就难以约定，爱情就不能约定。爱情之所以能跨越所有的障碍，就在于它属于自由的情感和心灵空间。如果存在爱的约定，那只能说明爱的约定只存在于两个相爱的人之间。我一直认为婚姻是生活的常态，爱情是生活的奇遇和追求，两者之间有时是合一的，多数情况下是游离的。如果爱情和婚姻是合一的，需要当事双方用共同的志趣追求、高超的智慧修养和坚贞的人格操守来共同维持和打造。一般人将婚姻中平凡、朴素、温暖的生活常态误以为是爱情，我是不能认同的。

中华文明是亚洲文明的源头，以日本文化源于中国文化最为典型，此说在我仅限于道听途说。听到最多的一例就是中国的茶文化传到日本摇身一变为茶道，将喝一口水变成了一门艺术，其繁文缛节尽管让一个俗人不堪其烦，但从中表现出的谦恭礼仪，既道出了文化的内涵，又彰显了文化的品质，所谓礼乐其外、仁义其中也；形之于牛饮，雅俗之别，其文化道德之别，昭然若揭。说到瓷器，也有一例，中国是举世闻名的瓷器之都，但据一学者考察，小小一个瓷碗，在日本其光滑细致之程度，远非国产瓷碗所能比，国产瓷碗若不细心查看，用来喝汤，一不留神就会把嘴划破，血流如注。以小见大，足以说明大和民族凡事追求精致并非虚言！

漫道扶桑樱花香，中华独尊青花瓷。一任群芳飘红雨，自有芰荷撑天立。

真情告白

美国犬儒主义作家布尔斯在他的《魔鬼词典》中，将人的一生定义为五个阶段：婴儿的无知、青年的愚蠢、中年的罪孽、老年的悔恨，唯独对生命的幼年大加褒扬，认为这一阶段如华兹华斯所说：

“天堂就在我们四周。”

幼年嘛，就是一个无知，一张白纸。如同一面镜子，自然是什么样的，人就是什么样的，反过来一样，不掺杂自然之外的所谓人的任何心机。

幼年何其短暂！摇摇晃晃地还没走稳当就急着跑哩，一不留神，抬腿、转身就被尘世包围，跃跃欲试地，一头扎进散发着尿骚味的温暖的人世的狗窝。

诸位生儿育女的女性朋友千万别误解我的意思，我打小也是带着一股尿骚味光着屁股在土堆上撒着欢儿打着滚儿长大的，这是人的成长必须经历的阶段，毋庸讳言，也不是难以启齿言说之事，丝毫没有贬损人的意思吔，否则那不是自打嘴巴吗？

我不说，不一定别人也不说。

——有什么办法，人群中就有自打嘴巴、自欺欺人的另类啊。

——古希腊先哲苏格拉底的弟子迪奥根尼就算一个。

迪奥根尼是犬儒主义的老祖宗，穿着破衣烂衫躲在云雾缭绕的赫姆斯或哪个没名堂的山脉的洞穴中，过着狗一样的生活。

亚历山大大帝闻讯后觉得他实在可怜，有一次兴冲冲跑去看他，问他需要什么恩赐，你听他说什么：

“请别挡住我的阳光。”

这么不识抬举的人不管遭什么罪、受多大苦那是他自作自受、咎由自取，我们先不说他，他过他心驰神往的好日子也就罢了，百姓百姓，萝卜白菜，所好不同，毛病各异嘛，问题是这个可气的老头一边嘟嘟囔囔地诋毁什么神圣的宗教腐蚀了人的心灵，高明的技术使人失去了本性，华丽的财富蒙住了人的眼睛，一边还拧过头来向自己的同类叫嚣道：

人的生活过得并不比狗的生活单纯、快活。

你们听听，这话是不是说得太没品味啦，有点不近人情了？谁听了心里不窝火？是的，说狗的生活有时候过得比人单纯、快活，这话我信。但是，你们注意到了没有，狗在面对人的复杂口味和大量稀奇古怪的表现时，除了向人投来一瞥忠诚、茫然的眼神之外还有什么？什么都没有呀，再说，狗会干的人都会干，人会干的狗会吗，这么一说是不是把狗给比下去了？人的快活、人的浪漫、人的高贵、人的雄强岂能与狗同日而语，是狗能体会得到的吗？

话又说回来，我们大可不必苛责迪奥根尼，毕竟那是三千多年前的事了。

三千多年前的人类在没有边界的混沌世界中无拘无束生活惯了，刚离开混沌世界不久，面临着聪明人干的立纲常、建人伦的头疼事，就像一个幼儿期不加管束的光腚孩子，突然间大人自己未必能做到的事，要求孩子举手投足做得像模像样，一时难以适应、物极必反的孩子——请原谅我将迪奥根尼比喻成孩子——说些调皮捣蛋的话也是可以理解的。

迪奥根尼虽然对亚历山大大帝的施舍并不领情，但他毕竟说了一句掷地有声的话："请别挡住我的阳光。"

不管人们怎么瞧不起狗，但人的生活总难与狗脱开干系。

街上摇头摆尾地走来一条狗，东闻西嗅的样子让你十分反感，甚至跑到你跟前谄媚作态或狐假虎威的时候，你能怎么样，也只能陪个笑脸躲着走吧，好像你做了什么亏心事似的。

如果你胆敢对一只狗横眉冷对或拳脚相向，你试试看，狗的主人就会认为你是跟他过不去，这就是我们常说的"打狗还要看主人"呢！说白了，这时，狗不是狗，成了人的尊严和面子的象征，这岂不是咄咄怪事！

当人们在叫骂狗奴才的时候，那狗是不是人的奴性的象征呢？

人与狗之间的相互关系是很难做到泾渭分明，要说清道明绝非易事呀。

人不如狗是一种说法，还有一种截然相反的观点和说法，却不拿狗做挡箭牌，苏联著名作家帕乌斯托夫斯基直截了当地说：

“人应当是聪明、朴实、公正、勇敢和善良的。只有这样，他才有权享有‘人’这个崇高的称号。童话也是这么说的。不仅童话，而且所有的艺术都是这么说的。因为没有一位真正的作家、诗人、画家和音乐家不致力于丰富人的内心世界，从而把他提到更高的程度。艺术的使命和力量正在于此。”

凭这一句话，生而为人是十分荣幸的。

人贵有自知之明，仔细想想帕乌斯托夫斯基的话，不是没有道理。

比如我，也聪明、朴实、公正、勇敢和善良呀！扪心自问，也并不完全如是，有时候我也愚蠢、轻浮、自私、懦弱和丑陋呀！

——这就是说，人尽管十分尊贵，但我得承认自己是打小带着尿骚味一路磕磕绊绊走到现在的。

你能说人的尿骚味跟狗骚味有什么本质的区别吗？

只要人活着，就不会停住自己的脚步。

美国犬儒主义作家布尔斯和迪奥根尼说的话，大可不必较真。在我正当人生盛年的时候，率性而为也没几年活头了，该是卸掉枷锁的时候了，说白了就是抓住青春的尾巴潇洒一回。李白不是说“人生得意须尽欢，莫使金樽空对月”吗？

人到中年功成名就，腰里有铜，成熟稳重，举手投足一派大将风度，不似毛毛糙糙的愣头愤青那么幼稚，据说对渴盼长大的小姑娘是最具有杀伤力的。

万事俱备，只欠放出诱饵单等鱼儿上钩。我就是这样一个狗性未改的人，就好比看见了一只兔子似的只顾往前冲，靠着“青年的愚蠢”的惯性，稀里糊涂地卷进中年人罪孽的漩涡之中。这种心态无疑是一个危险的信号，如果不及时刹车，就会应验了布尔斯的那句话：

中年的罪孽，老年的悔恨。

“人的生活过得并不比狗的生活单纯、快活。”——到那时，我还有什么资格和颜面去见先哲迪奥根尼，对他指手画脚的说这说那哩。

生命只有一次，我要在我四十多岁的山冈上打尖休息片刻，在我真正步入老年的时候，打理打理我的过去，尽量去掉粘连在我身上的那些无色而呛人的尿骚味或狗骚气，一身清爽地像普里什文说的那样：

“开始安度晚年，这对我真是好极了——用不着去追赶别人，而且也不值得去这样作:反正是追赶不上。所以说好,还因为,再也没有任何人羡慕我这真正的幸福,因此也就不以任何方式来和我过不去了:谁会羡慕一个老头子呢?而我却不愿和任何年轻人交换他的几个夜晚。”

跋一

——兼谈网络文学

一本书的写作,让我相信缘分;一本好书,是上天的恩赐。

我的文章能写成目前的模样,好坏任人评说。本书采用电脑写作,换笔也有好几年了,以前用纸质写作,思绪胶着于文字,影响了语速节奏的流转。采用电脑写作后,一个个跳跃的字符在键盘的敲击下,更易于迅速地捕捉思维的精灵,赋予文字一种纸笔书写所没有的别样姿态和言说方式,凸显了我的思维轨迹和心灵质地。

网络作为一种新媒介,网络文字以快速写作、迅速传播为其特点,在某种程度上决定了书写者的言说方式,简单,直白,精短,折射出破碎的光点,时有心灵的吉光片羽闪现,虽不完整,却蕴含哲思。仅就我所涉猎的网络文字,大多数由于直抒胸臆,急于求成,行文随意,散漫,浮浅,冗长,可谓利弊互见,所谓的网络文学偶尔间无意撞及,面对泥沙俱下的汹汹之势,唯恐躲之不及!

心灵的吉光片羽离不开故事和细节所展开的"半亩方塘"。所以,在我的行文中,以怀念父亲作为贯穿全篇的一条隐线,随着有关我和父亲故事的不断深入,一方面是心灵与生活的哲思,一方面徐徐展开的是一幅有关人生和一个村庄的生活画卷,让读者在进入和阅读过程中被感动,有所思,有所悟。我还想在自己的文字中体现更多的内容,包括人的身心关系,人与自然的关系,人与传统文化的关系,现实和未来的关系,如果未能做到,只能怪我笔力不逮。

我承认,自己的写作受到了网络文字的影响,但在我写作本书时,我一直将《海子诗全集》和洛扎诺夫的《落叶集》放在手边。海子的诗属于天籁之声;洛扎诺夫的随笔,行文纵横开阖,叙事性情节强化了内容的真实性和生动性,笔锋犀利而睿智,勾画人物个性,寥寥数语达到了出神入化之功效。说到更深入的影响自然还远不止于此。

所以,我并不认为自己写的是一种网络文学,强调这一问题并非标榜和抬高自己,而是涉及到对文学表达的基本态度和认识问题。

本来网络文学也是文学,这是一个毋庸置疑的常识性问题。但近来一些好事者想擎起网络文学的旗号,以示与传统文学,说穿了就是与纸质文学作品的区别,好像网络文学与传统的也就是纸质文学创造并非同一属性的两种文学样式,可以具有不同的评判标准。支持这一观点的代表性人物,当推北大教授张颐武的声音尤为响亮,他煞有介事地说,网络文学"一般篇幅很长,内容浩瀚。同时偏重于想象力奔涌的题材,涉及穿越、玄幻、盗墓等驰骋在想象力空间的故事内容。架空性、心理性的写作方式成为网络文学的特点。"

稍具文学素养和基本阅读能力的人都知道,想象力是文学创造的基本要素,可以说没有想象力就没有文学创作,听张颐武的口气好像在腹诽传统文学想象力阙如,或者传统文学的想象力就不是想象力。说到题材,什么"穿越、玄幻、盗墓",孰不知在中国文学中,诸如《搜神记》、《聊斋志异》这类题材的文学创作本来就有久远的历史,并非始于网络文学,更非网络文学的专利。再说"架空性、心理性的写作方式",看到这样的说辞真叫人沮丧难言。举目世界文学,以煌煌巨著《尤利西斯》和《追忆似水流年》为代表,着力于心理描写和意识流写法,在开掘人性深度、拓宽文学表现内容和丰富文学表现方式方面独树一帜。而张颐武的"架空性"一词,恰恰暴露了网络文学脱离生活内容、缺乏人文关怀的症结和弊病,可惜这一颇有创见的看法在张颐武的表述中用错了地方,似乎成为称道网络文学"心理性的写作方式"的一个独特发现,有一种把脸上的一包脓疮硬说成美人痣的沾沾自喜。

有人做大王,就必有扈从;有人指鹿为马,就必有人说瞎话。有个北师大的梁振华副教授以讹传讹地附和说:"网络文学的精神内涵是与网络文化紧密相连的。对主流文化价值的解构、嘲弄或是颠覆,形成了网络文学的独特性。"作为一个授业解惑的学者,为了不误人子弟,出言谨慎是必须的。按照梁振华的理解,网络文学的精神内涵来自于网络文化。众所周知,"网络文化"是社会文化的构成部分,或者准确地说,网络文化仅仅是间接获得并了解社会文化的一个信息渠道,它不可能脱离社会而孤立存在,自然不会赋予网络文学有别于社会文化的内涵。假如不能从广阔的鲜活的社会生活中汲取精神营养,而是一味沉迷、游离于社会生活之外的玄幻而离奇的“架空性”写作,“网络文学的精神内涵”就无从谈起。梁振华教授岂不知,千古传诵的文学作品无不对“主流文化价值”具有解构、嘲弄或是颠覆的作用。时下泛滥的“即时性”、“速朽性”、“架空性”的所谓网络文学,凭什么对“主流文化价值”产生“解构、嘲弄或是颠覆”的作用哩?这种脱离了对网络作品的具体分析,无端产生的虚言妄语,如果不是耸人听闻劫夺对网络文字的话语权,就是不负责任的别有用心!

一部作品风格样式的形成取决于书写者的思维方式,书写者的思维方式是由其生活积淀、人生经验及性格心理结构所决定的。而不是你采用了哪一种书写方式。不管网络写作,还是纸质写作,文学的构成要素都是一样的,并没有本质的区别。网络作为承载文字的平台和工具,怎么会形成别一种文学形式哩?

前不久举行的第五届鲁迅文学奖评选,据说仅有一部网络文学作品——中篇小说《网逝》入围,我想,鲁迅文学奖的评委们绝不会另设一套评判标准来衡量网络文学,评委们包括作者张雯轩在内,不会承认《网逝》这部作品是“即时性、速朽性、架空性”的网络文学,也不会在作品中看出怪力乱神的所谓“穿越、玄幻”的“想象力”,而是在鲁迅文学精神的指引下,正确看待每一个作品,是不是有创新精神,是不是更多地在作品中反映了时代精神和人文关怀。

张颐武们也承认,时下网络文学的阅读主体基本上是青少年,网络写手们也承认许多网络作品为了稿费和提高点击率,“喜欢玩噱头或者无限延伸,有些作品还出现了内容低俗的问题,给青少年的成长带来了非常不好的影响。”为所谓的网络文学言不由衷进行鼓吹的梁振华学术良知并没有丧尽,他也说“网络文学更应该强化的是文学特征,而不是网络特征。”

为了避免所谓的网络文学掏空和荼毒广大青少年的心灵和思想,有公众影响力的学者和文艺理论家更应该擎起理性批判的大旗,清算所谓的网络文学。

最后,我要说的是,没有网友的及时跟进和热情鼓励,我也不可能在不及两个月的时间内完成此书,也不可能有该书的后一部分《私语断续》,他们就像一群快乐的候鸟,来去自由,在我的记忆中他们永远美丽!

跋二

——关于几首诗的说明

抄录在这里的几首古体诗，是一个叫真水无香的网友写的，在众多网友给我文章的留言中，是一种比较完整而独特的点评形式。在中国古典诗词中，大量的唱和诗，首先是基于一种“嘤其鸣矣，求其友声”情感需要，通过相互激赏、人格砥砺和对超拔人生境界的无限向往，打破了时空的界限和阻遏，构筑了一道中华文化精神文明史的靓丽风景线，同时显示了一种历史的、现实的、健康而美好的文化生态。比如大家耳熟能详的杜甫写的《寄李十二白二十韵》，表达了对与自己完全不同的一种浪漫诗风及天马行空的人格精神的仰慕，也体现了作者兼容并蓄的胸怀。当然，那些充斥其中、言不由衷的谄媚诗除外。

网友真水无香的诗歌也可作如是观，尽管我写的不是古体诗，但基于她阅读拙文所倾注的巨大心力和对我文章的深刻理解，我还是十分感激的，也能够理解她不拘诗词格律的限制和束缚，更加透彻地表达自己见解和怀抱的自信和努力，好在这是一个多元欣赏的时代，如果读者诸君专注于阅读和思考，而不是为了吟诵，对于诗词格律大可不必苛求。

真水无香的诗词有助于读者对我的文章的理解，恕不一一说明。按照拙作的先后顺序，将网友真水无香的诗词抄录如下，读者可参照阅览。

山道

明月无古今，依旧照离人。

良木无大小，冷暖枯年轮。

迷梦

卢生一梦熟黄粱，便向人间演荒唐。
庄公梦蝶知谁是？我自梦里觅小诗。

清明

疏风过梨花，细雨抚阡陌。
风送草木香，雨打梨花寒。

伏羲

伯牙绝弦痛摔琴，后人谁敢再吹埙？
女娲伏羲随风去，自有风流说到今！

冀人

盘古开天地，女娲初造人。
甘谷多灵秀，神仙也偏心。

鬼雄

欲谱忠魂曲，立卧两踌躇。
渭水若为墨，水干语不休。

龙泉

诗染岚岱列锦屏，文荡波涛堆水晶。
木在林中非无栋，自然万象耀眼明。